A pesar del amor

Otros libros de Alma Flor Ada

En clave de sol
Novela

Vivir en dos idiomas
Memoria

Tesoros de mi isla
Memorias de infancia

Alma Flor Ada

A pesar del amor

The first edition of this book was published in 2003
by Alfaguara/SantillanaUSA

SEGUNDA EDICIÓN

Diseño de cubierta: Altea Ortiz Salvá
Paisaje cubano pintado por Hilán Cruz Sánchez
Foto: Dolores Salvador Méndez

Mariposa Transformative Education Services
50 Pikes Peak
San Rafael, CA 94903
www.almaflorada.com
www.isabelcampoy.com

ISBN 978-1-938061-73-8

Printed in the United States of America

Para Quica, en eterna clave de sol.

Todo es hermoso y constante
todo es música y razón
y todo, como el diamante,
antes que luz es carbón.

JOSÉ MARTÍ. *Versos sencillos*, I

Como el arrullo de palmas, en la
llanura, como el trinar del
sinsonte, en la espesura...

Canción tradicional cubana

sinsonte, cenzontle. (Del náhuatl *centzuntli*, que tiene cuatrocientas voces.) m. Pájaro de las Américas (*polyglotos)* de plumaje pardo y con las extremidades de las alas y de la cola, el pecho y el vientre blancos. Tiene un canto melodioso y peculiar, pues cada pájaro compone el suyo individual combinando trozos del canto de otros pájaros.

En la campiña cubana, donde hay muchas aves canoras, el canto del sinsonte puede alcanzar una gran variedad.

Primera parte

∽ I ∾

Al combate, corred, bayameses,
que la patria os contempla, orgullosa,
no temáis una muerte gloriosa
que morir por la patria es vivir.

Himno nacional cubano

La araña se balanceó en el largo hilo viscoso que colgaba del techo del bohío y Serafina lanzó el alarido que, contenido, tenía dentro desde hacía varias horas. Mientras sudaba, aferrada a la tosca sábana que a ratos se metía en la boca y mordía, había acallado el grito por temor a que pudiera delatar la presencia del rancho mambí a cualquier destacamento de la caballería española que acertara a pasar cerca. Y esperaba en solitario silencio el regreso de su hermana Genoveva que había salido en busca de una guajira con fama de curandera y buena partera. Pero si había sido capaz de acallar el dolor, cuchillo mohoso y sin filo que le cortaba la cintura, la repulsión y el temor que le producía el negro cuerpo peludo que se descolgaba del techo de horcones ahumados y guano hirsuto, había vencido toda su resistencia.

Cuando oyó su propio grito quedó muda y sobresaltada. La araña se retiró de nuevo, recogiendo el hilo que antes había ido soltando, y desapareció entre las pencas del techo de guano. Serafina sintió el sobrecogimiento del silencio. Era como si su voz hubiera acallado todos los ruidos del campo: el parloteo verde de las cotorritas que alborotaban la mata de guayaba, el zunzún revoloteante de las abejas en los apretados coralillos y el incesante rechinar oculto de las chicharras. Hasta el ronco croar de las ranas toro entre las piedras del río cercano parecía haber sido sofocado, como si su grito hubiera abierto paso a un silencio total. Un silencio caluroso que envolvía el campo en profundidad telúrica, devolviéndolo a su origen primario de selva impenetrable y bosque eterno, hasta que lo quebró el martilleo intruso del galope de un caballo, inicialmente ahogado por las hojas y la yerba, luego seco sobre el batey de tierra apisonada.

El hombre que apareció en el umbral, silueta oscura contra la luz del mediodía, guayabera suelta sobre el cuerpo emaciado, sombrero de guano sombreándole la cara curtida, traía, colgadas de una mano, un par de gallinas atadas por las patas con una pita de guano trenzado.

—Se las manda don Fernando —le dijo sin mirarla, como si no quisiera ver el bulto que levantaba las sábanas como una tienda de campaña, ni el sudor en la frente de Serafina, ni la contracción de sus labios finos, desaparecidos en el esfuerzo de acallar otros gritos.

—Máteme la araña que está ahí —dijo ella, señalando el techo de guano. —No me quiere dejar parir en paz.

Cuando Genoveva y la comadrona llegaron por fin, las gallinas, atadas todavía la una a la otra con la trenza de guano, picoteaban restos de arañas, escarabajos, cucarachas y grillos que el hombre había hecho caer de sus escondrijos en el techo del bohío al golpearlo con un palo tratando de matar a la araña; Serafina sudaba bajo la gruesa sábana con la que se había tapado la cabeza por si acaso alguno de los bichos le caía encima; el hombre estaba recostado contra uno de los horcones del bohío, con un cabo de tabaco apagado en la boca, hasta ese momento inseguro frente a la decisión de dejar sola a la parturienta o tenerse que enfrentar con algo ante lo cual no sabía qué hacer, algo que le aterraba más que los fusiles españoles; y la criatura empezaba a asomar un puñado de pelo entre las piernas de su madre.

Así nació Isabel, la primera de las criaturas que dio a luz Serafina en el bohío escondido en la espesura del monte. Y así como la guerra se extendía y se engarzaban año tras año de lucha sin tregua, Serafina siguió teniendo hijos en la manigua.

Y aprendió a convivir con las arañas, los escarabajos y los grillos. Perseguía a las cucarachas y las aplastaba sin recelo con el tacón de sus botines diminutos. Sólo le guardaba miedo a los alacranes. Genoveva que era alta, enjuta y recia como las palmas reales que bordeaban las guardarrayas, mantenía un par de tenazas siempre al rojo vivo entre las ascuas del fogón y cada mañana al despertarse y cada noche antes de irse a dormir, recorría el bohío, mirando debajo de los catres y detrás de los horcones de los que pendía la hamaca de Isabel, dispuesta a achicharrar a cualquier alacrán que pudiera picar a la hermana o a la sobrina. Los alacranes, advertidos, se habían ido a vivir en lugares menos peligrosos, debajo de las piedras húmedas a la orilla del río, o entre las yaguas de las palmas reales. Pero Isabel guardó siempre el recuerdo de esa mujer alta y callada, con las tenazas encendidas en la mano, guardiana de su amanecer y de su sueño, como la primera y la última imagen registrada día a día desde su hamaca infantil.

Fernando regresaba al bohío sólo de vez en vez. Cuando las fuerzas españolas se alejaban disciplinadamente en busca de un nuevo grupo de insurrectos, por otra zona de la manigua, o cuando el paludismo o la disentería retenían en los hospitales de campaña a los lampiños jovencitos peninsulares a los que habían conscripto en sus rías gallegas o junto a sus hórreos asturianos, para salvar la última joya de la corona imperial, esta isla "Fidelísima" que ahora reclamaba su independencia.

La primera vez que vino Fernando después del nacimiento de su primogénita, Serafina lavaba pañales en una batea de madera colocada sobre una horqueta clavada en el medio del batey, bajo la ceiba de espinoso tronco barrigudo. Genoveva, tras mucha búsqueda, había descubierto en medio del manigual una mata de jaboncillo, y el agua espumosa con la baba de los frutos redondos y verdes cubría los brazos de Serafina, arrojando destellos de arco iris.

Fernando, que había dejado el caballo atado junto al río, a la sombra abundante de un caobo, se le acercó calladamente por detrás y le besó la nuca entre las sortijas de los rizos rebeldes, escapados del moño. No la dejó siquiera enjuagarse los brazos y se confundieron en la cama en un abrazo tierno y jabonoso.

A Isabel, que dormía en la hamaca con un puño regordete en la boca, la despertó la risa fresca de la madre y el murmullo meloso de la voz del padre. Y desde entonces le quedó por mucho tiempo la idea de que la armonía se logra cuando una mujer se ríe de lleno, sin restricciones, como lo hacía entonces Serafina a sus catorce años, y un hombre murmura con voz tierna. La brisa suave que se levantó poco después movió las pencas de las palmas reales y, adormecida por su ritmo sinuoso de rumberas, Isabel no oyó cómo la risa de su madre se convertía en gemido y el murmullo de su padre, en mugidos sordos.

La próxima vez que reapareció Fernando, fue Isabel quien lo vio primero. Estaba agachada, en el batey, observando lo que parecía un desfile de hojas y era en realidad una hilera de bibijaguas, caminando en fila, cargadas con despojos del árbol de níspero, mucho más grandes que ellas mismas. Cuando sintió al caballo, Isabel se ocultó entre unas matas de malanga, como Genoveva le había enseñado que lo hiciera, ante la improbable llegada de algún extraño a aquel rincón lejano y escondido. Pero una vez que vio bajar del caballo al hombre rubio, de guayabera blanca, raída pero limpia, sombrero de yarey con escarapela mambisa y machete al cinto, se asomó desde detrás de las enormes hojas lustrosas.

—Venga a que la vea, m'ijita —le dijo él.

Y ella, recordando el timbre de la voz que se había acostumbrado a oír en sueños, se dejó levantar del suelo. Cuando su padre la besó, la arañó con la barba crecida. Aunque le picó un poco la nariz, no le molestó demasiado el olor, mezcla de tabaco, sudor y cuero. Lo asoció en forma vaga, porque no se parecían en nada, con el olor de la tierra húmeda después de un aguacero, un olor que casi quería tocar. Y cuando Fernando la puso en el suelo, se aferró de su mano nudosa y entró con él al bohío.

Esta vez Serafina estaba cocinando un ajiaco. Había echado en la olla de barro trozos de blanca malanga esponjosa, de fibrosa yuca, rodajas de plátanos verdes en su cáscara, rojizos pedazos de boniato y unas mazorcas de maíz. En ese momento se preparaba a despellejar una jutía, que Genoveva había acertado a cazar.

Genoveva había ido atrayendo al roedor de larga cola hacia el batey por varios días, dejándole al alcance trozos de fruta. Cuando la jutía andaba ya un poco confiada, la había despachado de una pedrada certera. A ella no le gustaba matar animales.

Genoveva no contestó nada. Hacía mucho que había aprendido ella a treparse a los árboles para traer al bohío mangos dorados y delicadas guanábanas. Y su puntería era cada vez mejor desde que había tenido que entendérselas a pedradas con las cotorras.

Primero lo hacía por espantarlas de las matas de guayabas que constituían una buena parte del alimento familiar y que aquellas bandadas de volar parlanchino diezmaban en unas horas. Luego, decidió que si a falta de gallinas buenas son jutías, a falta de jutías buenas son cotorras.

Serafina nunca preguntó de dónde sacaba Genoveva tantos pollos para los caldos con que alimentaba sus preñeces. Y Genoveva no sentía la necesidad de decírselo. Como tampoco le decía que era ella quien estimulaba a la sobrina a treparse a los árboles y a tirar piedras.

No era mucho lo que podía enseñarles a las sobrinas. No había telas ni hilos para bordar o tejer, ni bastante aceite para el quinqué, la lámpara de luz temblorosa con que se alumbraban tenuemente después de la puesta de sol, mientras lavaban y acostaban a las niñas, aun si hubieran tenido con qué coser.

Toda la energía se le iba en procurarles qué comer y a ratos le preocupaba no distinguir mucho a una pequeña de otra y verlas sólo como a bocas que alimentar. Isabel, en cambio, era su compañera, sorprendiéndola constantemente con la seriedad con que miraba al mundo desde la brevedad de su vida. Y quería prepararla en todo lo posible para sobrevivir en la manigua.

Sólo Dios sabía cuándo se acabaría la guerra. A los gallegos no parecía importarles morirse como moscas en los campamentos, vencidos por el paludismo o la diarrea, o caer como árboles talados por el valiente machete de un mambí. Parecía que por cada uno que se moría o devolvían enfermo a la Península llegaban tres más a la isla asediada.

En sus recorridos solitarios en busca de alimento —nísperos de piel áspera y pulpa deleitosa, redondos y lisos caimitos de blanca carne lechosa, agridulces tamarindos, fragantes chirimoyas, regalos escondidos en la fronda tropical—, Genoveva sufría por las madres de aquellos infelices. "Nosotros estamos peleando por lo nuestro", pensaba. "Y la madre que ve a su hijo echarse a la manigua, sabe a lo que va. Pero aquéllas del otro lado del mar, ¿saben a qué vienen sus hijos?"

Estos pensamientos la ensombrecían. Al principio se había alegrado de ver que Serafina no parecía capaz de producir más que hijas, pensando que así no tendrían que pelear en la guerra. Pero ahora estaba convencida de que el destino de las mujeres no es menos difícil que el de los hombres. Y que el valor de procurar la subsistencia, de dar la vida y soportar las penas del vivir, era más heroico que las cargas a machete contra una columna enemiga, debilitada después de una emboscada, que Fernando describía con tanto orgullo.

Pero aunque estos pensamientos regresaban a su

mente una y otra vez, su mayor preocupación era impedir que Isabel la descubriera en el acto de matar las cotorras, o de desplumarlas, lo que siempre hacía lejos del bohío. Una cosa era que Isabel aprendiera a sobrevivir y otra que sufriera inútilmente o que en el proceso perdiera la sensibilidad que sorprendía a Genoveva.

Una tarde, mientras su tía cortaba unas cañas bravas para crear una cañería que les acercara al bohío el agua del manantial que brotaba entre las rocas junto al río, Isabel se había quedado por horas observando en silencio las hojas del caimito. Las volteaba una y otra vez, deteniéndose primero en la superficie verde y lisa del haz y luego en la rugosa y carmelita del envés. Y la sorpresa le llenaba los enormes ojos verdes.

—¿Son así todas las cosas? —le preguntó a Genoveva, mostrándole la hoja. Y en su lenguaje infantil que no alcanzaba a decir áspera y tersa, brillante y opaca, rugosa y lisa, clara y oscura, añadió—: ¿Bonitas y feas al mismo tiempo?

Y Genoveva al oír la profundidad de la pregunta en su voz tembló pensando que su sobrina sufriría doblemente, porque no se limitaría a experimentar el dolor sino que, además, reflexionaría sobre las penas que sintieran ella o los demás.

Serafina, en cambio, parecía vivir o aletargada en los últimos meses de cada embarazo o como en un sueño en el que no se distinguía el canto de la risa, en los primeros meses después de cada parto, que resultaban ser los primeros de la próxima gestación.

—Si pusiera la bala tan certera en el campo de batalla, ya se habría acabado la guerra —le dijo Genoveva a su cuñado la siguiente vez que Fernando apareció por el bohío.

Esa vez no había venido solo. Traía consigo, sentado en el anca del caballo, a un muchachito esmirriado.

—Se nos apareció en el campamento —les contó a Serafina y Genoveva—. No hemos podido averiguarle nada. De dónde es, ni quiénes son sus padres. Lo único que dice es que quiere ser soldado y aprender a escribir.

—Déjalo aquí, si quieres —dijo Serafina, conmovida por el aspecto patético del chiquillo.

No era fácil imaginar su edad. Era menudo y delgaducho, con pelo ralo y pajizo. En las piernas y brazos flacos, sobresalían rodillas y codos, como nudos en un tronco añoso. El vientre hinchado por las lombrices sugería una extraña preñez, pero los ojos vivos, redondos y brillantes parecían los de un adulto.

Cuando el chiquillo habló, Serafina se sorprendió porque tenía una voz cálida y bien modulada y pronunciaba con corrección:

—Muchas gracias, señora, pero mi lugar está en el campamento. Cuando se termine la guerra voy a ser periodista. Me casaré con una de sus hijas. Con ésta, que es la más bonita. Y señaló a Esperanza, que tenía seis meses y se chupaba absorta el dedo del pie.

Fernando se llevó a Serafina a dar un paseo.

Mientras Gloría se había escondido detrás del catre de Genoveva, como hacía cada vez que aparecía Fernando, Isabel se debatía entre el deseo de seguirlos hasta el río y el de quedarse en el bohío con Diego y aprender algo de lo que pasaba en el campamento. Por último, se decidió a seguir a sus padres. Y se llevó a Esperanza, enhorquetada en la cintura, porque la chiquilla, después de su primera indiferencia a los mimos de Diego, había empezado a cobrarle miedo y se echaba a llorar cada vez que el chico la miraba.

A Isabel no le fue difícil descubrir la pista de sus padres, porque la risa de Serafina abría las flores y atraía a los pájaros. Cuando Isabel los encontró, siguiendo el rastro de campanillas moradas y el trinar de los sinsontes, Serafina tenía un collar de campanillas en el pelo. Fernando había ido abriéndole cundiamores sobre los senos y el vientre, y los pajaritos, tomeguines, jilgueros y bijiritas, bajaban a llevarse las rojas semillas en el pico.

Para Isabel fue una escena más para aunar a las que venía acumulando. Esperanza, en cambio, se echó a llorar sin ruido, pero con enormes lagrimones, en el momento en que un tomeguín picoteaba el amarillo cundiamor que tenía Serafina abierto junto a un pezón. Al quedarse ciega, años después, la perseguiría el sueño de que un pájaro le sacaba los ojos untados de cundiamores. Y durante toda la vida los colores del cundiamor, el amarillo intenso de su pulpa y el color vivo de las semillas, ese color que Serafina llamaba punzó, la hicieron temblar. Como eran el rojo y gualda de la bandera española, todos achacaban su rechazo a esta combinación de colores como patriotismo o como una más de las heridas internas que llevaban todos después de la guerra, y ella, claro, jamás lo aclaró porque no se atrevía a dar voz a sus temores.

La hija de los cundiamores, como llamaría entre sí Isabel a su próxima hermana, nació llorando. Genoveva se despertó antes del amanecer porque creyó oír el llanto de un recién nacido y para entonces Esperanza ya tenía quince meses y no lloraba, sino que berreaba a todo pulmón y daba gritos más fuertes que los de sus dos hermanas mayores.

Genoveva despertó suavemente a Serafina y se preparó para recibir a la criatura. Era mucho más pequeña que todas las anteriores y venía de pie. Genoveva, sin embargo, no se preocupó. A las criaturas que nacen de pie, a veces el cordón se les enreda en el cuello y las asfixia, pero si ésta había logrado llorar todavía dentro del vientre de la madre, nada podría asfixiarla.

—Ya tienes tu arco iris completo —le dijo a su hermana, una vez que bañó a la criatura a la luz de una vela.

Isabel tenía el pelo rubio, un rubio color de melcocha bien estirada; Gloria lo tenía castaño claro; Esperanza, de color zanahoria. Esta pequeñita, la de tez más blanca de todas, tenía en contraste el pelo color de medianoche.

—Todavía me falta una castaño oscuro —le

respondió Serafina. Y dándose la vuelta, sobre el colchón en que ya había parido cuatro veces, se quedó de costado y se durmió.

Genoveva se acercó la criaturita al pecho para darle calor. Después de llorar por unos minutos se había quedado dormida, pero el pechito le subía y le bajaba en una sucesión de suspiros. En ese momento, un murciélago entró volando al bohío, revoloteó junto a la vela y la apagó.

—Ya me temía yo que tú has nacido para sufrir —le dijo Genoveva a la criatura—. Vamos a ver por cuánto tiempo te espanto el sufrimiento. —Y, después de conseguir que el murciélago regresara a la oscuridad de la noche, trancó la puerta del bohío.

Isabel no vio a su padre la próxima vez que Fernando visitó el bohío, porque llegó después de anochecido y se fue antes del amanecer, y aunque los gemidos de su madre la hicieron sonreír en sueños, no llegaron a despertarla. Tampoco lo vio llegar cuando lo trajeron seis meses después tinto en sangre.

Ese día Genoveva se la había llevado a buscar marañones. Era la fruta favorita de todas. Y las semillas con forma de riñón, que colgaban como badajo de los frutos acampanados, tostadas entre las piedras en el rescoldo de una fogata, eran una de las pocas cosas capaces de vencer el desgano de Serafina. Las matas de marañones estaban a unas dos horas de camino y las de vuelta se hacían más lentas con los serones de guano cargados de las frutas amarillas y rojas de olor punzante.

Serafina estuvo a la altura de las circunstancias. Salió del letargo en que siempre la sumían los últimos meses de embarazo y puso a hervir agua, rasgó las dos enaguas que todavía guardaba del ajuar de novia y ella misma le lavó y le vendó las heridas al marido. Se multiplicó preparando comida para los hombres que habían traído a Fernando y tisanas de hierbas que hicieran dormir al herido, tranquilizó a Esperanza, que parecía dispuesta a empezar uno de sus berrinches, volvió a peinar a Gloria que se había hecho un enredijo con el pelo de tanto agarrarse la cabeza al ver al padre bañado en sangre y acunó a Elena que lo había presenciado todo desde su hamaca, magnificado a través de los lagrimones que le colgaban de las pestañas.

Años más tarde, cuando Elena tuviera un parto muy difícil lo achacaría a que al ver descuartizar a un puerco, cuando tenía cinco meses de embarazo, se había acordado del padre bañado en sangre y había dejado de respirar por tres días.

La convalecencia de Fernando fue larga y allí fue entonces cuando Isabel comenzó a conocerlo. Era impaciente y la inmovilidad lo impacientaba aún más. Le desagradaba ver a las niñas pequeñas a su alrededor.

—Las niñas deben nacer para ser cuidadas y mimadas, no para andar por ahí sueltas como animalitos —decía y cerraba los puños.

Le molestaba ver a Serafina. Nunca antes la había visto en un estado de embarazo tan avanzado. La barriga le hacía pensar en todo tipo de formas grotescas y luego se avergonzaba de que en sus pensamientos Serafina le recordara una estampa que había visto de un hipopótamo medio enterrado en el fango. No sabía bien si por vergüenza hacia ella o por su propia participación en el proceso.

—Y, ¿de dónde te crees que nacen las hijas que traes al mundo? —le dijo una vez Genoveva, al ver la expresión de disgusto con que seguía con la mirada a Serafina, que había salido del bohío sosteniéndose el vientre inmenso con ambas manos. Pero lo dijo en voz baja, sin esperar obtener respuesta. Había entre los dos un acuerdo tácito de no pelear y de proteger ambos a aquel ser que, una vez que la hermana había vuelto a tomar control de las cosas, tornó a perderse en sus ensueños vagos, aunque esta vez sin cantos ni risas, y que sólo parecía darse cuenta de lo que pasaba a su alrededor cuando insistía en ser ella quien le cambiara las vendas al marido.

La única persona con quien Fernando hablaba de veras era Isabel. No imaginaba que con sus breves años pudiera entenderle, pero los ojos enormes, de mirada profunda, lo tranquilizaban. Y le hablaba como sentía que nunca había podido hacerlo con nadie. Le explicó que la guerra terminaría algún día y le prometió que entonces él sería rico y le compraría alhajas y vestidos; le habló de la ciudad en la que había grandes casas y hasta palacios y donde las señoras se paseaban en abiertas calesas tiradas por caballos de pura sangre andaluza y, como si le revelara un secreto, le describió los caminos de hierro que empezaban a construirse en el país del

Norte y le aseguró que quien controlara esos caminos de hierro en Cuba, controlaría el futuro de la Isla.

Isabel lo oía callada, pendiente de cada palabra, con los ojos verdes que miraban con tanta atención hojas y nubes ahora clavados en el rostro del padre. Le era difícil creer que había verdaderamente otra vida fuera de la manigua, porque jamás había tenido indicio alguno de ella. El día que habían traído herido a su padre mientras ella acompañaba a Genoveva a recoger marañones, su tía le había enseñado, desde lo alto de un cerro, a la distancia, el mar. Pero el mar era como otro valle, sólo que azul, y a Isabel que había visto crecido el río en la temporada de lluvia, le resultaba más fácil aceptar una inmensidad de agua que las ciudades de grandes edificios y casas alineadas y los caminos de hierro de que hablaba su padre.

Una pregunta difusa surgía en el fondo de su mente cada vez que oía hablar a Fernando. Su padre estaba en la guerra, peleaba y hasta lo herían; pero sus explicaciones de por qué peleaba no la sobrecogían igual que las palabras de Genoveva.

Su tía le hablaba de Carlos Manuel, un patriota que había dado la libertad a los hombres que habían sido esclavizados sólo por ser de otro color, un patriota que quería que los gobernantes españoles se fueran de la isla para que la gobernaran los que habían nacido y crecido en ella. Y le hablaba del generalísimo Gómez, que hacía temblar las ceibas a su paso y no le tenía miedo a cien cañones, y del gigante Antonio Maceo, que era invulnerable, y a quien podían herirlo cuantas balas quisieran sin poder derrumbarlo. Y le contaba de Ignacio Agramonte, el joven abogado de ojos soñadores, que había muerto en campaña dos años antes de que ella naciera y cuyas cenizas habían esparcido los españoles para que no tuviera una tumba que pudiera convertirse en lugar de veneración. Y le hablaba sobre todo de otras ideas, de un nuevo orden en el cual el bien fuera para el bien de todos. Y se le engrosaba la voz cuando le contaba cómo una mujer valiente, Ana Betancourt, había alzado la voz serena para recordar a los patriotas que escribían la Constitución que las mujeres habían vivido en servidumbre y un país que aspiraba a ser libre sólo lo sería si las mujeres tenían iguales derechos que los hombres.

Su padre también hablaba con entusiasmo de Céspedes y de Agramonte, de Maceo y Gómez, y le contaba anécdotas de los campamentos, de cómo cuando muertos de hambre, sin haberse alimentado por días, un soldado encontró unas guayabas y se las trajo a Agramonte; él se negó a comerlas y en cambio, cortando con el machete aguerrido cada pequeño fruto en cuatro partes, las había repartido entre sus hombres; pero cuando su padre le aseguraba que después de la guerra serían ricos, no parecía haber en su voz la misma intención que en la de Genoveva, ni vibraban sus palabras como las de ella al hablar del bien de todos.

Genoveva estaba segura de que el parto de Serafina debía ser inminente, aunque no había podido recibir confirmación alguna. Su hermana no se preocupaba de algo tan material e intrascendente como las fechas. Fernando había perdido el sentido del tiempo a lo largo de su convalecencia.

Después del primero, los partos de Serafina habían sido fáciles. Genoveva ya no trataba de buscar ayuda de comadrona alguna, sobre todo porque era difícil alejarse del bohío con tanta criatura. Y había recibido ella sola a sus tres últimas sobrinas. Había cortado el cordón con el único cuchillo de que disponían, después de afilarlo bien en la piedra de amolar y de quemarlo con una vela, y había lavado a las criaturas con agua tibia, calentada sobre el rústico fogón de leña en una olla de barro. Y después de envolverlas en un pañal limpio, había respirado con alivio y continuado su vida de cuidados.

Esta vez, sin embargo, tenía miedo. El vientre de Serafina era descomunal. Y la fecha había pasado, según sospechaba Genoveva, hacía mucho tiempo. Por eso una mañana, en que sintió el aire dentro del bohío más cálido que de costumbre, como si Serafina misma fuera una fuente de calor, Genoveva se puso los botines resquebrajados, que sólo usaba cuando iba a caminar largo trecho —por la casa había aprendido a andar descalza y por los campos cercanos, con unas alpargatas ya tan agujereadas que dejaban asomar cada dedo— y se largó a buscar a la guajira con saberes de comadrona.

Fernando daba vueltas dentro del bohío como alacrán perseguido por las tenazas de Genoveva. Ya se sentía mejor, pero la barriga de su mujer le hacía crecer dentro un temor que no había conocido en el campo de batalla, ni siquiera cuando cayó abatido por las balas españolas. A mediodía oyó el sonido de cascos que se acercaban. Eran los dos ayudantes que lo habían traído herido. Esta vez venían con un caballo de repuesto.

—En cuanto llegue mi cuñada con la comadrona, nos largamos —les dijo con voz ronca a los ayudantes que se miraron en silencio, sorprendidos de que no quisiera esperar a ver el resultado del parto. Y así fue como pasaron varios años antes de que Fernando supiera que había tenido, por fin, un hijo varón.

Al principio la comadrona creyó que Serafina había parido un monstruo de dos cabezas. Y casi deja morir a los mellizos porque no pensaba que valía la pena salvar a tal clase de criatura. Pero Genoveva miró de cerca lo que había salido del gigantesco vientre de su hermana y comprobó que eran dos criaturas unidas en abrazo tan estrecho que las carnes de la niña rolliza envolvían completamente el delgado cuerpecito del varón dejando fuera sólo la cabeza.

—Si están tan acostumbrados a estar unidos no vale la pena separarlos —dijo Genoveva y los lavó a los dos juntos en la palangana de agua tibia.

Separarlos resultó difícil. Se buscaban aun dormidos y se iban acurrucando poco a poco hasta formar un nuevo cuerpo indivisible.

Serafina trató de ponerse uno en cada pecho, pero

sólo conseguía que no mamaran por retorcerse buscándose el uno al otro. Por fin decidió que tenía que dejarlos mamar juntos de cada pecho. Los pezones se le agrandaron hasta parecer enormes ciruelas, pero los mellizos prosperaron y se criaron sanos, si bien la niña, Sara, continuó siendo siempre dos veces más grande que Fernando, el varón.

❧ **II** ❧

¿Qué hiciste, torpe, qué hiciste
de la perla que tuviste?
La majaste, me la diste.
Yo guardo la perla triste.

JOSÉ MARTÍ. *Versos sencillos*, XLII

"Quién sabe, si me hubiera enterado de que tenía un hijo..." cavilaba en silencio Fernando, cuando ya todos lo llamaban don Fernando, recostado en uno de los taburetes a la puerta del Liceo, desde donde los hacendados ricos observaban cada tarde, luciendo trajes de dril blanco y lustrosas polainas de cuero; el deambular de la ciudad "...quizá no me hubiera dejado amarrar por otro lado". Y encendiendo con deleitoso cuidado el buen habano, seguía pensando: "...Y si hubiera sabido que aquella barriga descomunal era producto de dos criaturas... Pero pensé que si así la deformaban las hembras, un varón la mataría. Y yo necesitaba hijos varones. Sabía que cuando por fin los gallegos se tuvieran que largar, la tierra no valdría mucho y podría comprar toda la que quisiera. No era cosa de esperar a conseguirme yernos leales. Ya se ve, que por más que he tratado me han salido una desgracia, cagatintas los unos, demasiado espabilados los otros. Si no fuera por mis hijos, la tierra se habría ido al carajo". Y, dándole una larga chupada al vueltabajo que tenía entre los labios gruesos, siguió diciéndose: "Claro que éstas son reflexiones que uno se hace ahora. En ese momento yo no quería volver al bohío y hacerle a Serafina otra barriga. Bien decía su hermana que me bastaba olería para preñarla. Y en la ciudad la vida era tan distinta, que el bohío y la manigua me parecían otro mundo y fueron desvaneciéndose, como una pesadilla... o como un sueño".

Al regresar al campamento, dejando que Genoveva se enfrentara al parto de los mellizos, Fernando había sido elegido para entrar en la villa y establecer contacto con los patriotas adinerados que habían prometido traer un cargamento de armas. La elección estuvo basada en varios factores. Porque había estado convaleciente en el bohío, su piel no estaba tan quemada y cuarteada como las de los que se habían quedado en el campamento. Además, tenía los modales propios del hombre criado en la ciudad. No podían arriesgarse a enviar a alguien que por bronceado o analfabeto fuera fácilmente identificado como proveniente del campo. El que Serafina hubiera guardado todavía el traje que Fernando usara el día de su boda, y que mandó a buscar al bohío con uno de los soldados, facilitó la acción que cambiaría para siempre la vida de la familia hasta la cuarta generación.

seguro de darse a conocer al enemigo. Los conuquitos de los pocos campesinos dispersos por la región no daban para abastecer a las tropas, sobre todo desde que los hombres jóvenes habían sido conscriptos por uno u otro bando, como soldados por el ejército rebelde y como guías o cargadores por el peninsular.

Pero era difícil hablar de las plagas de jejenes y mosquitos, del hambre mal engañada con guayabas o mangos verdes que daban retortijones de tripas y disenterías, en aquella sala amueblada con muebles de caoba tallada y con incrustaciones de nácar, con visillos tejidos en las ventanas y en la cual las claridades que penetraban por los cristales de medio punto creaban arabescos tornasolados en los bruñidos ladrillos del piso.

Y mucho menos podría hablarse durante los próximos días de piernas gangrenadas, de heridas supurantes, de cuerpos consumidos por el paludismo y delirios causados por la malaria, de cagantinas y tiñas, en el comedor de larga mesa, de mantel bordado en punto de cruz al estilo canario, con grandes fuentes de porcelana, rebosantes de manjares humeantes, de los cuales Fernando temía haberse olvidado hasta el nombre, pero cuyo sabor anticipaba tan pronto le llegaba desde la cocina el tufillo de lo que recién empezaba a cocinarse.

Las hijas de don Segundo no parecían estar conscientes de lo que era la manigua. No habían estado en el campo nunca, ni siquiera de paseo por los alrededores de la ciudad.

—Nuestra madre, la pobre, que en Santa Gloria esté, nos lo tenía prohibido —había pronunciado Clara, la mayor, como si eso fuera toda la explicación necesaria.

Estaba casada con un jovencito escuálido que, al conocer a Fernando y saber de dónde venía, había pretendido darle alguna torpe excusa para tratar de explicarle por qué él no se había alzado Porfirio alegaba tímidamente que si no quedara nadie en las ciudades sería más difícil derrotar a los peninsulares y otras vaguedades por el estilo.

Eso sí, la timidez de Porfirio no parecía ser hereditaria. Clara tenía dos robustos varones que eran la obvia idolatría del abuelo y que campeaban por toda la casa sin mayor freno, apareciendo súbitamente en cualquier momento. Don Segundo interrumpía cualquier conversación y se los sentaba en las rodillas preguntándoles:

—A ver, ¿cuánto es 7 menos 5? ¿Y 14 más 8?

Y sonreía feliz al ver que los nietos no le equivocaban ni una suma ni una resta.

Usualmente, Clara aparecía detrás de sus hijos y aprovechaba la ocasión del buen humor que causaban en el abuelo para preguntar a su padre si podía mandar a enjaezar el coche y salir en una de sus innumerables visitas.

Estela, la hija segunda, era escurridiza. Fernando no había logrado cruzar palabra con ella. Pasaba la mayor parte del día en la iglesia. Apenas regresaba de una misa, partía a un rosario o una novena en alguno de los innumerables templos de la ciudad. Se hacía acompañar de la vivaracha Domitila, que tan pronto servía el café como daba de comer a los pájaros que, encerrados en múltiples jaulas de mimbre en el patio, llenaban la casa de trinos y gorjeos; pero cuya misión principal parecía ser cargar con el parasol, el abanico, el libro de rezos y el rosario de la niña Estela.

A Fernando le preocupaba sobremanera este asunto. Sabía que varios planes mambises habían sido descubiertos por la confesión de alguna cubana, devota y temerosa de las implicaciones morales de las acciones revolucionarias, a un cura español, a quien le importaban más los intereses de la Madre Patria que el secreto de confesión. A la hora de las comidas trataba de descubrir en el rostro de Estela alguna indicación de sus posibles simpatías, pero ella comía poco, con la vista baja y abandonaba la mesa a la menor oportunidad.

En cambio Ana, la menor de las hijas, parecía contenta dentro de casa. No sólo no iba a la iglesia, sino que no se dejaba persuadir por Clara para acompañarla en sus visitas. Parecía estar a la vez ocupada y libre. Regaba las flores del jardín, las cortaba y adornaba los búcaros de la casa. O se sentaba a bordar en el amplio portal interior que se abría sobre el patio florecido de gardenias en el que señoreaban cuatro barrigudos tinajones de barro.

No se inmiscuía en las conversaciones de su padre y Fernando, pero parecía estar siempre a la mano si necesitaban una limonada o una taza de café. Le acercaba los tabacos a su padre y le brindaba uno a

Fernando, con una sonrisa en la boca menuda, tan amable y natural que, en una ocasión en que ella pasó dos días indispuesta en su habitación, Fernando llegó a extrañarla aunque nunca habían intercambiado una palabra a solas.

Por medio de don Segundo, Fernando supo muchas cosas. La fundamental, de todas ellas, que los mambises no iban a ganar la guerra, por lo menos no en esta ocasión.

Don Segundo estaba al tanto del bloqueo ejercido por la marina española, de la imposibilidad de importar armas, de la desmoralización reinante entre algunas tropas y de las desavenencias entre algunos de los dirigentes principales.

Y Fernando dejó de sentir la urgencia de regresar a una manigua que, posiblemente muy pronto, estarían abandonando sus compañeros de armas. Y si en algún momento le venía un recuerdo inoportuno de Serafina y sus hijas, se acallaba la conciencia idealizando las condiciones del bohío y se decía que en ningún lugar podrían estar mejor que donde estaban y que llegado el momento oportuno se ocuparía de ellas.

❦ III ❦

Yo sé los nombres extraños
de las plantas y las flores,
y de mortales engaños
y de sublimes dolores.

JOSÉ MARTÍ. *Versos sencillos*, I

Serafina se enteró del término de la guerra por uno de los ayudantes de Fernando que llegó trayéndole a Diego.

—El coronel me encargó que le dijera que su marido fue enviado hace unas semanas a Puerto Príncipe con una misión y no regresó de allí. No sabemos si fue hecho prisionero. Pero el coronel no cree que deba temer por su vida. Posiblemente habrá un indulto general... —informó a Serafina mientras se tomaba una taza de agua hervida que le sirvió Genoveva. Hacía años que no probaban café ni veían azúcar, pero a los pocos visitantes que pasaban por allí nunca dejó de servírseles una taza de agua caliente.

—Dijo también el coronel que le trajera al muchacho. Nadie sabe de dónde salió, pero su marido acostumbraba a repartir el rancho con él, y cuando le preguntamos a dónde quería ir, dijo que con usted.

—Todavía no soy grande como para ser periodista ni casarme con su hija, pero la ayudaré en todo lo que pueda —dijo el chiquillo. Seguía siendo muy menudo, pero ya no parecía tener el vientre tan abultado de lombrices. En el campamento le habían rapado el pelo y la cabecita se le veía más pequeña y redonda que nunca.

—Bueno, hijo —dijo Genoveva—, casa y comida no te van a faltar. Ya compartiremos contigo lo que tengamos.

Serafina no dijo nada, pero le pasó la mano por la cabecita rapada y sonrió. Últimamente le resultaba muy difícil soñar con Fernando dormida o despierta. Temía que se le iba desdibujando su recuerdo y pensó que tener cerca al chiquillo la ayudaría a recordar la tarde en que los pajarillos picoteaban cundiamores en sus pezones.

Fernando, en cambio, se enteró del final de la guerra por la prensa canadiense, que descifraba con dificultad. Don Segundo lo había animado a acompañarlo a Toronto. —Lo único sensato que se puede hacer en este momento es poner algo de distancia entre esta situación y uno mismo —le había dicho una tarde mientras tomaban la tacita de café que les había servido Ana—. Véngase con nosotros —había añadido—. Se ha hecho usted como de la familia. Estoy seguro de que no se arrepentirá. Será una ocasión de ver un país realmente próspero y bien organizado, aprenderá usted inglés y ya veremos en qué forma puedo emplearlo en mis negocios. El tal Porfirio es un poco demasiado timorato. No me quejo, mire usted, me ha dado dos nietos y no me sorprendería si hubiera ya otro en camino... Pero falta todavía mucho para que mis nietos me ayuden en los negocios y, como le digo, con Porfirio no creo que pueda contar... Lo voy a dejar aquí. Para que me gire lo que le entreguen los administradores y me mantenga ocupada la casa. Pero me llevo a mis hijas y a mis nietos. Y a usted, claro, que ya le digo que es de la familia...

A Fernando no se le escapó que al decir las últimas palabras la mirada de don Segundo pasaba de él a Ana, como uniéndolos en un mismo destino. Cuando trató de argumentar responsabilidades, don Segundo se levantó y le indicó que lo siguiera a la biblioteca. Cerró la puerta, cosa bastante desacostumbrada en esa casa donde hasta las puertas de los dormitorios se dejaban ligeramente entreabiertas para evitar el calor tórrido. Sirvió, entonces, con parsimonia dos copas de coñac y dándole una a Fernando le dijo, mientras calentaba su copa entre las manos:

— No se moleste en contarme asuntos de faldas. Joven es usted y no me extraña que haya tenido alguna mujer mientras andaba por la manigua. Ya sé yo lo que es andar por el campo, que de joven pasé largas temporadas en la hacienda. Pero ésos son avatares de la juventud y de la guerra. Ahora le llega la hora de echar cuenta nueva.

Y al decir esto se tragó el líquido ambarino que

había estado dejando circular por la copa, de un solo golpe, como si toda la vida anterior de Fernando pudiera deglutirse del mismo modo.

—Vamos, hombre, pórtese usted como el caballero que es. La manigua queda atrás. Habrá que volver a ella y la experiencia que usted tiene nos servirá cuando se trate de elegir a otros hombres para llevar a cabo lo que esta vez no se pudo. Pero, ahora, al Norte... con mi familia, que ya le digo que es la suya.

Fernando apuró su copa también de un trago, sin regodearse con el magnífico coñac, porque ya don Segundo abría las puertas de la biblioteca y llamaba:

—Ana, Anita, entreténgame a Fernando que yo tengo que ocuparme de unos asuntos...

Y así se vio Fernando frente a frente, a solas por primera vez con Ana, aunque —no es necesario decirlo— a solas únicamente porque tenía que abordar una conversación entre los dos, no porque dejaran de estar por allí otros miembros de la familia, Clara dando órdenes en el comedor y Porfirio a unos metros, en el portal, enseñándoles a mover las piezas del ajedrez a sus hijos.

La conversación fue fácil. Ana le pidió a Fernando su opinión sobre el potro que acababan de traerle a don Segundo de la finca y le preguntó si le parecía que tendría buen paso para la calesa.

Fernando se sintió cómodo y halagado y se explayó hablando de las virtudes de ese potro y de todos los potros. De allí pasaron a hablar de los atributos de un buen calesero y de las respectivas ventajas del quitrín y de la volanta frente a otros tipos de coches.

Fernando creyó que ya había capeado el temporal y estaba en aguas mansas, cuando Ana le preguntó con voz temblorosa:

—¿Vendrá usted con nosotros, verdad que sí? Será tan duro alejarnos de todo lo que conocemos...

Sin detenerse a pensar qué lo impulsaba, Fernando le tomó la mano y se la besó. Al despedirse, Ana se quitó la gardenia que traía en el pelo y se la ofreció con una sonrisa tímida, pero con mano segura.

✨ **IV** ✨

Busca el obispo de España
pilares para su altar.
¡En mi templo, en la montaña,
el álamo es el pilar!
Y la alfombra es puro helecho,
y los muros abedul.
Y la luz viene del techo,
del techo de cielo azul.

JOSÉ MARTÍ. *Versos sencillos*, III

Serafina y Genoveva esperaron por largos meses que Fernando viniera a buscarlas al bohío. Pero como cada vez se hacía más difícil conseguir alimento, regresaron con los seis chiquillos a Nuevitas, el pueblo pescador al norte de Camagüey donde habían nacido y crecido y desde donde se las había llevado Fernando a la manigua.

Se instalaron en la casa de madera en la que había transcurrido su niñez. Una tía vieja y sorda la había habitado durante los años de ausencia, acompañada de una prima lejana, sus únicas parientes. La tía había muerto unos meses atrás y la prima se había ido de niñera a la capital. La casa, aunque oscura, empolvada y con olor a salitre y moho, les parecía mucho más grande que antes, en comparación con el bohío. Y a la vez, sin embargo, se sentían un poco prisioneras, sin la expansión de los montes y el río.

Los techos goteaban con mayor fuerza, como si hubieran salido tan mal parados de su guerra con las tormentas como las tropas de ambos bandos después de los diez años de contienda. Y cada vez que caía un aguacero, había que diseminar jícaras y bateas, palanganas y tibores por toda la casa, para que recogieran el agua de las goteras. Y las gotas iban creando una extraña sinfonía al caer con distinta intensidad, según la magnitud de la gotera, en recipientes tan disímiles. Pero con la llegada de los niños fue como si entrara el sol en la casa, aunque mucho tenían que agradecer las paredes que se iban librando del verdín del moho y los rincones que se desembarazaban de polvo y telaraña a la escoba diligente de Genoveva y a sus trapos y baldes de agua jabonosa.

A Serafina le bastaba romper un gajito de algo, escarbar un huequito en la tierra y sembrarlo, para que creciera. Era como si su maternidad prodigiosa se hubiera trasladado a sus dedos e hiciera brotar cuanto tocaba. Y el pequeño patizuelo interior se fue rellenando de claveles y dalias, de jazmines y mariposas y de hileras de azucenas que bordeaban los canteros que Genoveva había delineado enterrando boca abajo, hasta que sólo les asomara el fondo de cerámica, las botellas de cerveza que Diego recogía los domingos por la mañana en la playa donde habían sido abandonadas la noche anterior.

Serafina parecía tener el mismo don prodigioso con la costura. Empataba retacitos de tela, con los que nadie más hubiera podido hacer nada, y los transformaba en vuelos y volantes. Pronto se corrió la voz entre las señoras y señoritas nueviteras que había una costurera capaz de resucitar vestidos pasados de moda y de hacer con viejas enaguas nuevas batas de alegres vuelos.

Genoveva no quería ser menos en su ayuda para el sustento de la familia. Aprendió a hacer quesos de almendra y el aroma de las almendras cociéndose en agua de canela con clavos de olor permearía para siempre el recuerdo de esos años en que la infancia se le terminó de golpe a Isabel, dejándola en una tierra extraña, ni niña ni adolescente.

Veía a su madre comenzar a coser a la luz del quinqué, antes de que empezara a alumbrar el sol, y dejar de hacerlo bajo la misma luz, cuando el sol hacía mucho que había dejado de alumbrar. La antigua alegría de Serafina se había convertido en una ternura dulce aunque remota. A veces cantaba mientras cosía, pero en una voz tan baja que apenas se escuchaba. La mayor parte del tiempo dejaba vagar una sonrisa suave en el rostro que seguía pareciendo el de una niña.

Todos los viernes, Diego iba a la oficina de Correos a indagar si había llegado carta para ella. Por acuerdo tácito entre los dos, no mencionaban esta actividad a nadie. Diego se despedía diciendo:

—Voy a hacer un encargo. Ya vuelvo.

Y cuando regresaba decía:

—Buenas tardes nos dé Dios.

Serafina sabía que no había llegado nada por la actitud penitente del muchacho, que parecía sufrir como si la falta de noticias fuera culpa suya.

El ritual pasó a ser parte de la liturgia familiar: los sopones de Genoveva los sábados, los ajiacos de Serafina los domingos, el lavado de la ropa el lunes, el almidonado el martes, el planchado el miércoles, las carreras de las niñas, seguidas por Fernandito, por la playa, bajo la mirada vigilante de Genoveva, los jueves por la tarde... Días hilvanados en semanas, semanas que siguen a otras semanas, como las puntadas menudas de Serafina, y que van alforjándose en meses, pespunteándose en años...

Un viernes por la tarde, al regresar Diego, entró con él una ráfaga de viento con frescura marina, viento oloroso a sal y lejanías. Serafina levantó la vista y al ver la cabeza erguida del muchacho, palideció. Sin decir una palabra, Diego le colocó sobre el regazo un sobre grueso, abundante en lacre y matasellos. Venía dirigido a la Srta. Serafina López Camacho. No traía carta alguna, pero incluía un giro bancario pagadero en libras esterlinas y un pañuelo de seda celeste.

Serafina puso el sobre en el fondo del canasto de la costura y siguió cosiendo. Esa noche, Genoveva que podía leer un poco más que su hermana, descifró el sobre a la luz de un candil.

—"Señorita" habría que darte a ti —murmuró entre dientes. Pero se lo guardó en el seno.

Le tomó un mes persuadir a Serafina que la

acompañara al banco.

—No uses el dinero si no quieres —le insistió—, nos bastamos nosotras para sobrevivir, pero no sabes cuándo pueda necesitar algo uno de tus hijos.

Serafina abrió por fin una cuenta a nombre de la Sra. Serafina López de Salvatierra. Y pidió que le depositaran allí el importe total del giro.

Genoveva entonces le insinuó que debía buscar su partida de matrimonio. Serafina no quiso oírla. Pero cuando ya el envío anual del giro sin carta, dirigido a Serafina como Srta. López Camacho, se había repetido varias veces, Genoveva decidió regresar a la iglesia que ninguna de las dos había vuelto a pisar desde el día de la boda de Serafina y Fernando, aquella boda sencilla, en tiempos de guerra, pero durante la cual la chiquilla que era entonces Serafina no había cesado de reír, salvo cuando se quedaba absorta escuchando el trinar de un sinsonte que, a falta de coro o músicos, amenizaba la ceremonia desde el patio del claustro.

La sorprendió poco cuando averiguó que el asiento de matrimonios había desaparecido como otras tantas cosas cuando habían vaciado la sacristía para proteger las propiedades de la iglesia de posibles asaltos por las tropas mambisas. Pero tenían mucha suerte. El cura se acordaba de haber casado a su hermana, porque tenía una prima que se llamaba Serafina López igual que ella y porque el apellido Salvatierra no era común. Y aunque no podía proporcionarle una partida de matrimonio, sí estaba dispuesto a bautizar a los niños.

El bautizo fue la hazaña mayor con la que tuvieron que enfrentarse desde el último parto. Como no tenían a quién pedir que hicieran de padrinos, le otorgaron a Diego la responsabilidad de ser padrino de todos, menos de Esperanza. Por si acaso era cierto que un día Diego llegaba a casarse con ella, como venía diciendo que lo haría, hicieron padrino de la niña pelirroja a Fernandito, a pesar de sus pocos años.

Como el padrino no podía cargar a la ahijada, Diego se colocó detrás de él y la sostuvo pasando sus brazos debajo de los de Fernandito. Hasta entonces, Diego se había abstenido de tocar a Esperanza. Jugaba con ella, como con las demás, pero nunca la abrazaba ni la besaba. Al tenerla en brazos, aunque los separaba el cuerpo de Fernandito, sintió que se llenaba de ternura y pensó en qué bien tenía puesto el nombre de Esperanza. Ella, en cambio, no parecía enterarse de nada, encantada de poder pasar la mano por la fresca lisura del mármol de la pila bautismal y por la suavidad de terciopelo de la estola del cura.

El revuelo visible del bautizo lo ocasionó, sin embargo, Sara. Estaba siempre llena de curiosidad. Quizá porque todo el mundo la miraba a ella como un bicho raro, por su gordura descomunal, ella se había acostumbrado a mirarlo todo con la misma abierta desenvoltura. Cuando estuvo al lado del cura, quiso enterarse qué ocultaba debajo de la sotana. Sin reparar en que tenía en la mano una vela encendida como parte del ritual del bautismo, se agachó para asomarse debajo de la ropa talar y casi causa la muerte del sacerdote inadvertido y del tropel de chiquillos, que al ver en llamas al cura y a su hermana, correteaban despavoridos sin atinar a salir de la iglesia.

Serafina salvó la situación. Aunque hasta ese momento parecía totalmente ensimismada y ausente, al ver en llamas la bata de su hija, la levantó en vilo y la sumergió en la pila bautismal, causando con ello tal salpicadura que apagó también el fuego de la sotana del cura.

Nadie podía entender que Serafina hubiera podido alzar a Sara que ya para entonces pesaba dos veces lo que su madre. Serafina se limitó a sonreír diciendo: "La parí y la amamanté, ¿qué de sorprendente tiene que la levante?"

Nunca quedó muy claro cuántos de los niños habían sido bautizados en el momento en que se prendieron sotana y bata. Serafina decía que daba lo mismo, puesto que la salpicadura de agua bendita los había alcanzado a todos y en cuanto a nombres ya los tenían puestos desde antes de nacer. En lo que respecta a padrinos, Fernandito lo era de Esperanza y Diego de todos los demás. Genoveva era la madrina de todos, menos de Fernando, porque Sara berreaba que eso sólo podría serlo ella y nadie se lo quiso discutir, puesto que si Fernando podía ser padrino, también Sara podía ser madrina a la misma edad. El bautizo afectó a cada niño de distinta manera.

Elena no sabía si alegrarse porque a todas sus

separaran y se acostumbraran a dormir por su cuenta, pero Serafina no estaba dispuesta a dejar que el hijo se le muriera de inapetencia.

A Genoveva la solución le quitaba el sueño. Sentía que Serafina con su decisión, y ella con su acatamiento, estaban fomentando el incesto. Y se acusaba de que quizá algún día en la familia les nacería un verdadero monstruo de dos cabezas. La pobre no hubiera tenido que preocuparse tanto. El día en que por fin los mellizos lograron vencer todos los tabúes, sería para descubrir que en realidad no parecía haber forma de consumar lo que venían anhelando desde el vientre materno.

Pero, aparte de la profunda inquietud de Genoveva, el remedio de que los mellizos durmieran juntos dio, por el momento, resultado y volvió a reinar paz en las noches. Una paz, eso sí, teñida de temores presentes e inquietudes por el futuro, que era en cierto modo como la tregua de paz que vivía el país. La paz de quienes toman un respiro porque saben que las cosas no pueden seguir como están.

❧ V ❧

Vierte, corazón, tu pena
donde no se llegue a ver,
por soberbia, y por no ser
motivo de pena ajena.

JOSÉ MARTÍ. *Versos sencillos*, XLVI

La tregua irreal del país estaba basada en la pasividad de quien se sabe insuficiente para la lucha, pero es consciente de que la situación no puede continuar. Una tregua en la que se fraguaban las fuerzas, aun sin que hubiera planes precisos. Así como Serafina no sabía ni dónde ni cómo se encontraría con Fernando, pero sabía que se encontrarían y que en el encuentro a ella no le faltaría dignidad; los cubanos se fortalecían para una guerra que no sabían cómo ni cuándo estallaría, aunque no dudaban que se llevaría a cabo. El desenlace fue profundamente insatisfactorio en ambos casos.

Serafina vio a Fernando cuando éste regresó del Canadá, diez años después de haberse firmado la Paz del Zanjón. Después del primer giro, había recibido uno por año y los había depositado todos, siete en total, en la misma cuenta. Pensaba devolverle el dinero. Quería decirle que del mismo modo que se había bastado sola para parirlos, también se había bastado para alimentarlos. Lo que no sabía es que en lugar de darle el dinero lo que tendría que darle serían los propios hijos, que encontrarse con Fernando significaría quedarse desangrada.

Fue algo semejante a lo que más tarde le sucedería al país. Tras una lucha heroica de tres años vencería a los españoles. Pero así como Fernando se trajo una esposa flamante del Canadá y reclamó a todos los hijos para que ella terminara de criarlos, así Cuba más tarde se encontraría con que al final de tantos años de heroicidad y tanto sacrificio, la gloria del término de la guerra se la llevaban los yanquis, y su esfuerzo por la libertad quedaba comprometido y mediatizado.

Utilizando como justificación el estallido del crucero Maine en el puerto de La Habana, quizá por defecto de la misma construcción del crucero, o como se creía en Cuba, por un designio más oscuro que ofrecía un pretexto conveniente para iniciar una guerra contra España, Estados Unidos envió tropas a Cuba.

Los yanquis se quedaron con Puerto Rico, las Filipinas, Guam y las islas Marianas, enclavaron una base militar en Guantánamo y se arrogaron el derecho de intervención en Cuba y el control de las decisiones políticas del pueblo cubano, ya que no les era posible quedarse con la isla misma.

Fernando también intentó quedarse con Serafina. Le propuso que fuera a vivir a su casa, como gobernanta de sus hijos, los que había tenido con ella y los que esperaba seguir teniendo con Ana. Ante la indignación de Serafina, le propuso ponerle una casa en la ciudad y visitarla de cuando en cuando, cuando florecieran... pero ella le puso una mano en la boca y le impidió llegar a pronunciar cundiamores.

Después de un silencio cargado de recuerdos en el cual a Serafina le pareció oír en el trinar lejano de un sinsonte los estertores de la muerte, ella le explicó que le dejaba llevarse a los hijos porque estaba perdiendo la vista y no iba a poder continuar manteniéndolos con la costura como lo había venido haciendo y porque no quería privarlos del futuro que él podría darles. Pero le insistió que, en cuanto a ella, se olvidara por completo.

—Te podría hacer prender por bígamo —le dijo—. Y hacer valer mis derechos. Que soy tu primera mujer. Pero eso no me iba a quitar el desprecio que te tengo. Mejor te va quedándote con quien te quiere. Eso sí, mira que no haya distingos entre tus hijos. Que dos de ellos se quieran más de lo debido es un problema que no he podido evitar, pero lo que es la sangre de Caín no la borra nada y siempre termina con los padres.

Fernando bajó la cabeza, sin saber qué decir, avergonzado. No reconocía en esta mujer firme y serena a la chiquilla que lo había seguido al altar y a la manigua. Hubiera dado cualquier cosa por arrancarle la costura de las manos y arrastrarla a la cama y hacerla reír y cantar a un tiempo. Pero entendió que él mismo había silenciado al sinsonte que antes aleteaba detrás de las pupilas que empezaban a opacarse. Y el dolor que sintió fue mayor que el de la herida que había hecho que lo llevaran casi desangrado al bohío.

Fernandito mostró desde el primer momento interés por irse con este padre desconocido, pero que olía tan bien a colonia extranjera, llevaba bastón con empuñadura de plata y lucía zapatos brillantes como espejos. Separar a las hijas de la madre no fue fácil para ninguna.

La única que reconoció al padre sin titubeos fue Isabel, que era precisamente la más explícita en querer quedarse con Serafina. Pero fue la propia madre quien venció su pasión, al decirle:

—Quiero que vayas. Sólo si estudias y te preparas podrás salir adelante y guiar a tus hermanos. Ya ves cuánta falta me hace tu ayuda...

—Si es así, descuide usted, madre —le replicó Isabel con lágrimas en la voz y temblor en la mirada—, voy a prepararme lo mejor que pueda, pero únicamente para poder tenerla a usted a mi lado.

Eran palabras altisonantes de adolescente, pero en aquella ocasión sirvieron para que sus hermanas la siguieran.

El intervalo en la casona camagüeyana, de altos techos de tejas y corredores sombreados, bordeados de helechos, alrededor de un patio central con una hilera de tinajones cubiertos de musgo, fue de breve duración.

Fernando había comprado la casona a un comerciante catalán, que había decidido regresar a la

Península. La eligió porque era espaciosa, como para albergar a todos sus hijos. Ana, que hubiera preferido poder tener la casa en la que había crecido, ahora en manos de su hermana, consiguió que ésta le dejara llevarse a algunos de los viejos servidores.

—Es lo menos que puedes hacer por mí —le insistió—. No te imaginas lo que significa tener en casa a estos niños criados en el campo.

Así se refería siempre al hablar de los hijos de Serafina. La desesperaba no lograr sacar a Gloria de la cocina, lugar al cual la niña corría a refugiarse en todo momento. Elena la miraba con ojos temerosos y rompía a llorar al primer pretexto. Esperanza le parecía la más bonita y la más educada y se ganó su cariño cepillándole el brillante cabello rojo, pero perdía la paciencia ante la obsesión con la que Esperanza pasaba la mano por todas las superficies, y vivía temblando de pensar que la niña le iba a romper los jarrones chinos del salón.

Trató de poner a dieta a Sara, aterrada por el grosor descomunal de la criatura, hasta que se dio cuenta que aunque Sara no comiera nada, engordaba olfateando el olor de la comida. Como no podía dejarla sin respirar, tuvo que abandonar su empeño y resignarse al volumen de la niña, para quien hubo que mandar a construir una silla especial.

Pero lo que más molestaba a Ana era ver a Sara y Fernandito siempre de la mano. Había vivido con la misma idea equivocada de su marido de que Serafina sólo había tenido hijas. La abrumaba el que existiera un hijo casi tres años mayor que su primogénito. Y la disgustaba todavía más no ser capaz de atraer al muchachito y conseguir su atención.

Estaba habituada a la galantería de los hombres de su casa, su padre primero y Fernando después, y a la idolatría casi ideática de sus hijos. El que este chicuelo no le rindiera la misma pleitesía y que encima prefiriera ostensiblemente a la hermana obesa, la llenaba de despecho.

Con Isabel mantenía una lejana relación de respeto. Sentía que a ella y no al padre tenía que demostrar que no ejercía favoritismo, una obligación que le había delineado muy claramente Fernando, apenas al regresar de Nuevitas:

—Aquí en esta casa todos son mis hijos y a todos se les trata por igual.

Obligación que ella había acatado porque no sabía qué otra cosa podía decir.

Había sentido un profundo temor de que Fernando quisiera reanudar su relación con Serafina. Él no la había nombrado nunca antes del día en que le avisó que iba a buscar a sus hijos. Pero ella había intuido que en el corazón de Fernando había zonas en las que ella no podía siquiera atisbar.

El único triunfo para su vanidad herida fue lanzarse contra el pobre Diego.

—Ése no es hijo tuyo —le había dicho con firmeza al marido, cuando llegó acompañando a los hijos de Serafina. Y había añadido con cierto retintín: —No creo que sea sensato tenerlo bajo el mismo techo que a tus hijas.

Diego se adelantó y explicó con su dignidad de siempre:

—Soy el prometido de Esperanza. Pero hasta que nos casemos, viviré con doña Serafina. —Y se había marchado sin mayor despedida.

Esperanza armó el primer y último berrinche que tendría en casa de su padre, un berrinche, un concierto de lloros y gritos, que no lograban acallar ni los regaños del padre, ni las exclamaciones de Ana, que amenazaba desmayarse ante semejante impropiedad, ni las tilas y tisanas de Eustaquia; y que sólo pudo calmar Isabel diciéndole que Serafina la oiría desde Nuevitas y se le partiría el corazón.

Como todas sus hijas sabían que su madre podía oír a la distancia lo que nadie más escuchaba, Esperanza se bebió media garrafa de tila y dejó de gritar. Pero el berrinche decidió a Ana a hacer todo lo necesario para sacar de su casa lo antes posible a aquellas niñas sin educación.

ᰍ **VI** ᰍ

Denle al vano el oro tierno
que arde y brilla en el crisol.
A mí denme el bosque eterno
cuando rompe en él, el sol.

JOSÉ MARTÍ. *Versos sencillos*, III

Don Fernando, como le decían todos ahora que andaba siempre con chaleco de raso y gruesa leontina de oro, decidió tomar cartas en el asunto de la crianza de sus hijos.

Isabel, nacida en mitad de la contienda del 68, que había durado una larga década, iba a cumplir quince años. Parecía absorber todo lo que ocurría a su alrededor con los grandes ojos verdes, pero cuando don Fernando le regaló un libro descubrió con espanto que casi no podía leer.

—¿Dónde quiere usted que hubiera aprendido? — le preguntó a su padre, con voz respetuosa, pero con lógica cortante—. En la manigua no había libros y desde que llegamos a Nuevitas había demasiado trabajo para procurarnos qué comer y para mandar a arreglar el techo, porque no había bastantes jícaras ni orinales para tanta gotera.

El padre no supo qué decirle, pero esa noche

paseó una y otra vez por el comedor ponderando el asunto. Había decidido que la única manera de acallar su conciencia era haciéndose cargo de los hijos. Ana había aceptado la idea, quizá esperanzada en que así se le pasarían los arranques de melancolía y los malhumores que solían aquejarlo y torcerle el ánimo y que ella había percibido que estaban directamente relacionados con el recuerdo de sus primeros amores.

Sobre ambos pesaba el consejo de don Segundo Cortés: "Los hijos son el mayor tesoro de cualquier familia. Y las hijas, que como se ve, traen yernos y producen nietos. Que riqueza, sin herederos que la administren y la aumenten, pronto deja de ser riqueza."

Si bien en un principio Ana lo había llenado de orgullo dando a luz tres hijos varones, con sólo dos partos, los siguientes embarazos nunca llegaban a término, hasta el punto en que Fernando a veces dudaba que hubieran llegado a ser verdaderos. Y tres hijos no parecían suficientes para administrar tanta riqueza heredada, adquirida y esperada.

Por otra parte, Fernando se daba cuenta de que la tarea era mucho mayor que lo que anticipaba. Las niñas no se parecían en nada a su imagen de lo que podía ser una mujer criolla, como la propia Ana. Sumisa, cariñosa, siempre atenta, pero sin demostrar iniciativa propia, ocupada en cosas gráciles como bordar o tejer, o hacer florecer los búcaros, dedicada a pedirle melodías al piano, entretenida por horas en buscar medios de

embellecerse o engalanarse y, en cuanto a lo que él
valoraba, garantizar el ritmo armónico del hogar:
comidas a punto y en sazón, café siempre recién
colado y tinto, manteles impecables, platería
bruñida, copas relucientes, el agua del baño a la
temperatura deseada, sin necesitar siquiera
ordenárselo a un criado, y la ropa, planchada a la
perfección y en metódico orden en armarios y
gaveteros. Que Ana no hiciera ninguna de estas
labores con sus propias manos era lo natural, pero
Fernando le reconocía el crédito de que jamás se
oyera en la casa una sola palabra que interrumpiera
la serena armonía. La servidumbre dócil, nunca vista
y jamás discutida. Ese era el ideal de mujer que Ana
había hasta ahora cumplido fielmente.

Sus hijas, en cambio, estaban acostumbradas a
vestir batas sencillas y sueltas, a corretear primero
por el campo y luego por la playa, a comer cuando y
como querían, a decir lo primero que se les ocurría...
Cambiar su estilo no iba a ser fácil. Él tenía otras
cosas de qué ocuparse con tanto negocio planeado
con el suegro antes de que don Segundo sucumbiera
de una apoplejía en las tierras del Norte que tanto
admiraba, y Fernando no sentía a Ana capaz de
afrontar una empresa tan temeraria como la
transformación de sus hijas en jovencitas
casaderas...

La idea salvadora se la dio un amigo colono,
mientras jugaban una partida de dominó en el Liceo.
Conversaban del Norte, de los Estados Unidos, y de
los cambios que allí ocurrían. A su amigo le

admiraban los alcances del progreso, pero le disgustaba el efecto que empezaban a tener en las mujeres.

—Un periódico de Filadelfia habla de que se eduquen a la par que los hombres y de las muchas profesiones que les están permitidas, como las de maestra o enfermera y hasta escritora. ¡Imagínese usted que se vanaglorian de que tienen mujeres que publican libros!

Y después de volcar con rabia sobre la mesa las fichas de marfil, que se desgranaron con ruido de matraca, continuó:

—Y aquí, si no nos cuidamos, nos va a pasar lo mismo. Como si los conventos no fueran suficientes para educar a nuestras hijas, ahora en La Habana hay unas francesas que tienen un internado para señoritas. Y como si fuera poco, hay quienes envían a sus hijas a aprender en francés y en inglés. Sólo Dios sabrá qué cosas van a leer luego en esos idiomas.

Fernando consideró que no valía la pena discutir el tema, pero al día siguiente le escribió una carta a su apoderado en La Habana. Le daba instrucciones precisas de visitar el Colegio para Señoritas de Madame Durand y de hacer una serie de investigaciones.

El arribo de las señoritas Salvatierra al internado en el cual vivirían los próximos años de su vida estuvo precedido de grandes preparativos. Por instrucción estricta de don Fernando se habían tirado abajo dos paredes para crear una enorme alcoba común, porque había insistido en que sus cinco hijas durmieran en la misma habitación. Y luego había enviado muebles de caoba tallada de tales dimensiones que fue necesario ensanchar la puerta para meterlos.

Aquellos cambios profundos en la bien establecida rutina del colegio no pararon con la llegada de las jovencitas. Desde entonces, semanalmente arribaba por ferrocarril al internado un envío de don Fernando: cajas de ostiones que apestaban el patio, donde Nicomedes, que era a la vez cochero y jardinero, se sentaba a abrirlos, separando el molusco gris, que dejaba resbalar, viscoso, dentro de una jarra de cristal, y las conchas, de exterior repulsivo e interior nacarado, que más tarde machacaría hasta convertirlas en un polvo fino que mezclaría con el maíz molido de las gallinas, para que pusieran más huevos. Grandes quesos redondos, de amarillenta palidez, suaves y cremosos. Tinajas de barro llenas de una mantequilla dorada y esponjosa, algo rancia por el viaje, pero todavía deliciosa al paladar de las internas y apreciadísima por la directora que, gracias a aquellos envíos, podía permitirse todas las salsas y mayonesas que su paladar requería. Una vez al mes el envío era aún más portentoso, porque incluía una res, descuartizada, por supuesto, en grandes trozos que los cargadores del ferrocarril traían en hombros y descargaban chorreando en el patio. Allí se formaba un charco que Gervasia se apresuraba a enjugar tan pronto su marido, Nicomedes, había llevado la carne a la cocina, donde Mauricio, el cocinero, se apresuraba a reducirla a filetes, boliches y palomilla, y a hervirla, asarla o salarla, para que pudiera pasar a las mesas del comedor en buen estado durante las próximas semanas.

De aquellos envíos, lo que entusiasmaba a las internas eran las barras de conserva de guayaba, envueltas en frescas hojas de plátano, y los piloncitos de melado, atados en trozos de yagua. Con estas golosinas, cada vez más difíciles de obtener en la capital, desde que había vuelto a empezar la lucha en el campo y las familias se negaban a ir a las haciendas y el ferrocarril se dedicaba casi exclusivamente al transporte de las tropas, las Salvatierra hubieran podido granjearse el aprecio de sus condiscípulas, si no se lo hubieran ganado precisamente por su sencillez.

Las jovencitas habaneras que venían a clase a diario desde sus casas y las internas procedentes de algunas de las familias más prominentes de la isla, de familias que habían abrazado las ideas de progreso y querían ver a sus hijas educadas a la europea, estuvieron tentadas de burlarse de aquel extraño rebaño de niñas analfabetas, que parecían sentirse más a gusto en la huerta con Nicomedes y Gervasia, que en el salón. Niñas que vestían unas batas sencillas, sin volantes, lazos ni adornos, rescatadas del fondo de los baúles, apenas el padre había doblado la esquina después de depositarlas en el internado, y que cantaban extrañas canciones sin palabras que más parecían gorjear de pájaros. Pero la humildad y dulzura de Serafina estaba presente en

necesitarían atención especial para compensar el descuido previo en su educación. Estos fondos adicionales resultaban invalorables en estos momentos inciertos en que las familias mejor dispuestas a educar a sus hijas fuera del ambiente ñoño de los conventos eran precisamente las que abandonaban la isla y se iban a radicar a las tierras del Norte, en Filadelfia, Boston, Nueva York o Tampa, o se instalaban en México, que ya podía llamarse orgullosamente república.

La otra parte de su persona, que no le debía a nadie, sino a su propia voluntad, pues de la madre apenas guardaba una imagen románticamente diluida en frescores de lavanda y manos blancas, esa parte idealista de Madame Durand se entusiasmaba ante la idea de mentes vírgenes, no deformadas por horas de rezos en parvularios y clases de doctrina, no restringidas por convenciones sociales ni deformadas por presunciones vanas. Estas jovencitas sin pretensiones, que parecían ignorar su aspecto físico, la belleza, que tenían en abundancia tal que quitaba el aliento; y la deformidad, que lo era tanto como para haberse querido encerrar en donde no las vieran, hacían estremecer el intelecto de Madame Durand, la única parte de su ser capaz de estremecerse. ¡Ah, la oportunidad de un laboratorio vivo, de un experimento sin precedentes, para probar la bondad innata de estas emilias, su potencialidad y el efecto de las buenas ministraciones pedagógicas!

Lamentablemente, era más fácil aceptar la ignorancia de las menores, que pasivamente recibían la nueva información, silenciosamente Gloria, tiernamente Elena, con curiosidad Esperanza, con jovialidad Sara, que soportar la mirada crítica de Isabel, que no parecía dispuesta a aceptar una realidad que le resultaba desconcertantemente injusta. Y Madame Durand pasó más de una noche en vela tratando de reconciliar sus complejos sentimientos hacia Isabel.

Por fin su desvelo la llevó una noche a la biblioteca, y al descubrir allí a Isabel, diccionario en mano tratando de traducir el libro de texto de francés, mientras todos dormían, le hizo comprender hasta qué punto la joven sufría por la desventaja en que se encontraba frente a sus compañeras, y que mejor que pensar sobre ello, era actuar.

Y así empezó una amistad sorprendente, entre la adusta directora y la primogénita de las Salvatierra, y Madame Durand se sorprendió a sí misma compartiendo, so pretexto de que su alumna pudiera practicar francés, sus más íntimos pensamientos con Isabel.

✺ VII ✺

Fáciles son los héroes con tales mujeres.

JOSÉ MARTÍ. *Periódico Patria, NY*
6 de octubre de 1893

Los ecos de la guerra que, tras tantos esfuerzos, el Partido Revolucionario Cubano había conseguido volver a iniciar con el desembarco en Oriente de José Martí y el General Máximo Gómez, llegaban muy desvirtuados y distorsionados a la capital.

Era como si en lugar de un país fueran dos: uno, el campo, la manigua insurrecta, donde los mambises arriesgaban y perdían la vida en una lucha desproporcionada, una lucha cruenta, en la cual la disparidad de recursos había que suplirla con arrojo y audacia, y una ciudad que se esforzaba en seguir su cadencia de puerto bullicioso, donde el ritmo de la guerra se medía por el número de tropas españolas de refuerzo que desembarcaban con uniformes recién estrenados, el número de heridos y enfermos de malaria y disentería que llenaban los hospitales o eran devueltos a la Península en los mismos barcos que habían traído las tropas de relevo y, claro está, por el esfuerzo renovado de las autoridades por callar toda manifestación de apoyo a la causa cubana y de reclutar a los jóvenes hijos de familias españolas para los batallones de voluntarios, que recorrían desafiantes las calles.

Los infelices campesinos arrancados de sus tierras para que no pudieran suplir de vituallas al ejército libertador eran la expresión más visible de los desesperados esfuerzos del gobierno español por mantener los últimos reductos de un imperio que había costado más de tres siglos construir y que ahora se desmoronaba en unas décadas.

Muchos de los padres de las alumnas habían optado por ingresarlas en el internado deseosos de ahorrarles en lo posible los peligros y los horrores de la lucha. Como, además, las autoridades ejercían una estrecha vigilancia, recelosos de todo lugar donde se reunieran cubanos aun si éste fuera un colegio de señoritas, Madame Durand, doblemente temerosa desde su condición de extranjera, había impuesto una estricta norma de no permitir conversaciones sobre la contienda cubana aunque, en cambio, se explayaba en exposiciones del pensamiento que llevó a la Revolución Francesa y se vanagloriaba de compartir cuna con "La Marsellesa".

La usual reserva de Isabel con las otras alumnas, frente a las cuales se había sentido en tal desventaja social y académica a su llegada, y que se había mantenido por los cinco años que llevaba bajo la tutela de Madame Durand, fue cediendo al descubrir indicios de patriotismo en algunas de las internas más próximas a su edad, los colores rojo, blanco y azul de una escarapela entrevista entre las páginas de un libro, unos breves acordes de La Bayamesa, intercalados entre las escalas durante la práctica del piano, el intercambio de algunas frases en las que pudo reconocer el nombre de Agramonte, o una alusión al Generalísimo, a su hijo Panchito, o al Titán de Bronce.

Cuando Isabel se animó a confiarles a tres de ellas que había nacido en la manigua porque su padre había peleado en la guerra del 68, la Guerra Grande, se inició un intercambio de confidencias que enraizarían profundamente en el alma de Isabel.

La única de las internas que provenía de Oriente, María Magdalena Aguilar, hablaba con admiración de las mujeres de su tierra que habían animado a los hombres a la lucha. Admiraba sobre todo a María Grajales, la madre de los Maceo, que había impulsado a la rebelión a todos sus hijos y que había muerto en el exilio en Kingston, Jamaica. Una tarde, mientras miraban a Esperanza recoger flores para sus búcaros, les dijo:

—Mis padres han enviado a mis hermanos al Norte —sus palabras tenían un dejo cantarino, porque no había perdido su acento oriental—. Porque quieren evitarles el peligro de ir a la guerra; en cambio, imagínense a una madre que insta a sus hijos a luchar.

Las jóvenes guardaron silencio. Cada una evocando a su propia madre e imaginándola en ese papel.

—Pues he oído decir —musitó, después de un momento, Amelia, en su voz queda— que lo mismo ha hecho Dominga Moneada, la madre de Guillermón.

Todas volvieron a guardar silencio por un rato, mientras los búcaros de Esperanza se llenaban de dalias rojas, de azucenas de largo tallo y perfumados capullos.

—Fíjense que al final de la Guerra Chiquita— continuó Magdalena— Maceo, Quintín Banderas y Guillermón se embarcaron, en Caimanera, en un barco inglés con rumbo a Jamaica. Pero aunque tenían permiso de las autoridades, Polavieja, que según mi padre no es sino un asesino, mandó interceptar el barco, traicionando los acuerdos a que habían llegado para terminar la insurrección. A los patriotas se los llevaron presos a España y África. A sus familiares los desembarcaron de nuevo en Cuba. Pero a la familia de Guillermón Moncada la dejaron a la deriva en un bote de remos, en alta mar, en medio de Cuba y Jamaica. ¡Y eso que eran cuatro mujeres y cinco niños!

El silencio se hizo profundo. Todas contuvieron la respiración esperando oír el desenlace de la historia de ese bote a la merced de las olas. Hijas de isla, sabían bien lo que puede ocurrir en alta mar. Esperanza cortaba ahora dalias, y las flores rojas de múltiples pétalos apretados parecían hacerse presagio a la tragedia que temían oír.

—Pasaron horas terribles en el mar —continuó Magdalena— sin saber si sobrevivirían a las quemaduras del sol, el hambre y la sed. Dicen que nadie mantuvo con tanta fuerza la determinación de llegar a tierra ni nadie remó con mayor ahínco que doña Dominga, aunque ya tenía más de setenta años. Pero ése no fue su mayor heroísmo. Cuando por fin llegaban a las costas de Santiago de Cuba, las interceptó un buque de guerra español. Y Dominga consiguió persuadirlos de que permitieran desembarcar en libertad a las mujeres y a los niños a cambio de quedarse ella prisionera. ¡Y eso que ya conocía los horrores de la prisión! Más de una vez la habían encerrado antes en las mazmorras del Castillo del Morro de Santiago, para ver si así conseguían obligar a su hijo a rendirse... La campana que anunciaba la hora de la comida interrumpió las confidencias. Madame Durand exigía una puntualidad sin excusas.

Una noche, aprovechando que Madame Durand había asistido a un concierto en la residencia del cónsul francés acompañada de la única amiga que parecía tener, porque en sus pocas salidas era quien siempre la acompañaba, se reunieron en la habitación que compartían Amelia y Consuelo Casares, una pinareña vivaracha, a pesar de la estricta prohibición de reunirse después de la hora de estudio.

Era evidente que Consuelo estaba profundamente conmovida.

—Una prima de mi madre se echó al campo y está luchando en la guerra —les confió con voz llena de emoción, muy distinta a su estilo habitual—. Me lo ha contado mi hermana cuando vino a verme la semana pasada.

—¿La conoces? —interrumpió Magdalena—. ¿Cómo es?

—Se llama Adela Azcuy, era la boticaria del pueblo. Lo más increíble es que su primer marido era un patriota como ella. Pero se quedó viuda y se volvió a casar con un español. Ahora se han separado. Él se ha ido con el ejército español y ella se ha unido a los nuestros para combatir.

Las jóvenes se estremecieron. A Isabel se le agolpaban distintos pensamientos, como aguas desbordadas que estallan en espuma de cataratas. ¿Qué se sentiría haciendo la guerra? ¿Enarbolando la bandera con el brazo izquierdo mientras la mano derecha empuña el machete? ¿Qué pasaría en el alma en medio del fragor de la batalla, cubierto el cuerpo de sudor y polvo, enrarecido el aire por la pólvora? ¿Sería ella capaz de disparar contra otro ser humano, verle abrírsele el pecho dejando escapar la vida?

Mientras sus compañeras seguían conversando en voz queda, ella sólo podía oír sus propias preguntas: ¿Aun si la guerra es "justa y necesaria", es justo alguna vez privar a otra persona de todo mañana, de un posible futuro? ¿Puede justificarse el interrumpir el flujo de la sangre en unas venas que fueron alguna vez las de un niño en brazos de su madre? Pero, ¿no es todo nacimiento producto de la sangre y el dolor? Bien recordaba ella los partos de Serafina en la manigua. ¿Era la muerte de los jóvenes el precio del parto de la patria, el nacimiento de un mundo mejor para todos?

Por una vez agradeció sentir los pasos de Madame Durand en la escalera y poder escapar al refugio de las sábanas de su propia cama.

Así se hicieron mujeres las cinco hermanas Salvatierra, mientras la guerra era primero un deseo ferviente, y luego un eco lejano de hazañas y heroísmo. Y si bien las enseñanzas de Madame Durand les llenaba la mente de nuevos y variados pensamientos, invitándolas a remontarse en tiempo y en espacio, y el olor de las flores de Esperanza las ayudaba a ignorar el hedor a enfermedad y muerte de los reconcentrados, vivieron alejadas de lo que más querían, los árboles del campo, la costa de Nuevitas, Diego, cuyo recuerdo inspiraba distintas emociones, desde ansiedad en Gloria hasta estremecida nostalgia en Esperanza; y, sobre todo, lejos de las manos suaves y la sonrisa dulce de la madre y las palabras escasas pero siempre certeras de la tía, que era tan madre como la madre misma.

❧ VIII ❧

La patria es ara, no pedestal.

José Martí

A Serafina cada día se le hacía más difícil lograr las puntadas diminutas y parejas que habían hecho famoso su trabajo y la habían tenido en tanta demanda. Perdía la visión por día.

—Pronto voy a dedicarme sólo a las sábanas de gato —le dijo a Genoveva, refiriéndose a las colchas de retazos multicolores—. Llevan menos tiempo y espero que nos darán suficiente para vivir.

Genoveva la oyó en silencio. Comprendía el sacrificio que significaba el pronunciar esas palabras. El único orgullo que le quedaba a Serafina, desde que le llevaron a los hijos, era la costura.

Quien no se quedó callado fue Diego:

—Le agradecería mucho si primero le cose el traje de novia a Esperanza. Me imagino que no se opondrá a que nos casemos. Ya tiene muchos más años que los que tenía usted cuando se casó. Hubiera preferido esperar a que Cuba fuera libre, pero ya ve que no sabemos cuánto vaya a durar la guerra.

—Creo que esto del casorio hay que discutirlo un poco —intervino Genoveva entonces—. Ya sé que tienes una idea muy fija frente a esto; pero, y qué dice Esperanza? Y sobre todo, ¿qué va a decir don Fernando? —y recalcó el "don" con bastante soma.

—Esperanza ha sabido siempre que va a casarse conmigo. Y a don Fernando no creo que le importe mucho... pero si le importa, peor para él —repuso Diego, sin que la discusión pareciera afectarlo mucho. Y añadió con cierta melancolía—: Después de todo lo que vivió, él también debiera creer en la independencia.

Diego había empezado a trabajar de tipógrafo en la imprenta de un periódico y de mensajero de telégrafos. Todo el día caminaba de extremo a extremo de la ciudad. El telégrafo estaba en gran boga en estos tiempos de noticias urgentes. A eso de las 5 y media de la tarde aparecía por la casa. Genoveva y Serafina ya habían comido, pero junto al fogón en el que quedaban algunos rescoldos entre la ceniza, le guardaban un plato de comida, tapado con otro plato, para que mantuviera el calor. Arroz blanco, picadillo y plátanos maduros unos días; arroz blanco y ropa vieja con tostones de plátanos verdes, otros, y en días en que Serafina había entregado algún trabajo mayor, arroz blanco con bacalao en salsa. Diego comía en silencio, con prisa, porque sabía que cuando llegara al taller del periódico le esperarían ya las resmas de cuartillas que debería componer.

Luego no llegaba a la casa hasta pasada la medianoche y se acostaba sin hacer ruido para no despertar ni a Genoveva ni a Serafina. Se levantaba al amanecer, se lavaba como mejor podía en la bomba del patio, colaba el café, se servía una taza humeante en la que remojaba un pedazo de pan de la víspera y se marchaba antes de que las mujeres se hubieran levantado.

Una vez al mes, al sentarse a comer, dejaba sobre la mesa un montoncito de monedas de plata que Genoveva recogía después de que se hubiera marchado y que guardaba en una lata de galletas vacía.

Sólo los domingos por la tarde se quedaba Diego en casa. Ese día rastrillaba el patio, limpiaba el gallinero que él mismo había fabricado y en el que vivían una docena de gallinas y un gallo viejo que ya había que pensar en reemplazar; y, al anochecer, sacaba del bolsillo del pantalón una filarmónica y se ponía a tocar las canciones de la manigua.

Cuando Diego se le apareció a don Fernando a anunciarle la fecha de su boda con Esperanza, no había podido quitarse del todo, a pesar de sus esfuerzos, la tinta de imprenta que tenía incrustada bajo las uñas e impregnada en la piel de los dedos. Y don Fernando retrocedió cuando el joven le extendió una mano manchada de tinta.

Retrocedía no porque Diego fuera un obrero, sino porque el verlo le resultaba una acusación, un claro símbolo de aquellos ideales que había abandonado en la manigua, como había abandonado a Serafina.

—¿Y se puede saber con qué intentas mantener a una hija mía? —le preguntó con una altivez que buscaba enmascarar sus sentimientos. La dureza de la pregunta y el tono de desdén con que la pronunció, los dejó sorprendidos a los dos, e hizo que Diego le respondiera, sin alzar la voz, pero con un tono definitivo:

—Lo que sí sé es que intento mantenerla y que no pienso abandonarla nunca y mucho menos si se queda ciega.

Fernando no tenía idea de la seriedad de la ceguera progresiva de Serafina, pero no quiso pedirle a Diego aclaración alguna. Años después, cuando Diego le pidiera ayuda porque Esperanza había heredado la ceguera de la madre, y quería tener a alguien que la acompañara, don Fernando le respondería cortantemente:

—El día que viniste a llevártela alardeaste de que la mantendrías ciega y todo.

Y Diego, recordando la escena y sus palabras, se daría media vuelta y regresaría serenamente a consolar a Esperanza, trayéndole un manojo de flores silvestres para que pudiera palpar la suavidad de los pétalos y no pensara en la dureza del corazón de su padre.

⤳ IX ⤳

Yo he visto el oro hecho tierra
borbollando en la redoma
prefiero estar en la sierra
cuando vuela una paloma.

JOSÉ MARTÍ. *Versos sencillos*, III

La boda de Esperanza y Diego ocasionó el mayor disgusto que hasta entonces hubieran tenido Fernando y Ana. A ella no se le había olvidado nunca la actitud de entereza del chiquillo el día en que no había querido recibirlo cuando se hicieron cargo de los hijos de Serafina. Y le molestaba no haber podido subyugarlo.

—Si dejas que tus hijas se casen con cualquier pelagatos, luego tendrás que hacerte cargo no sólo de ellas sino también de sus maridos y de sus hijos.

A Fernando le había disgustado el reproche. No sólo recordaba que Diego había sido su protegido en la manigua, sino que no podía menos que reconocer la dignidad con la que había procedido, entonces y ahora. Pero sobre todo le molestaba reconocer que había sacrificado su propia conciencia a cambio de la tranquilidad y la gentileza hogareñas, al deseo de tener un hogar tan armonioso como se le había antojado que era el de don Segundo Cortés. Había abandonado a Serafina no por Ana, sino por lo que Ana representaba de educación y finura. Y el verla ahora destemplada, con el gesto adusto y la voz airada, le parecía una traición.

—Si usted, señora, hubiera sabido ocuparse de la educación y del destino de mis hijas, ahora no tendría que hacer reclamos —le replicó cortante y abandonó la estancia haciendo temblar la mampara de cristal, mientras Ana desgarraba con los dientes, menudos y afilados, el pañuelito de encaje.

Para Isabel, la boda de Esperanza significó la necesidad de enfrentar un nuevo capítulo. Diego se empeñó en que la boda se celebrara en Nuevitas y que la novia saliera hacia la iglesia de casa de su madre. Isabel le explicó a su padre que no era posible que Esperanza se casara sin la presencia de sus hermanas. El hermano, Fernandito, seguía estudiando en Canadá, con los tres hijos varones de Ana. Fernando no quería que regresaran hasta que hubiera terminado la guerra.

No necesitó aclarar Isabel que no esperaban al padre en la boda, porque sabía cuán difícil le resultaba ya la situación a don Fernando. Más bien le preguntó si las acompañaría a la estación del ferrocarril y si se encargaría de comprar los boletos.

La despedida de Ana fue compleja. Ella las había recibido amablemente cuando regresaron del colegio de Madame Durand, incluso con un cierto tono alegre, esperando que su presencia la distrajera un poco y trajera a la casa algo de qué hablar que no fuera la guerra o los negocios, únicos temas que parecían interesar a su marido. Había estado encantada al descubrir que Esperanza había aprendido a tocar bastante bien en el piano las habaneras y los danzones más de moda y que Elena tenía una voz dulce y se acompañaban muy bien.

La presencia de Sara todavía la desconcertaba y había sido el pretexto para no organizar ninguna velada ni ningún sarao. Estableció un régimen de alimentación y ejercicios que le había mencionado en una carta una de sus amigas que no había regresado del exilio, sino que había preferido quedarse a vivir en Nueva York. Y le había prometido a Fernando que en cuanto Sara pudiera ponerse un vestido que no pareciera una túnica turca, daría una fiesta a la que invitaría a toda la sociedad camagüeyana: Arangos y Betancoures, Luaces y Cisneros, Agramontes y Agüeros.

No le había sido difícil a Ana ignorar a las dos hijas mayores. Isabel se había traído una caja de libros y tenía la discreción de encerrarse a leerlos en la habitación que compartía con Gloria, que parecía no desear nada mejor que quedarse bordando todo el día mientras Isabel leía.

Ahora las jóvenes se marchaban a Nuevitas y Ana no sabía qué pensar. Si la ida fuera definitiva, por supuesto, que se hubiera alegrado de verse libre de lo que consistía un constante bochorno. No podía referirse a las jóvenes como a las hijas del primer matrimonio de don Fernando sin reconocer que en

un rostro tan perfecto!

Ana no había logrado definir sus pensamientos y ya las muchachas se habían ido sin una palabra suya. Y los dientecitos afilados en la boca callada se clavaron en el labio inferior hasta hacerlo sangrar.

❧ X ❧

Yo sé de Egipto y Nigricia
y de Persia y Xenophonte
y prefiero la caricia
del aire fresco del monte.

JOSÉ MARTÍ. *Versos sencillos*, II

Para Serafina y Genoveva, la llegada de Isabel y sus hermanas fue una brazada de aire fresco. Serafina se despertó al amanecer, y cuando Diego fue a colar el café se lo encontró ya hecho.

—He oído cantar a un sinsonte toda la noche —le dijo Serafina.

—Es que van a venir sus hijas —le respondió Diego, que hasta entonces no había hecho referencia alguna a su visita a Fernando.

Serafina no pareció escucharle y puso a hervir un cazo lleno de almendras dejando escurrir entre sus labios el dulzor de una habanera ya un poco pasada de moda. Genoveva, en cambio, se llenó de frenesí. Sin tomar siquiera un buchito de café se puso a baldear el piso de ladrillos; a sacudir con un escobillón, al que hubo que atarle un palo de escoba adicional para desterrar las telarañas de las viguetas del techo; y a airear las camas en las que nadie había dormido durante los últimos cinco años. Sólo los dos primeros veranos habían vuelto sus sobrinas del internado. Los siguientes los habían pasado en una de las fincas de don Fernando. Y durante los últimos tres años no había sido prudente que las jóvenes viajaran estando el país en guerra, y no habían salido de la capital. Y, sin embargo, tendiendo sábanas, sacudiendo colchas y ahuecando almohadas, a Genoveva le parecía que era apenas ayer cuando había traído a una de esas camas una tisana para una sobrina que no se sentía bien, que había tocado una frente calenturienta sobre esa misma almohada, que había visto a media noche cómo se alzaba rítmicamente una colcha, mientras ella vigilaba el sueño preciado de sus niñas.

En medio de todo el ajetreo, Serafina seguía tejiendo. Después de acabar el traje de novia de Esperanza se había puesto a tejer colchas a crochet. Por cada una que vendía, tejía otra que guardaba en un baúl, protegida por bolsitas de tul rellenas de brillantes pastillas de alcanfor. Ya iba por la quinta colcha, que, como iba a ser para Sara, estaba haciendo el doble de ancha que las anteriores.

—He pedido permiso en Telégrafos esta semana —dijo Diego, mientras se dirigía a la puerta con un sombrero de pajilla que había comprado para esta ocasión, trocando por un día su gastada gorra gris. Y anunció con voz quebradiza—: El tren debe estar por llegar.

Genoveva fue a quitarse el delantal y el pañuelo con el cual se había cubierto la cabeza mientras sacudía. Y cuando se estaba lavando los brazos y la cara en una palangana de esmalte blanco, algo desportillada, oyó por vez primera en todos estos años, que Serafina cantaba y se reía a la vez.

Diego necesitó alquilar tres coches para llevar a las muchachas y el equipaje a la casa. Como Sara y Elena llegaron bastante después que sus hermanas, porque el cochero se había negado a apurar al caballo llevando tanto peso en el coche, Serafina tuvo ocasión de abrazar y besar a cada una lentamente, para irlas recuperando poco a poco. Genoveva, en cambio, les dio un beso apurado y se dedicó a poner la mesa, para ocultarse a sí misma lo emocionada que estaba.

El día de la boda caminaron a la iglesia. Estaba previsto que sólo ellos ocho participarían. Pero no les faltó concurrencia; las beatas, vestidas de negro, aprovechaban toda ocasión en que el templo estuviera abierto para escurrirse dentro y gozar del contraste de su húmeda frescura en medio del calor tórrido; y las bodas eran siempre de su agrado.

Diego había alquilado una casa de madera de dos cuartos a unas cuantas cuadras de la casa de Serafina y Genoveva y después de la boda fueron todos allá.

—Nos tomaremos una copa de anís en honor de los novios —dijo Genoveva. Y sacó del enorme bolso de crochet negro que llevaba colgando del brazo una botella de anís envuelta en una servilleta y media docena de vasos de vidrio.

Serafina aceptó el brindis con la misma

naturalidad con que había aceptado que la hermana la alimentara con jutías y cotorras durante sus preñeces. Y si entonces no preguntó de dónde salían los sospechosos pichones que le daban gusto al caldo, ahora no se sorprendió de que su hermana hubiera estado cargando una botella de anís durante la ceremonia de la boda.

Genoveva pasó una segunda ronda de anís y luego dijo:

—Bueno, como mañana es domingo los esperamos en casa a las once a comer un ajiaco. Y empezó a empujar a Elena y Gloria hacia la puerta.

Isabel le dio el brazo a su madre. Se había dado cuenta enseguida de lo que sus hermanas, engañadas por la seguridad con que Serafina se manejaba en su propio ambiente, no habían notado: que su madre estaba casi ciega.

Sara las siguió de cerca, sonriendo con tal picardía, al pensar en lo que pasaría ahora entre Esperanza y Diego, y con tal movimiento de nalgas y caderas, que las vibraciones a su paso hicieron subir la marea y los peces saltaron sin cesar a las redes y los pescadores de Nuevitas desde entonces hablan de que nunca ha habido tan buena pesca como la del día en que se casó la primera de las Salvatierra.

⸙ **XI** ⸙

Yo sé bien que cuando el mundo
cede, lívido, al descanso
sobre el silencio profundo
murmura el arroyo manso.

JOSÉ MARTÍ. *Versos sencillos*, I

Las bodas se sucedieron una tras otra. La segunda fue Gloria, que se casó apenas unos meses después con Julio, el taquillero de la estación del ferrocarril.

Julio era un hombre alto, con un bigotito tímido, que se quedó boquiabierto cuando vio bajar del tren de la mañana a las cinco hermanas. Lo primero que pensó fue: "No sé con cuál me casaría", lo que era de por sí un pensamiento extraordinario, pues hasta entonces había insistido siempre en que permanecería soltero toda la vida.

Sus dos hermanas se habían casado con dos primos hermanos suyos, que a su vez eran hermanos entre sí. Y entre las dos parejas de primos habían traído al mundo media docena de niños hidrocefálicos. Unos niñitos que parecían de cera, con enormes cabezas deformes, que vivían unos meses y luego iban a juntarse, según se decía, con los angelitos del cielo, lo cual si tal vez era un consuelo para sus padres, había dejado a Julio con un enorme temor a todo el proceso del matrimonio y la procreación.

Cada vez que veía a una muchacha le venía a la mente el cajoncito blanco del último entierro de uno de sus sobrinos y se le quitaban las ganas de conocerla y mucho menos de hablar con ella. Pero las Salvatierra se apearon del tren con tanto ruido y tanto jolgorio que Julio no fue capaz de asociarlas con nada que no fuera una función de circo que había visto cuando era pequeño y que fue la causa de que quisiera trabajar en los ferrocarriles, puesto que los funambuleros habían llegado y se habían marchado en el tren.

Tanto lo atraían las figuras que veía ahora en el andén que se atrevió a cometer la primera infracción de sus diez años de taquillero y dejó la taquilla y subió al andén a ver si lograba sonreírle a alguna de las muchachas.

En ese momento, a Gloria se le enganchó el vestido en una de las ruedas de las carretas del equipaje que había en el andén. Se le hacía difícil soltar el vestido con las manos cargadas con una sombrerera y una enorme raspadura que había comprado para su tía en la estación de Camagüey. Julio comprendió que ésta era una oportunidad única y se ofreció a sostener la caja de sombreros y la raspadura.

Para la pobre Gloria el momento fue espantoso. El horror que sentía por los hombres se había vuelto algo oculto y sordo. Tenía tan poca ocasión de tratar directamente con alguno que había logrado opacar el sentimiento para que pareciera el pudor y recato que se esperaba de ella. Ahora, confrontada con un hombre desconocido que se empeñaba en sonreírle y saludarla, so pretexto de ayudarla, se sentía totalmente desasosegada. Pero no había mucho que pudiera hacer.

Diego e Isabel estaban ambos ocupadísimos tratando de ayudar a Sara a subir al coche bajo la mirada mitad burlona, mitad aprehensiva del cochero. Y Esperanza parecía embobada desde que Diego había aparecido a saludarla, entregándole un ramito de violetas, y no hacía más que observar las florecillas, enternecida. A Elena la habían dejado cuidando el equipaje y miraba a todas partes con su carita alarmada como si alguien pudiera hacer desaparecer ante sus ojos aquella montaña de cestas, canastas, maletas y baúles.

Así que, no teniendo ningún rescate posible, Gloria depositó la sombrerera y la raspadura en las manos de Julio y musitó un "Gracias", que casi parecía "Por favor" o "Discúlpeme".

Para Julio ese instante selló su decisión. Cualquiera de las muchachas, aun la obesa que apenas habían logrado subir al coche entre tres, cuando el cochero se decidió por fin a ayudar, le hubiera sido lo mismo. Todas tenían un aire de frescura, e irradiaban tal sencillez que lo habían impresionado. Y como el encuentro le parecía guiado por el destino y era la de las largas trenzas castaño claro con quien había podido hablar, ésta sería la preferida.

Desde entonces rondó la acera de Serafina todos los días. Salía media hora antes para la estación y por treinta minutos caminaba la cuadra de un extremo al otro por la acera de enfrente. Y de regreso del trabajo repetía el paseo por otra media hora.

Serafina, aunque tejía junto a la ventana abierta a la calle, en la misma silla de enea en la que había cosido y recosido batas para las nueviteras desde que se instalaron en la casa, no se enteró de nada. No tanto porque no viera lo suficiente como para distinguir la desgarbada figura, sino porque nunca había prestado atención alguna a lo que pasara en la calle. Pero a Genoveva, a pesar de que ahora el trajín de la casa se le había quintuplicado, no se le escaparon los paseos.

Una tarde se apostó en la entrada, después de quitarse el delantal y rehacerse el moño que ya empezaba a ser gris, y saludó con un directo:

—Buenas tardes.

Julio, que no esperaba otra cosa, se quitó el sombrero para contestar:

—Muy buenas las tenga usted.

—¿Quiere una taza de café? —le preguntó Genoveva sin parar mientes por un instante en lo que dirían los vecinos, aunque sabía que la de enfrente la vigilaba desde detrás del biombo de mimbre tejido y que todos en la cuadra estaban pendientes de aquella conversación.

Julio no contestó enseguida, pero avanzó hacia la

puerta sombrero en mano.

—Serafina, he invitado a tomar una taza de café al señor...

—Trujillo, Julio Trujillo, para servirle —añadió él.

—Mire, señor Trujillo —dijo Genoveva, cuando estaban sentados con las tacitas de café sobre el hule de cuadritos rojos de la vieja mesa—, ya se ve que nos ronda usted la calle. ¿Puede saberse con qué intención?

—Sin ánimo de ofender, señora... —los ojos se habían elevado, esperanzados, hacia Genoveva, mientras el apocado bigotito temblaba.

—Señorita... yo soy la tía. La madre es mi señora hermana, Doña Serafina López de Salvatierra.

—¿Salvatierra? —el temblor del bigotito se había acuciado.

—¡Sí, Salvatierra! Mis sobrinas son las hijas de don Fernando, ¿acaso no lo sabía?

—No, señorita, le aseguro que no. Sólo las vi en la estación del ferrocarril. Y luego le pregunté a uno de los cocheros dónde las había llevado. Así supe la dirección.

—Y bien, ¿cuál de ellas es?

—¿Cuál...? ¡Ah, sí! La castaño claro...

—¿La castaño claro? ¡Ah! Gloria. Imagínate, Serafina, ¡Gloria! Bueno, al menos tuvo el buen acierto de no encapricharse por Esperanza. La pelirroja. Se nos casa el sábado. Y dígame, ¿le ha hablado usted?

—¿Hablado...? Bueno... la saludé en la estación. Miren, señorita..., señora... yo soy un hombre de bien. Hace diez años que trabajo en la empresa de ferrocarriles.

Y así quedó establecido que Julio Trujillo podía visitar a Gloria Salvatierra los martes y jueves de cinco y media a siete de la tarde y que podía acompañar a la familia a misa los domingos.

Gloria se asustó no poco cuando lo supo. Pero la sabiduría de Genoveva llevaba tantos años establecida que no se le hubiera ocurrido ponerla en duda. Y su madre parecía contenta con el proyecto.

—Se ve que es un joven decente —dijo Serafina—. Además, el día que vino oí cantar a los sinsontes. Y como ya te tengo terminada tu colcha, en cuanto termine de tejer la de Sara, te tejeré un mantel.

El primer martes de visita, Gloria se encontró mal. Sentía náuseas y le sudaban las manos. Isabel, que no necesitaba que le confesara lo que le pasaba, vino al rescate.

—¿Por qué no te sientas a bordar conmigo mientras yo leo? Nos pondremos aquí al fresco.

Y la invitó a sentarse en los dos únicos balances en el portalito de madera. Luego, cuando llegó Julio, Isabel se levantó y le cedió su balance. Gloria siguió bordando y descubrió que si se concentraba en las mariposas y las flores que iba haciendo aparecer sobre la tela, no le era tan difícil escuchar a Julio que le hablaba de su trabajo en el ferrocarril. Era como si el aro de bordar que sostenía entre las manos a la vez la sostuviera a ella, tensa como la tela en la que entraba y salía la aguja, como entraba y salía por sus oídos la voz monótona de Julio que mencionaba horarios y conexiones, números de vagones y pasajeros, itinerarios y costos de boletos.

La tercera en conseguir novio fue Sara. La verdad es que nadie supo demasiado bien cómo fue y nadie se lo explicó nunca demasiado bien tampoco. La boda tardó un poco en realizarse y el matrimonio nunca se consumaría, porque era consumarlo era imposible, pero eso, por supuesto, nadie podía saberlo a cabalidad, más que los interesados que jamás aludieron a ello. Pero lo cierto es que un día, cuando Sara regresó del mercado, adonde había ido a buscar guayabas para hacer los cascos que la alocaban, venía acompañada de un joven delgado y anunció a su madre y a su tía:

—Les presento a José Luis Zegarra. Dice que quiere casarse conmigo. Y se echó a reír con unas carcajadas tan alegres que las gallinas del patio se lanzaron a cacarear como si todas hubieran puesto huevos en ese instante.

Genoveva no perdió el aplomo, aunque se recriminó interiormente por haber dejado ir a Sara sola a la plaza. "Creía que la protegía su propia figura", pensó, "pero vaya uno a saber lo que son los hombres".

—Mire, usted, que antes tendrá que casarse su hermana, que está de novia. Y ya puede empezar a imaginarse lo que le va a costar alimentarla...

Genoveva pensó que, tratando de disuadirlo, se enteraría de sus verdaderas intenciones.

—Yo puedo esperar lo que haga falta —la voz era tan enjuta como su dueño— y no me asusta alimentarla, ya ve que en mí no lo gasto.

A Genoveva le costó imaginarse que hablara con sentido del humor, tan agria y seca era la voz, pero Serafina se echó a reír.

—Menos mal que tienes inventiva, hijo, si no, no te recomendaba seguir con esta idea. Bien sabe Dios que vas a necesitarla.

Como en la casa no había sino dos balances y en el portalito no hubieran cabido más, aun si los hubieran tenido, se decidió que José Luis visitara a Sara los lunes y miércoles y que acompañara también a la familia los domingos. Como Sara no cabía en un balance y a José Luis le parecía mal sentarse él en uno mientras ella se sentaba en el suelo, Serafina les dio una de las sábanas de gato para que se sentaran en el quicio del portal. Y así, no por mayor agresividad, ni por impudicia de parte de su novio, sino por razones de espacio y excesiva naturaleza, mientras a su hermana mayor el novio ni siquiera le había tocado las manos, que tenía siempre ocupadas con la aguja y el aro de bordar, Sara empezó a saborear la cercanía del cuerpo de su novio, porque sólo arrimados el uno contra la otra podían sentarse en el escalón.

Aquella proximidad a otro cuerpo le despertó la nostalgia por el hermano mellizo y empezó a orinarse en la cama; y Genoveva se la encontraba llorando cada noche, chupándose no ya un dedo, sino toda la mano hasta el puño y suspirando por Fernandito.

Por eso, cuando llegó la carta de don Fernando invitando a Isabel y a Elena a ir de visita por un mes,

Genoveva decidió, sin consultar a nadie, que Sara debía acompañarlas.

La invitación le había costado a Fernando unos cuantos disgustos con Ana. Pero al fin había prevalecido su voz.

—Dejé casarse a una porque el muchacho estaba empeñado en ello desde hacía años —le dijo a Ana—, pero no se trata de que se casen todas con cualquiera. Le tengo ordenado a Isabel que me dé noticias una vez al mes y en la tercera carta que me escribe ya hay dos comprometidas.

A Ana le hubiera sido más fácil si la invitación hubiera incluido sólo a Elena. Siempre se había sentido incómoda en presencia de Isabel. Pero no había ningún argumento lógico para sugerir que viniera sólo una.

Mientras el país celebraba el término de la guerra, el interés principal de Ana en estos momentos era organizar fiestas para celebrar el regreso de sus hijos. ¡Tenerlos lejos por tantos años le había sido muy difícil! El que ahora, cuando por fin recibía su recompensa, tuviera que preocuparse de cómo explicar la presencia de las hijas de Fernando, complicaba todo enormemente y arruinaba la alegría del momento. ¿Cómo explicar a las futuras nueras y, peor aún, a los padres de las posibles candidatas, la presencia de esas nueviteras, tan independientes y llamativas?

Don Fernando envió a la estación a sus dos hijos mayores con el coche nuevo. Lo acababan de recibir desde La Habana apenas la semana anterior. Había sido el deseo de Ana por mucho tiempo y ahora, que quería lucir a los hijos recién regresados, había sido el mejor momento para ordenarlo. De Cuyaguayana, su hacienda favorita, le habían traído una pareja de alazanes, bien apareados, y la enorgullecía saber que no había coche más distinguido en toda la ciudad.

Cuando Fernandito y Ernesto arribaron a la estación, el tren ya había llegado. Los jóvenes habían querido adelantarse a otro coche en el camino y sólo habían conseguido espantar al caballo que halaba una plancha cargada de sacos de carbón. El caballo había atravesado la plancha en la esquina y había pasado un buen rato antes de que el carbonero consiguiera hacerlo retroceder primero y avanzar después y despejar la calle adoquinada ahora salpicada de cisco y carbonilla.

Isabel y Elena estaban en el andén, buscando afanosas con la vista a quien hubiera venido a recibirlas. Como siempre, necesitaban ayuda para bajar a Sara del vagón.

Fernandito fue el primero en divisarlas y se acercó a ellas, con paso ligero, aunque con cierta timidez. Respetaba a Isabel y sentía afecto por Elenita, ¡cuánto había crecido!, pero en realidad compartía el disgusto de Ana de tener que explicar la presencia de sus hermanas.

Desde su regreso había conseguido asimilarse a los otros, de tal manera que el hecho de no ser hijo de Ana no resultaba aparente. Ella hablaba de 'mis hijos' y él sonreía, perdiéndose entre los otros, como si fuera uno más de ellos. Era un acuerdo tácito; Ana parecía dispuesta a aceptarlo como otro hijo, con tal de evitar explicaciones molestas.

Este equívoco, que en cualquier otra época hubiera sido imposible en una ciudad pequeña, lo era por las desarticulaciones creadas por la guerra y los exilios, con tanto niño nacido en el extranjero, educado fuera, con familias separadas, desplazadas y vueltas a reunir. Y ya había tenido lugar, sin tropiezos, en un par de ocasiones públicas, tardes en que Ana había invitado a merendar a algunas de sus amigas, para ir poco a poco dejándoles apreciar los buenos partidos que acababan de regresar del Norte. La complicidad entre ellos parecía sellada.

Fernandito, aunque casi tres años mayor que Ernesto, era bastante menor de tamaño. Parecía incluso menor que los mellizos, Antonio y Arsenio, y todo ello contribuía a mantener el equívoco.

—Menos mal que has llegado —fueron las palabras de recibimiento de Isabel—. Estaba preocupadísima de que el tren fuera a arrancar de nuevo... sin que Sara hubiera bajado.

—¿Sara? —Fernando no podía creerlo. Le había dolido muchísimo cuando se había enterado de que Sara no estaría entre las hermanas que venían de visita y mucho más cuando Ana dio como razón para ello el que estaba comprometida.

Durante los años en Toronto no había pensado mucho en el futuro. Todo parecía bastante incierto y resultaba mejor no especular en lo venidero. Luego, el padre había ido a buscarlos y los había reunido a los cuatro en el cuarto del hotel para anunciarles que, como sus herederos, tenía una hacienda lista para cada uno de ellos. Fernando no recordaba el resto del discurso, sabía vagamente que el padre había hablado del sentido del deber, de la necesidad de modernizarse y de usar las técnicas de los grandes países del Norte, del honor del apellido Salvatierra que, de algún modo, parecía estar vinculado a hacer buenos negocios, incrementar la producción de azúcar y criar el mejor ganado.

A Fernando, desde aquel momento en que oyó lo de tener su propia hacienda se le formaron en la cabeza algunas imágenes muy claras. De un lado se veía a sí mismo vestido de guayabera, prenda que no había ni siquiera visto en todos estos años en Toronto, calzado con botas de montar, llegando a una casa con un portal cuadrado todo alrededor y entrando en una habitación con una cama monumental, con macizas columnas talladas en caoba en las cuatro esquinas, que tenían un sospechoso parecido con las columnas salomónicas del altar barroco de la iglesia del día del bautizo. En la cama, sobre una colcha de sábana de gato, lo esperaba Sara con los brazos abiertos.

La imagen dejaba luego de ser visual y se convertía en una sensación difícil de explicar, los brazos y el cuerpo todo de Sara lo envolvían por entero, suave y acolchado como un inmenso edredón de plumas.

Al saber que Sara no vendría a Camagüey lo había inundado una profunda sensación de nostalgia. Y al oír que iba a casarse con alguien, 'con otro'— pensaba él—, se había sentido defraudado y estafado. Pero ahora, según Isabel, Sara estaba allí.

Para Sara, la alegría de ver a Fernandito fue inmensa. Tanto que necesitó mucha menos ayuda que de costumbre para estrujarse y lograr pasar por la puerta del vagón y para maniobrar los estrechos escalones de hierro.

Una vez en la plataforma los dos se unieron en un abrazo, en el cual, como antes, Fernando quedó perdido entre las carnes de su hermana melliza.

—Ernesto, llévate a Isabel y a Elena en el coche nuevo, con el equipaje.

La voz de Fernando había ganado en volumen y seguridad.

—Como no cabremos todos, yo me llevo a Sara en un coche de alquiler.

Una vez lograda la ubicación en el coche, poco fácil porque él se había empeñado, en contra de los que proponían una calesa abierta, en usar un coche cerrado, Fernando le pidió al cochero que los llevara a la Iglesia de la Caridad, en los campos de la Vigía. Y cuando el cochero murmuró algo, sorprendido por el inesperado recorrido, le dijo para acallar cualquier duda:

—Mi hermana y yo tenemos una promesa que cumplir.

En qué consistía la promesa nunca quedó claro, aunque es seguro que nada tenía que ver con la Virgen del Cobre. Aquel viaje en coche, por las calles adoquinadas del centro y por la amplia avenida que llevaba a la plaza al extremo este de la ciudad, selló entre Fernando y Sara algo impronunciable, pero que no volvería a ponerse en duda jamás. Fernando aceptó que Sara quisiera tener novio.

—Mira, no es fácil que me salga otro. No hay muchos hombres tan flacos en el mundo —le dijo a Fernando por toda explicación—. Y si quieres que nos dejen tranquilos a ti y a mí y no se empeñen en separarnos, será mejor así. Bastantes problemas vamos a tener hoy para explicar lo de la promesa...

Fernando no estaba seguro de haber entendido claramente los razonamientos de Sara. Pero le daba tanta seguridad el estar abrazado a ella y el oírle asegurar que cada vez que la necesitara estaría con él, que aceptó todo lo que le dijera. Se daba cuenta que durante toda su estancia en el Canadá había estado como envuelto en una bruma, como una nube sostenida en el cielo tropical, esperando el momento de desatarse en aguacero. Y aquella bruma nada tenía que ver ni con los fríos norteños, ni con el idioma distinto, ni con la comida sin sabor, sino con la falta de esta mitad de su ser que ahora lo miraba dulcemente desde detrás de las más abundantes pestañas imaginables.

Afortunadamente para ellos, no tuvieron que aclarar demasiado el retraso. Ana se había disgustado tanto al saber que Sara había venido y que ahora tendría que soportar las miradas y cuchicheos que provocaría cada vez que fueran a la iglesia, que se encerró en su cuarto con una jaqueca. Isabel juzgó que Fernando había retrasado la llegada para suavizar el mal encuentro y le agradeció tan efusivamente su sentido de responsabilidad y su preocupación por Sara que lo dejó sorprendido y confundido, pero satisfecho de su buena suerte.

El viaje a Camagüey tuvo como consecuencia el compromiso de Elena. Desafortunadamente para ella, Ana se empeñó en encontrarle un partido decente, quizá más que nada para probarle a su marido que ella sí sabía hacer las cosas y que si sus otras hijas se habían casado mal era por culpa de su madre y su tía.

Para asegurar el éxito de su misión, le extrajo a don Fernando la promesa de que le daría a Elena una finca como dote.

—Le daré las colonias de caña que tengo en Oriente —concedió don Fernando—, pero sólo si estoy seguro de que el marido que le consigas sabrá administrarlas.

—Descuida, te aseguro que sabrá —repuso Ana, que tenía en mente al hijo de una prima suya caída en desgracia—. Y todo quedará en familia.

Ana se empeñó en realizar la boda con cierto boato. El hecho de que Elena se casara con su sobrino le permitía invitar a todas sus amistades poniendo el énfasis en su sobrino y dejando suficiente ambigüedad frente a la identidad de Elena como para que supusieran que era una parienta distante de su marido. Había tenido tan pocas ocasiones de ejercer el papel de anfitriona, para el cual la habían educado, y su innata capacidad para crear con prodigiosa minuciosidad situaciones y ambientes de artificio, que no pudo desperdiciar la oportunidad.

Se lo justificó a Fernando diciendo:

—Después de todo se casa con un De la Era y, además, es una buena ocasión para que nuestros hijos conozcan a algunas jóvenes apropiadas...

Vigiló personalmente el adorno de flores de la iglesia, los lazos que adornarían el camino que recorrería primero la novia y luego los novios juntos, y la colocación de las alfombras que pisarían.

Se empeñó en que el altar lateral de la Virgen tuviera todos los cirios, velas y velones que pudiera sostener, dejando sólo un espacio libre para que la novia dejara el ramo.

Pero ni el ceremonial de la misa de velaciones, ni el lujo de la recepción en la casa de los Salvatierra pudieron evitar que bajo la mantilla sevillana de encajes, prestada por Ana, los ojos de Elena estuvieran apagados, ni que sus manos sostuvieran el ramo con el temor de un náufrago que se da cuenta de que la tabla a la que se ha asido no sostendrá su peso, ni que la gélida rigidez del que se convertía en su marido sólo pudiera iniciar el proceso de convertir el temor en terror.

Y así, Elena, que ponía a secar violetas y pensamientos entre las páginas de los libros de Campoamor y copiaba versos con tinta morada en la letra angulosa que había aprendido en la escuela de Madame Durand; la pálida Elena que cantaba *La Bayamesa* con voz melodiosa y suspiraba sin saber por qué; la niña que se prendía azucenas en la guedeja azabache y escondía sus rubores detrás del abanico, se vio casada con Luis Alberto De la Era, sin las visitas de martes y jueves ni de lunes y miércoles de sus hermanas, ni la mirada atenta y vigilante de Genoveva. Y la colcha tejida a crochet que le envió Serafina terminó comida por las polillas, porque Elena nunca se atrevió a colocarla en una cama que le resultó tal potro de martirio que no quería contaminar el regalo de su madre, temerosa de que Serafina no sólo dejaría de oír para siempre a los sinsontes, sino que la atormentaría el graznido de los cuervos.

✂ XII ✂

Yo he visto al águila herida
volar al azul sereno,
y morir en su guarida
la víbora del veneno.

JOSÉ MARTÍ. *Versos sencillos*, I

La boda de Elena dejó a Isabel como la única de las Salvatierra sin compromiso. Mientras Ana, estimulada por el éxito con que había llevado a cabo la boda de Elena, se dedicaba a planear nuevos eventos que llevaran a sus hijos a las conquistas que aspiraba para ellos, en esta sociedad que se redefinía a sí misma como república después de siglos de coloniaje y un breve pero desestabilizador período de intervención, Fernando se dedicó a observar a su primogénita.

Descubrió que se levantaba antes que el sol y salía a caminar por el patio umbroso. Una mañana la descubrió inclinándose sobre un macizo de mariposas blancas que crecían junto a uno de los tinajones, y le sorprendió que aunque no la había visto sembrar ni cuidar plantas con la pasión con que lo hacía Esperanza, parecía en cambio hablarles. Observó luego que sacaba un libro del bolsillo y leía ávidamente a la luz naciente del día, mientras caminaba cada vez con mayor firmeza.

Durante el día, Isabel casi no aparecía, pues se pasaba todo el tiempo en su cuarto. Y en las comidas no participaba mucho en la conversación. Escuchaba atentamente, pero luego fijaba la mirada verde en el plato, y varias veces a don Fernando le pareció advertir una sonrisa algo burlona, fugaz pero crítica, en los labios callados.

Por fin, un día se decidió a ir a buscarla a su habitación. Tocó con los nudillos en la mampara y la abrió suavemente. Isabel tenía puestas las antiparras que había empezado a usar desde su estancia en el internado habanero. Escribía con letra apretada y los dedos manchados de tinta. A juzgar por el número de cuartillas que cubría el pequeño escritorio llevaba mucho rato en su tarea.

—Me alegro de ver que al menos una de ustedes sacó algo de tantos años de educación —la voz de don Fernando no acababa de definirse entre cálida o sarcástica—. ¿Se puede saber qué haces?

—Escribo... —Isabel inició la respuesta con cierto dejo confidencial, pero luego miró a su padre con los inmensos ojos verdes desde detrás de las antiparras y, cambiando el tono de voz, añadió con firmeza—: Necesito escribir una respuesta a Madame Durand. Me ha invitado a ir a La Habana a trabajar con ella como su ayudante.

—¿Y quieres ir?

Isabel no había oído este interés genuino en la voz de su padre desde que, en las remotas visitas al bohío, le preguntaba: "¿Quieres ver un nido?" o "¿Te enseño una biajaca?"

—Mire, padre —y la voz no era tan segura como hubiera querido, desarmada por el recuerdo de lo que fuera alguna vez lejana ternura paternal—, no cabe duda de que es una propuesta halagüeña para mí. Ya sabe lo estricta que es Madame Durand. Y me halaga que me haya distinguido mostrándome tal confianza. Y, personalmente, nada apreciaría más que mi independencia. Pero me preocupa abandonar a...

No llegó a decir "mi madre" porque Fernando la interrumpió.

—He oído decir que la corteja un hombre —todo posible tono de ternura había abandonado la voz ahora cortante—. Así que mejor decide tu vida sin tenerla en cuenta. Si prefieres quedarte aquí, ésta es tu casa. Algo de ayuda podría usar con las cuentas y la correspondencia. Había esperado que Antonio o Arsenio... pero desde que he mandado a la hacienda a Ernesto y Fernando, Ana no hace más que estropearme a esos muchachos. Los necesita a cada momento, para que la acompañen aquí o allá... Y los tiene echados a perder. Si decides ayudarme estoy en mi despacho cada mañana, de 9 a 12.

Y dando media vuelta salió del cuarto.

"¿La corteja un hombre?" Las palabras no lograban tener realidad en la mente de Isabel. No le era posible imaginarse a Serafina hablando con un hombre. ¿De qué hablarían? Pero en cambio, recordaba demasiado bien aquellos murmullos del pasado, la risa de una Serafina mojada a la orilla del río, cubierta de abiertos cundiamores.

A la mañana siguiente, a las nueve, pluma en mano y antiparras caladas, estaba a la puerta del despacho de don Fernando.

En sus múltiples estancias en la casa nunca había entrado al despacho, cuya puerta permanecía usualmente cerrada. Había allí un enorme escritorio de tapa corrediza y una maciza caja fuerte.

—Adelante, Isabel. Buenos días. Éstas son las cuentas del ingenio Mercedes. Mi administrador sabe manejar hombres pero no tiene mucho acierto con las cifras...

Por una semana, Isabel apareció cada mañana a las nueve en el despacho. Inclinada sobre el inmenso escritorio, revisaba los folios de los gruesos libracos. Con su letra menuda escribía columnas de números que iba transcribiendo de las cartas y reportes de los administradores.

A las doce, don Fernando aparecía brevemente. Echaba una mirada al trabajo y sugería:

—Hora de almorzar.

Pero una mañana antes de seguirlo al comedor, Isabel preguntó:

—¿Puedo hablarle un momento, quizá después del almuerzo?

Don Fernando expiró con fuerza y el humo del cigarro se elevó hacia el cielo raso. Del patio llegaban los trinos de jilgueros y tomeguines encerrados en sus jaulas de güines, apagando el ruido de la cocina lejana donde los criados fregaban la loza del almuerzo recién terminado.

—¿Regresar a Nuevitas?

No se había sacado el tabaco de la boca y parecía que lo trizaría con los dientes crispados.

—Creí que estabas a gusto aquí. Y que veías que me eres útil.

—Sara, al menos, debe regresar. Y será mejor que la acompañe. Veré si puede fijarse fecha para la boda de Gloria. Y quizá Sara pueda vivir con Diego y Esperanza hasta que se case.

—Bueno, veo que piensas en todo. ¿Eso quiere decir que volverás?

—¿Quiere usted que vuelva, padre?

—Digamos que sí. Que me eres útil. Que tienes mejor cabeza que tus hermanos para los números. Y que considero que tu lugar está aquí. En Camagüey podrás encontrar a alguien más adecuado para ti que en Nuevitas. Estoy dispuesto a proveerte bien.

—Mis planes no incluyen casarme, padre. Al menos, por ahora. Pero si puedo ser útil, regresaré. Quiero que sepa que agradezco la educación que nos proporcionó. Y le agradezco su interés.

❦ XIII ❦

Odio la máscara y vicio
del corredor de mi hotel:
Me vuelvo al manso bullicio
de mi monte de laurel.

JOSÉ MARTÍ. *Versos sencillos*, III

Isabel temía que Sara pusiera objeción a regresar a Nuevitas. Se había instalado con gran naturalidad en la casa de don Fernando. Para tranquilidad de Ana, no tenía ningún interés en aparecer a la hora de las visitas. Se pasaba el tiempo en la enorme cocina de la casona colonial inventando platos y postres, feliz de tener un ámbito amplio en donde moverse. Eustaquia la dejaba hacer a su gusto y seguía sus órdenes como hipnotizada. Y todos se beneficiaban de una mesa en la que los postres rivalizaban con los de los mejores conventos, con la ventaja de que eran insólitos y nunca repetidos.

En cuanto a los domingos, Sara optó por ir a la misa del alba. Ana se imaginaba que le daba vergüenza hacerse ver y que por eso prefería una misa a la que sólo acudían unas cuantas viejas beatas. Isabel, en cambio, era consciente de que aunque Fernandito hacía alardes de llegar con su caballo por el zaguán a las doce y media, justo cuando la familia se iba a sentar a almorzar, en realidad llegaba al amanecer, posiblemente después de cabalgar toda la madrugada. Y se pasaba la mañana, mientras la familia se levantaba y se arreglaba para ir a misa de once, encerrado en el cuarto de Sara.

Que Prudencio le desensillara el caballo al llegar y luego se lo ensillara para la falsa llegada era algo que sólo sospechaba, pero como nadie de la familia pisaba la caballeriza, sólo Prudencio sabía lo que en ella se guardaba o no.

Y lo que hacían juntos Sara y Fernando, en esas horas calladas de las mañanas de domingo, era algo que Isabel no había querido ni preguntarse. Como no se oía ruido ni cuchicheo alguno, había decidido imaginar que Fernando venía cansado y simplemente quería dormir un rato junto a Sara, como cuando eran pequeños. El porqué rodeaba su llegada de misterio y simulaba un arribo tardío no valía la pena tratar de descifrarlo, porque cualquier respuesta que pudiera imaginar la llenaba de inquietud.

Fue por eso un gran alivio para ella que Sara no le pusiera ninguna dificultad para el viaje a Nuevitas.

—Después de todo, la finca está al mismo tiempo de caballo de Nuevitas que de Camagüey —fue todo lo que dijo cuando iban en el tren—. Y Fernandito no tiene por qué venir a la ciudad todos los domingos. Si venía, era porque estaba yo aquí.

Los cambios notables los encontró Isabel cuando llegó a Nuevitas. Esperanza estaba embarazada. Y se sentía francamente mal. Apenas tenía ocasión de sentarse entre vómito y vómito. El estado de su hermana había hecho a Gloria más aprensiva aún. Apenas toleraba las visitas de Julio tomándose varias tazas de tila y aferrándose con más fuerza que nunca al aro de bordar. Genoveva se había hecho cargo de la casa de Diego y Esperanza, e Isabel se encontró a un hombre macilento sentado en la cocina.

Antes de que pudiera echarle una buena mirada, el hombre había desaparecido.

—Se llama Manuel —dijo Serafina—. Peleó en la guerra. Estaba demasiado enfermo para irse. Es gallego, ¿sabes?

Isabel no supo qué contestar. Lo que más la desconcertaba es que los ojos de Serafina habían perdido toda su expresión. Y sólo entonces comprendió que en todos esos años nunca había puesto mucha atención a las palabras de su madre, sino que había mirado sus pupilas, y en ellas había escuchado todo. Ahora no sabía qué oír en esos ojos apagados. Y cuando Serafina le dijo: "Me ha traído un sinsonte. ¿Lo oyes cantar en el patio?" las palabras parecían venir de algún lugar lejano, remoto, no de la figurita, todavía de corte juvenil, a pesar de los casi cuarenta y tres años y los seis hijos.

Fue una tranquilidad que Sara aceptara el plan de irse a vivir con Esperanza y Diego. Tuvieron que esperar dos semanas hasta que Diego le pudo añadir un cuarto más a la casa.

—Déjale una ventana bien grande, como para mí —le pidió Sara.

Isabel se estremeció porque sabía que la ventana serviría para las visitas de Fernando. Pero no dijo nada, porque no había nada que decir.

Julio aprovechó la presencia de Isabel para sugerir un día para la boda. Serafina produjo con orgullo no sólo la colcha doble sino también unas cortinitas tejidas. La ceguera no le había disminuido la productividad, sino que, al contrario, parecía haberla incrementado.

Sara le pidió a Fernando que estuviera presente en la boda, sólo para descubrir que mientras Fernando estaba dispuesto a cabalgar día y noche para pasarse unas horas abrazado a ella, no quería, en cambio, asociarse en público con el resto de la familia. Y se negaba a ver a Serafina.

—¿No comprendes que le debo mucho a Ana? Me ha presentado a una de sus sobrinas... Y si me caso con ella me darán Cuyaguayana. ¿No te das cuenta de lo que eso significa?

—Las cosas significan algo diferente para cada cual. O sea que, si no me lo dices...

—Significa que le dejaré trabajar un par de colonias de caña a tu flaco y que les fabricaré una casa.

—Y la sobrina de Ana, ¿qué va a decir de todo eso?

—Y, ¿qué crees que pueda decir? Será mi tierra y se la daré a trabajar a quien me parezca. Y tú eres mi hermana, ¿verdad? Y melliza todavía.

Como no hubiera podido haber dos mellizos más distintos, Sara se estremeció de risa. Desde que había llegado a la pubertad, el cuerpo se le había ido

todavía no definido. Pero no era fácil, después de tantos años de compartir la misma cama, el mismo cuarto, de sentirse responsable de cada una de sus cuatro hermanas, no sólo por ser la mayor, sino por sentirse más fuerte, más libre, de dejar atrás la responsabilidad como podía el tren dejar las sabanas para adentrarse en los campos de caña.

Estaba sentada frente a un matrimonio que viajaba a la ciudad para visitar a una hija que acababa de dar a luz. Y a cada rato la interrumpían para compartir con ella una nueva información sobre el recién nacido.

—Pesó siete libras y tres onzas. Lo pone el telegrama. Y dicen que tiene mucho pelito. Nos lo ha contado un primo que vino ayer de verlos. Y las manos igualitas a las de su mamá, Teresa, nuestra hija.

De lo último que quería oír hablar Isabel era de recién nacidos. Se sentía culpable de dejar a Esperanza en estado tan avanzado y todavía abrumada por las náuseas, pero lo peor era que al abrazar a Serafina al despedirse, había sentido un cierto abultamiento, una firmeza en los pechos que no había podido menos que inquietarla.

ᏊᎧ **XIV** ᎧᏊ

Si ves un monte de espumas
es mi verso lo que ves:
mi verso es un monte, y es
un abanico de plumas.

JOSÉ MARTÍ. *Versos sencillos*, V

El arribo a Camagüey fue, en medio de todo, un alivio. Ahora, puesto que no podía hacer nada en Nuevitas, podría dejar de lado, un tanto al menos, las inquietudes por su madre y por sus hermanas.

Los mellizos habían ido a buscarla con un flamante automóvil. Y una vez que la saludaron y le indicaron a un maletero que los siguieran con las maletas, Antonio se puso al volante.

—Hemos conseguido que padre nos deje manejar.

—Prudencio se ocupa del cuidado de la máquina, pero no quiere aprender a conducirla.

—Nos deja salir solos...

Se iban arrebatando la palabra, como de costumbre, felices de este nuevo triunfo de sus ideas progresistas.

—Después de todo para algo nos mandó al Norte, ¿verdad?

Isabel sonrió, detectando la huella de los

argumentos de Ana en favor de los mellizos, que tan bien conocía.

—¿Cómo están todos?

—Igual que siempre...

—¿Sabes que mamá ha logrado convencer a Ernesto y a Fernando para casarse el mismo día? Como se están casando con dos primas...

—Le encanta la idea de una doble ceremonia...

—Será por lo aficionada que es a las yemas dobles...

—O por lo bien que le salimos nosotros siendo dobles.

—Pero lo que es nosotros, no le pensamos dar gusto todavía...

Isabel asumió toda esta información con tranquilidad. "Parece que la vida se ha reducido a bodas", pensó. "Y luego serán bautizos..."

Le resultaba intolerable que el mundo se redujera de esta manera, después de la experiencia de la manigua, de las correrías por las playas de Nuevitas y los horizontes infinitos del mar, de los múltiples mundos abiertos por las lecturas del internado y las conversaciones con Madame Durand.

Y mientras los mellizos manejaban por las calles de adoquín, bordeadas por casas con altas ventanas de balaustres y grandes aleros, dando vueltas antes de llegar a la casa, aprovechando la oportunidad de hacer galas del automóvil, Isabel siguió pensando.

¡Cuánto tiempo hacía que nadie a su alrededor hablaba de los ideales de todos y por el bien de todos! Sí, tanto en Nuevitas, como en Camagüey en las fiestas del 10 de octubre, del 24 de febrero y el 20 de mayo, los veteranos desfilaban con las largas barbas bien peinadas sobre las guayaberas almidonadas y ondeaban banderas en la brisa tropical, desfilaban los niños de las escuelas con uniformes recién almidonados, y la banda municipal tocaba el Himno Nacional, que uno no podía oír sin repetirse por dentro las palabras airosas: "¡Al combate corred, Bayameses, que la Patria os espera orgullosa, no temáis una muerte gloriosa!"; y se oían los acordes del Himno Invasor, cuya letra no se recordaba tan claramente, pero que hacía marchar el corazón a ritmo de tambor. Pero en la vida de cada día no parecían verse las transformaciones, las grandes realizaciones que temblaban en la voz de Genoveva en los días de la manigua, o que habían discutido en la escuela de Madame Durand. ¿Qué era la Patria por la que tantos habían luchado y perecido? ¿En qué forma le había sido útil la guerra a la Patria?

Algunas cosas eran indudables. Ahora se enarbolaba la bandera de la estrella solitaria y los acordes del Himno Nacional se oían en la retreta de los domingos en el parque. Y de sobremesa era tema habitual contar y recontar las hazañas de la manigua. Pero, ¿sentirían los muchos mambíes enterrados en los numerosos cementerios que morir por la Patria es vivir? ¿Cuál era su vida mientras se deshacían sus cuerpos bajo la tierra húmeda, cubiertos con las amarillas copetúas "flores de muerto" de hondo perfume?

Lo más noble de la guerra le parecía a Isabel que era el haber terminado con la esclavitud, con la idea ignominiosa de que un ser humano puede ser dueño de otro. Pero no dejaba de preguntarse cuánto había verdaderamente cambiado la vida de aquellos fieles servidores que Ana se había traído de la casa de los Cortés. Si algo había transformado la vida de Prudencio era el automóvil, pero ¿qué verdadera justicia le había dado el cese de la esclavitud? Y, para Eustaquia, que seguía pegada a la batea lavando la ropa de la casa, y que la planchaba con tanta delicadeza, limpiando las planchas contra un trapo húmedo primero y acercándoselas luego a la mejilla para ver si estaban a la temperatura correcta, ¿cuánto había cambiado la vida? E Isabel suspiraba pensando: quizá para sus hijos, para sus nietos...

Los mellizos la depositaron con sus maletas en la sala. Y se fueron corriendo a la cocina.

—Ermelinda está haciendo natilla.

—Vamos a comemos un platico antes de ir a buscar a mamá a casa de tía Clara.

Isabel le pidió a Prudencio que le llevara las maletas al cuarto y salió al jardín. Le sorprendió ver a su padre sentado en uno de los sillones de mimbre blanco, con un cigarro apagado en los dedos teñidos de amarillo de tanto sujetar los vueltabajo.

—Te esperaba, hija, ¿cómo estás?

—Bien, padre, gracias. ¿Y usted?

—Me alegra que hayas vuelto. Voy a necesitarte más que nunca. He abierto una ferretería. Es un gran negocio, pero las cuentas son más enredadas que las de las tierras. Además quiero importar herramientas directamente de los Estados Unidos. ¿No se te ha olvidado el inglés que aprendiste, verdad? ¿Podrás llevarme la correspondencia?

—Con mucho gusto, padre.

—Tengo en el despacho los catálogos ya marcados con lo que quiero ordenar. Mañana podrás comenzar.

Y la vida retomó el antiguo cauce para Isabel, apenas si interrumpido por la doble boda. Ana tenía a su hermana Clara y a una legión de primas y sobrinas de segunda, tercera y cuarta línea, para ayudarla en los preparativos. Y mientras toda la casa se estremecía con los preparativos, Isabel, salvo por el tiempo que pasaba en el despacho, se quedaba en su cuarto leyendo.

Don Fernando le había encargado que ordenara algunos libros para los estantes de una saleta que quería convertir en biblioteca.

—Nunca he tenido tiempo para libros, pero algún día me sentaré a leerlos. Ordena tú los que creas más adecuados para formar una biblioteca culta. Nada de pamplinas, libros de peso.

Para Isabel, aquel fue el encargo más grato que hubiera podido hacerle. En la calle de Comercio habían abierto una librería y en sus anaqueles encontró algunos títulos básicos, además de los clásicos españoles, que enriqueció con una hermosa edición del Quijote, y ordenó la Historia Universal de César Cantú y varios volúmenes de mitología griega.

Madame Durand había insistido siempre en la importancia de la literatura francesa y como no encontraba más que a Racine y a Moliere, pidió a los libreros que le encargaran obras de Flaubert, Mallarmé y Baudelaire. Los libreros, un hombre alto y enjuto y una mujer cuya cabellera pelirroja sugería un abuso del tinte, fruncieron a la par el ceño cuando Isabel añadió a la lista el nombre de Jorge Sand, pero cuando les pidió las obras de Víctor Hugo protestaron enfáticamente, recordándole que era un autor que estaba en "el índice", la lista de autores prohibidos por la Iglesia.

—Esto es Cuba libre —casi gritó Isabel exasperada—. Mi padre no peleó en la manigua para que ahora le digan que no puede comprar un libro.

Después de pronunciar las palabras sintió un poco de miedo. Don Fernando no le prestaba mucha atención a la religión. Pero tampoco había hablado nunca en contra de la Iglesia. Y si alguien le repetía lo que ella había dicho quizá desaprobaría que su hija decidiera por qué razones había peleado realmente en la guerra. Pero el librero mojó la pluma en el tintero y completó la orden sin replicar y aquel acto menudo se le antojó a Isabel como un pequeño triunfo que justificara que al menos algo de lo que se había vivido en la manigua tenía razón de ser.

Ya estaba dispuesta a salir de la librería, habiendo encargado que le enviaran a casa los libros, cuando descubrió sobre una mesa un pequeño volumen, finamente encuadernado. En la cubierta se leía *Rimas y leyendas*. Lo hojeó un momento y le bastó leer "Del salón en el ángulo oscuro" para ordenar al librero:

—Póngalo en la cuenta, por favor. Lo llevo

conmigo.

Había decidido enviárselo a Elena, tan amante de la poesía, y cuya alma le parecía ahora tan silente y olvidada como esta arpa en el ángulo oscuro.

Las cuentas y la correspondencia de la ferretería mantenían a Isabel bastante ocupada. Había que escribir pidiendo catálogos, comparar los precios y luego enviar las órdenes. Poco a poco se fue construyendo en un cuaderno un diccionario con los nombres de herramientas y materiales que extraía de los propios catálogos y listas de precios. A veces las órdenes no venían completas o los trámites de aduana las retenían y era necesario escribir nuevas cartas. Como las órdenes tardaban en llegar era importante mantener cuenta del inventario y creó un sistema de tarjetas, una para cada producto, en las cuales iba sustrayendo lo que se vendía según los vales de compra que le traía don Fernando una vez por semana.

Mientras anotaba las cifras se imaginaba los lugares a donde iban a dar tanta cabilla de hierro, tuercas, tornillos, clavos —¿reparaciones de lo viejo? ¿construcción de partes de un mundo nuevo?

El resto del tiempo libre lo ocupaba con los libros que había encargado para la biblioteca. Tenía especial interés en leer en francés, para seguir desarrollando este idioma que tanto le había costado aprender.

Se daba cuenta que el francés tenía para ella un significado muy especial, precisamente por el modo como lo había adquirido. Verse en tal desventaja

frente a las alumnas del colegio de Madame Durand
que, siendo muchas de ellas menores podían hablar
con soltura un idioma que ella desconocía por
completo, fue difícil. Pero asumió el reto como el
primero en la vida en el que podía tener algún
control. Hasta entonces había sido sólo el producto
de las circunstancias, observadora más que autora
de su vida en la manigua. Incluso en Nuevitas, donde
se había esforzado por ayudar en la casa, cuidar de
los hermanos menores, y ser amorosa con madre y
tía, se veía incapaz de hacer nada que mejorara en
mucho la situación. Ahora tenía un problema que le
incumbía a ella sola afrontar. La falta de
conocimientos, un enemigo que combatir y vencer.

Sufrió muchos momentos de desconsuelo durante
los cursos dictados completamente en francés. Le
molestaba haber pasado de sentirse lista, capaz y
hasta inteligente, en el papel de hermana mayor
responsable, a sentirse ahora perdida, desorientada,
torpe y sobre todo incapaz de ayudar a sus
hermanas menores. Por eso todo esfuerzo le pareció
poco, y cada minuto, esencial para obtener su
objetivo.

Guardaba enorme gratitud a Madame Durand por
haber descubierto finalmente su esfuerzo y haberla
apoyado con la comprensión de quien a su vez tuvo
que hacer el esfuerzo de aprender un segundo
idioma. En reconocimiento le escribía largas cartas
en francés. Como de su propia vida no sentía que
había mucho que contar, le comentaba las
reflexiones que le inspiraban las lecturas, pidiendo

siempre la opinión de la que quería seguir reconociendo como maestra, aunque Madame Durand le respondía siempre en un tono familiar y amistoso.

Una vez por semana escribía a su madre y a sus hermanas. A Elena no había vuelto a verla desde el día de la boda, porque De la Era pensaba que el lugar de una mujer es su casa y aunque él venía con cierta frecuencia a Camagüey, Elena quedaba siempre en la hacienda y ella no tenía modo de llegar hasta allí. Elena ya tenía un hijo y esperaba el segundo. El de Esperanza, en cambio, había nacido muerto. A Isabel le apenaba, especialmente por Diego. Tenía la impresión de que entre todos sus cuñados era el que podía ser mejor padre. Y había esperado que quizá la maternidad ayudaría a atemperar la creciente irritabilidad de Esperanza, que la pérdida de la criatura había, en cambio, acrecentado.

Tal como Isabel había imaginado, Serafina estaba encinta cuando ella dejó Nuevitas. Genoveva le había escrito una carta tan tersa como sus conversaciones, en la que le decía: "Tienes un hermano. Se llama Tomás. El padre no creo que viva mucho más tiempo. Ya ha sido un milagro que haya vivido tanto. Fina canta todo el día".

A la mañana siguiente, cuando Isabel abrió la puerta del despacho, se horrorizó. Don Fernando con el saco arrugado, la corbata desamarrada y una barba del día anterior roncaba echado sobre el escritorio. Una botella de coñac vacía y una copa todavía medio llena de licor explicaban la escena. Isabel cerró la puerta, se acercó a él y le puso una mano en el hombro.

—¿Está usted bien, padre? ¿Necesita algo? Venía a informarle que quiero ir a Nuevitas.

Don Fernando le clavó los ojos inyectados de sangre.

—Nunca. No mientras esté ese hombre ahí. Mira lo que nos ha hecho.

—Pero, ¡usted la abandonó! —las palabras tantos años contenidas salieron sin que ella pudiera retenerlas.

—No hables de lo que no entiendes. Y olvídate de irte a ninguna parte. Tu lugar está aquí. Ana está encinta y vas a hacer más falta que nunca.

Isabel le dio la espalda y se puso a trabajar en silencio en el Libro Mayor del ingenio. Hacía rato que las cuentas que mandaba Ernesto se habían ido haciendo menos plausibles, pero ella no quería decir nada a su padre hasta tener toda la contabilidad terminada.

El embarazo de Ana no requirió para nada la ayuda de Isabel. Su hermana mayor acababa de enviudar y como ya se le habían casado todos los hijos no tuvo ningún reparo en hacerse cargo de Ana y de todos los asuntos domésticos que, por lo demás, marchaban por sí solos en esa casa tan metódica como el tic tac del enorme reloj de pared del salón.

En cambio Isabel volcó su ternura en otro embarazo. Una mañana en que, como de costumbre, se paseaba por el patio, evocando en el olor del rocío sobre las matas el olor de la tierra húmeda del batey de la manigua, y, en la fragancia suave de las blancas mariposas, el olor al patio de la humilde casa de Nuevitas, tan humilde como llena de afecto, le pareció oír un sollozo.

La cocina estaba vacía pero sintió un murmullo más allá, en la zona de las habitaciones de la servidumbre, las antiguas cuarterías de los esclavos, que seguían ocupando Prudencio y su mujer Eustaquia, las dos hijas crecidas de ambos, Domitila y Ermelinda, y la chicuela Caridad.

Aunque Isabel nunca antes había penetrado más allá de la cocina, ahora se sintió impelida a hacerlo.

En la habitación inmediata, que la sorprendió por su gran tamaño y su desnudez, Eustaquia sostenía a Ermelinda que vomitaba sobre una palangana desportillada.

Isabel corrió a la cocina y volvió con un vaso de agua que les extendió sin decir palabra.

Una vez que Ermelinda se enjuagó la boca y Eustaquia hubo regresado después de hacer desaparecer la maltratada palangana en la habitación contigua, Isabel preguntó, dirigiéndose a Eustaquia:

—¿Qué le pasa? ¿Necesita algo? —Y como Ermelinda se veía realmente demacrada, insistió—: ¿Debo mandar a buscar al médico?

Eustaquia la miró en silencio. Le parecía tan sabia a veces la joven con sus antiparras y sus libros, pero en realidad era tan ingenua e ignorante como todas las mujeres blancas, protegida por su raza, sin necesidad de enfrentarse a las realidades de la vida.

—No, hijita, no, no se moleste. Pronto estará bien.

Isabel se marchó sintiéndose no sólo incómoda, sino abochornada. Había sido una intrusa, y la voz protectora de Eustaquia le había sabido un poco irónica.

Como en los días siguientes Isabel no veía a Ermelinda, ni en el comedor sirviendo la mesa, donde Domitila se esmeraba por suplir la falta de su hermana, ni en la cocina pelando verduras, ni en el traspatio desgranando maíz para las gallinas, ni la veía canasta en mano camino del mercado, decidió ir a ver cómo seguía.

Encontró a Ermelinda sola, tirada en la vieja cama de hierro, desterrada de alguna habitación de la casa años atrás, y cubierta con una sábana de gato.

La vista de la colcha multicolor, tan semejante a las que por años cosiera Serafina, le permitió acercarse a la muchacha con solicitud cariñosa. Pero sus palabras afectuosas, "¿Cómo te sientes, Ermelinda? ¿Qué te pasa?", sólo consiguieron que Ermelinda se diera vuelta contra la pared descascarada.

Isabel la observó en silencio y fue como si la viera por primera vez.

Había recibido en la mesa tantos platos de sus manos, la había visto entrar y salir de las habitaciones con atados de ropa de cama que luego Eustaquia lavaría, o con los brazos cargados de sábanas almidonadas y planchadas para tender las camas frescas, la cama en la que luego, ella, Isabel, descansaría. Pero nunca había observado el perfil delicado, la nariz de fino trazo, las abundantes pestañas, el nacimiento de la oreja entre el pelo rizado, rizado sí, pero no tan rizado como el de su padre Prudencio, ni el de su madre Eustaquia, ni siquiera el de su hermana Domitila.

Y a medida que el rostro se le fue grabando dentro, se dio cuenta de la firmeza del mentón, tan parecido al de Clara, y las orejas le parecieron las de Ana, con el lóbulo pequeñito, y la nariz y los pómulos podían ser los de Estela, a quien había visto un par de veces, pero cuya imagen no se le había borrado. Y trató de recordar el color de los ojos, bajo los párpados apretados ahora. No podían ser azules, ¿verdad? Pero tampoco eran negros. Y observó el color acaramelado de la piel y negándose a aceptar, comprendió que había perdido años de vida tratando de entender la existencia leyéndola en los libros y no escuchándola en su corazón.

Abrazó tiernamente a Ermelinda, que se abandonó al abrazo inesperado, y se dedicó desde ese momento a cuidar de esta preñez, sin atreverse a preguntar quién era el padre de la criatura por nacer, como no se sentía con derecho a preguntar quién había sido el padre de la que ahora iba a ser madre.

Isabel esperó hasta fin de mes antes de abordar a don Fernando.

Lo primero que le pidió fue permiso para contratar a alguna mujer que se ocupara exclusivamente de Ana.

—Está algo nerviosa y debe descansar más. Vale la

pena que tenga a alguien cerca para pedirle todo lo que necesite. Creo que todo marchará mejor así.

Su padre la miró con sorpresa por un momento, mientras se pasaba la mano por el pelo que empezaba a encanecer. El pedido era algo insólito, y no estaba seguro del porqué de la entonación de la última frase, pero ya conocía suficientemente a su hija y se limitó a asentir.

Ella entonces cambió el rumbo de la conversación diciéndole:

—Necesito discutir con usted las cuentas del ingenio.

Cuando le puso por delante los libros era evidente que nada tenía sentido.

—No me voy a pelear con un hijo por cuestión de dinero... —fue la respuesta de don Fernando. Lo mejor será que reparta ahora la mitad de la herencia. A cada cual lo suyo. Y que lo administren como mejor les convenga. Pero eso sí, me guardo la mitad de todo... que todavía hay vida. Y las escrituras, que ésas sólo se traspasan después de la muerte.

—No creo que entonces necesite robarse a sí mismo —murmuró Isabel.

—Ya le prometí a Fernando que Cuyaguayama será suya —prosiguió don Fernando, sin oírla. —Y pese a que no lo imaginaba capaz, está haciendo prosperar aquello muy bien. Ernesto se quedará con el ingenio. Veremos qué hace con ello. A los mellizos les voy a dar las dos fincas que compré por Tunas. Tengo unas acciones en el ferrocarril y voy a conseguir que les hagan un paradero en el lindero de las dos fincas.

Ana me hizo darle a Elena las colonias de Bayamo. Y a fe mía que me está resultando mejor colono el De la Era que mis propios hijos. Yo me quedo con las acciones del ferrocarril y con la ferretería. Y, por supuesto, con Arroyo Hondo. Que con esa tierra empecé y con esa tierra me quedo.

Y le cruzó por el rostro una sonrisa inesperada.

—Bueno, y a ti, primogénita, ¿qué te daré?

Isabel quedó callada un instante; repasó mentalmente las horas entregadas cada día con dedicación a los libracos del padre, a la contabilidad, a la correspondencia en inglés. Sabía cuánto lo había ayudado a que no lo robasen capataces, ayudantes y hasta su propio hijo. Y como sabía que su padre jamás le daría un sueldo, que tal cosa no cabía entre las posibilidades que le ofrecía, se oyó decir, para su propia sorpresa, con una voz que parecía de otra persona:

—Una revista.

—¿Cómo? ¿Qué? ¿Una revista?

—Sí. Una revista. Quisiera publicar una revista literaria.

❦ **XV** ❦

Yo vengo de todas partes
y hacia todas partes voy:
Arte soy entre las artes
y en los montes, montes soy.

JOSÉ MARTÍ. *Versos sencillos*, I

El vocerío de los pregones y los gritos, el corcoveo de los caballos sobre los adoquines y algún fotuto impaciente tratando de abrir paso a una de las nuevas máquinas automóviles en medio de cargadores y estibadores, coches y quitrines, planchas cargadas de bultos y gente trajinando por las aceras, resultaba todavía más abrumador al mezclarse con la amalgama de olores de aquel puerto habanero.

El olor grasiento de tasajo y chorizos que se escapaba de los barriles en la puerta de los almacenes se confundía con otros olores: el penetrante y agridulce del pescado fresco, el acre del que ya empezaba a descomponerse, el húmedo y musgoso del fango acumulado en las cunetas y la abrumadora pestilencia de una zanja de aguas negras cubierta por un limo verduzco que corría paralela a la calle.

Lorenzo agarró con fuerza el maletín de cuero y se esforzó por descubrir, entre los bultos que los cargadores iban apilando sobre la acera, las dos maletas que contenían todas sus posesiones. Por fin, logró descubrirlas en medio de una cantidad de equipaje que ya había sido colocado sobre un carretón.

—Espere, por favor, un momento. ¡Esas dos maletas son mías!

—Pue' a mí me dijeron que lleve to' el equipaje pa'l Hote' E'pañol. Y u'té, ¿pa'onde va?

—A una pensión, en la Calle de Belascoaín.

—Pue' ahoritica no pue'o baja'lo to' pa' saca' su' do' maleta. Pero si no l'importa subi'se a la plancha, se la llevo a'onde uté quiera... —y se iluminó el rostro oscuro con una sonrisa ancha.

Lorenzo no había esperado hacer su entrada en la ciudad montado en un carretón, que aquí parecían llamar 'plancha' —recogió este primer vocablo del léxico local—, compartiendo amigablemente con un hombre en mangas de camisa, cuyo cuello moreno brillaba de sudor. Pero se encaramó en la plancha lo mejor que pudo, se miró con algo de consternación los botines llenos de fango y respiró tratando, al llenarse los pulmones, de separar mentalmente el fresco aire de mar de los miasmas de la bahía.

Los maleteros del Hotel Español se precipitaron sobre la plancha, rápidos en arrebatarle las piezas de equipaje, como para evitar que su permanencia prolongada en el carretón pudiera contaminarlas.

Una vez más se encontró Lorenzo necesitado de

argumentar que las dos maletas con herrajes, que hacía mucho habían dejado de ser dorados, eran suyas y que debían permanecer, pese a las miradas de desdén de los maleteros, en la plancha.

—Ahora mi'mi'tico lo llevo a su pensió'. Dígame no má' el número —le dijo el carretonero con su amplia sonrisa desdentada.

—Número 83 —le respondió Lorenzo, añadiendo con su voz cuidada y atenta—: Por favor.

—Ju'titico frente a la Casa Cuna —comentó el carretonero mientras saltaba con insospechada agilidad de la plancha y amarraba al caballo para ayudar a desmontar las maletas—. Le doy una mano.

Los escalones de mármol desgastados, la pared algo desconchada y sobre todo el olor inconfundible de cocina peninsular —¿qué sería lo que borboteaba en ese momento en un caldero de la cocina?, ¿una fabada cuyas gruesas judías blancas se abultaban con el hervor, un caldo gallego en el que las patatas absorberían los múltiples sabores al mezclarse y entremezclarse en la olla, como en esta isla parecían mezclarse sol y sombra, sangre peninsular y africana, indolencia y pasión?— lograron borrar por un momento las memorias del sol tropical y el reverberar de los adoquines.

Luego, tirado en el catre apenas algo más ancho que la litera del barco que lo había traído tan lejos, Lorenzo trató de interpretar las múltiples sorpresas de la capital isleña. La mayor, los contrastes.

Contrastes entre la acera de sol ardiente antillano y la de sombra fresca y húmeda proyectada por los altos muros de piedra; o entre las paredes de ladrillos caleadas de blanco y las de suaves tonos de tempera, amarillos, rosados, celestes o verde pálido.

Contraste entre el bullicio de las calles en las que se mezclaban los pregones: *maníí tostaoooo... coquito acarame- laooooo... empanadiiiiiiillas... de guayaba y carne... tamalitos frescos, con picante y sin picante...* con los gritos de los cocheros al ver interrumpido su paso por carretas y carretillas de panaderos y verduleros ambulantes, las respuestas soeces de los carretoneros y viandantes, el caracoleo de algún caballo al que su jinete hacía lucirse bajo un balcón, los cláxones de los recién importados coches automóviles, a los cuales aquí empezaban a llamar máquinas, por antonomasia, como si fueran las únicas jamás inventadas, estas máquinas capaces de desafiar al tiempo y las distancias; y la serenidad de los patios umbríos, a los que no parecían llegar los ruidos callejeros, absorbidos por los amplios zaguanes, y las salas de estar y las saletas, que se mantenían cerradas para impedir que penetraran no sólo los ruidos de la ciudad, sino el polvo de la calle y el calor tropical.

Contraste entre la gente, las damiselas que protegían el cutis bajo sombrillas y parasoles, aspirando a la palidez de sus vecinas del Norte, y las otras jóvenes, las que se movían rumbosas, con la canasta a la cintura o el atado de ropa a la cabeza y los brazos al aire, sin temor al sol que ya absorbieron y domesticaron sus abuelos en tierras africanas... sólo que, de cuanto en tanto, al seguir el movimiento de una cadera joven y subir los ojos por la cintura ágil y la espalda torneada, se daba cuenta al llegar a los hombros desnudos, al cuello esbelto, que la separación no había sido siempre total entre las epidermis contrastantes, y que de los opuestos —fruto de la lascivia, del dominio, la violencia, y quizá también, ojalá también, sí, ojalá también, alguna vez de la pasión y del amor— había nacido una nueva realidad. Como obviamente era nueva, no española, y a la vez de algún modo también española, esta isla que empezaba a enloquecerlo con su realidad desconcertante.

Este período de bohemia habanera —noches de tertulia en cafés frecuentados por periodistas y escritores, interminables juegos de ajedrez en el Centro Asturiano, caminatas por el infatigable malecón, sostenido por el entusiasmo de una discusión filológica o política, cuando ya hubiera creído no poder dar un paso más después de haber ambulado el día entero de oficina en oficina: "Vaya usted a ver a Mengano", "¿Por qué no le pregunta a Zutano?", "¿Qué tal si se acerca a Perencejo?", en busca de algún empleo que le pagara algo más que los escuálidos pesos que ganaba por los artículos que le iban aceptando poco a poco los periódicos y que apenas si cubrían el costo del último cuartito sin ventanas al fondo de la pensión de la calle Muralla; a la que tuvo que mudarse porque la de Belascoaín era demasiado para su bolsillo una vez que se agotaron las pocas monedas de plata que le quedaron después de pagar el pasaje en Cádiz— se acumulaba en las cartas que Lorenzo escribía febrilmente, con letra azul y angulosa, a ratos salpicada de manchones de tinta, como si su impaciencia por poner sus ideas en el papel le hiciera sacar demasiado rápidamente la pluma del tintero, en papel rosado, con tenues líneas celestes, con el membrete del diario habanero que de cuando en cuando le aceptaba un artículo.

Las páginas de las cartas no cesaron de acumularse sobre el escritorio de Lorenzo, pero cambiaron de destinatario, cuando en lugar de ir dirigidas a Mi bien querida y recordada Nina, la hermana mayor que quedó desolada en Madrid cuando, tras un duelo prohibido en que hirió el hombro del rival que le arrebataba el amor de una prima, Lorenzo decidió marcharse a América, pasaron a dirigirse a Muy distinguida señorita y en lugar de ser enviadas a Madrid, pasaron a ser enviadas al Camagüey Literario.

Descubrió la revista por casualidad, en casa del amigo Aizcurrieta, cuya mujer había sido condiscípula de la camagüeyana en una academia francesa de La Habana.

—Locuras de mi suegro, le digo a usted, Lorenzo. —Quedó Cristina huérfana de madre y, en lugar de enviarla a un convento...

—¿A un convento? Pero, ¿es posible, Joaquín, que hubiera preferido usted, tan librepensador, que su mujer se educara en un convento...?

—Pues, seguro que sí, Lorenzo, ni más faltaba. Las ideas libres las impone el hombre en su familia en la medida de lo conveniente. Si la mujer primero tiene un carácter formado, de docilidad, de gentileza, tanto mejor. Ya me comprende usted, no es que quisiera que fuera mojigata, pero sí que tuviera un sentido de aceptación, de resignación, como tuvieron nuestras madres...

—Nuestras madres... —Lorenzo se dio cuenta que no era posible responder como quisiera: "Quizá la suya, amigo, que no la mía".

Y optó por callarse.

⚭ XVI ⚭

> Solos los dos estuvimos
> solos, con la compañía
> de dos pájaros que vimos
> meterse en la gruta umbría.

JOSÉ MARTÍ. *Versos sencillos*, IV

No había sido aceptación, ni resignación, lo que caracterizó a la madre de Lorenzo. Ni muchísimo menos. Por lo menos no en su juventud. Lo que Lorenzo sabía de su madre, Victoria Montero de Guevara y Villamil, en aquel verano santanderino que selló la vida de Victoria, y que dio lugar a que él pudiera estar empeñado en entender las realidades de la isla tropical que cada vez lo absorbía más, parecía sacado de una novela de costumbres, sólo que con rebeldías insospechadas.

En aquel verano santanderino cada tarde se sucedían las discusiones entre los padres de Victoria. La madre se empeñaba en casarla con su sobrino Rodrigo, mientras el padre pensaba que el joven Jiménez del Real no era más que un petimetre y que la heredera del Conde Montero de Guevara debía aceptar la proposición del Marqués de Villaengracia y así consolidar unas tierras que la mano de Dios siempre había intentado que fueran una sola, y si no, ¿cómo era que formaban parte de los mismos valles? El que el de Villaengracia fuera viudo dos veces y casi le triplicara la edad a Victoria nada tenía que ver con la decisión formal de consolidar dos títulos en unos herederos.

Sin tener idea de las que pasaban por la mente de Victoria, recién abierta a descubrir que más allá de las paredes del colegio selecto había mundos que explorar, las discusiones de los padres se engarzaban sin desmayo, como las olas que llegaban reiteradamente a la playa del Sardinero, una tras otra.

—Es en los nietos en quienes hay que pensar, mujer, y Villaengracia nos los dará, me ha asegurado que no le falta posibilidad para ello, que sus mujeres se murieran de parto sin dejarle heredero vivo fue problema de ellas, pobrecillas, no suyo, pues sé que ha dejado abundante semilla en varios caseríos, no más hace unos meses...

—¡Calla, hombre, por Dios! Recuerda con quien hablas.

Las palabras de aquella exclamación airada de doña Catalina habían sido las últimas que se oirían sobre el tema, porque en aquel momento había pedido permiso para entrar al tocador, donde se llevaba a cabo la discusión, Teresa, la doncella de Victoria, que enjugándose los ojos con la punta del delantal extendía una bandeja bruñida sobre la que reposaba una carta.

—¿Qué significa esto, Teresa?

A doña Catalina le era difícil contener la cólera, al reconocer que la letra que había escrito en el sobre Excms. Srs. Dns. Condes Montero de Guevara era la de su hija Victoria.

—La señorita me pidió que les entregara a las cinco esta carta a los señores, ni un minuto antes ni después... —la voz de la pobre Teresa se quebraba en llanto.

—¿Ni un minuto antes...? —Ahora era don Mariano quien rugía—. ¿Ni un minuto después...?

Doña Catalina había rasgado el sobre... os ruego me perdonéis... hubiera querido ahorraros un disgusto... razones del corazón... difíciles de explicar... no olvido que soy vuestra hija...

—¿No olvido? ¿Y qué es todo esto sino el olvido? Qué digo el olvido, ¡el desafío, a quien es, a quienes somos...! —y los frascos de cristal tallado sobre el tocador saltaron con el fuerte puñetazo de don Mariano.

—Mariano, cuidado, tu corazón... Teresa, trae una copa de oporto al señor, enseguida, y... de todo esto ni una palabra, ¿entendido?

Y doña Catalina despidió con un gesto a la temblorosa muchacha y se volvió a su marido que le había arrebatado la carta...

—Pide que no trate de detenerla. Bien sabe ella que puedo usar el telégrafo, pero hacerlos detener al bajar del tren sólo va a contribuir a su mayor desgracia... —Y se desplomó sobre el sillón forrado de seda china.

—Pero, ¿quién es?, ¿quién es? —clamaba doña

Catalina, como queriendo aferrarse a la esperanza de que fuera Rodrigo, aunque cómo Rodrigo se atreviera a una locura así no le era fácil concebirlo, pero si fuera Rodrigo todo podría aún tener arreglo...

—Es un maestrito burgalés, un maestro pueblerino... Imagínate, Catalina, un maestro de escuela...

La próxima carta de Victoria llegó dos semanas después, fechada en Madrid. Les informaba que se había casado en la Iglesia de los Jerónimos. El padre Cesáreo, que había sido su confesor cuando había hecho ejercicios espirituales en las Clarisas, se había opuesto al principio, pero sus lágrimas habían podido conmoverlo y los había casado después de la misa del alba. Lorenzo no creía necesaria una boda religiosa, es de pensamiento libre, pero como es muy bueno había accedido a complacerla...

—¡Libre pensador! Será masón y judío... Señora, creo que lo mejor es reconocer que nuestra hija ha muerto para nosotros. La que hubiera sido su dote permitirá dotar la capilla que mi santa madre, que en Gloria esté, siempre quiso que erigiera en honor de la Virgen del Carmen. En cuanto a la herencia... ya veremos. El padre Ramiro ha estado hablando de fundar un hospicio, quizá incluso un hospital que su orden administraría y que permitiría perpetuar nuestro nombre, ya que no habrá podido hacerse de la manera natural... En cuanto a cartas, he dado orden a Severino de devolverlas al remitente, así como de no aceptar mensaje alguno. Será mejor para todos...

—Pero, Mariano, ¿*y* qué hemos de decir al regresar a Madrid?

—Nada... dudo mucho que nadie se atreva a mencionamos el tema; pero si así fuera, haremos notar a quien lo haga su falta de delicadeza, diciéndole que preferimos no hablar sobre el asunto.

Y con esas palabras, que Mariano, Conde Montero de Guevara, terminó de pronunciar mientras se disponía a salir a su tertulia, en su club de verano, quedó sellado el destino de Victoria.

No volvió a ver a su madre. A la Condesa se le hizo más difícil que a su marido fingir indiferencia frente a sus amigos madrileños y aún más difícil el estar en la misma ciudad que su hija y no verla. El primer invierno después de la fuga de Victoria, se iba a misa de alba en los Jerónimos, pensando que quizá allí se encontraría con ella. O pasaba horas dando vueltas en su coche por las calles, pidiéndole al cochero que fuera despacio a ratos, urgiéndolo otras a perseguir a jóvenes que pudieran ser su hija. Temía encontrársela y no saber qué decir, pero a la vez la buscaba sin descanso.

Como nunca la encontró regresó a Santander mucho antes de lo acostumbrado. La presencia del Conde, su marido, se le hacía penosa, y el escuchar sus planes para el hospicio que honraría el nombre patriarcal, intolerable. Y optó por pasar la mayor parte del año en la casona solariega de Santander y, cuando se le hacía muy molesto el brumoso invierno cantábrico, prefería irse a Sevilla, a un palacio algo destartalado que había heredado de una tía abuela materna. El Conde, en cambio, prolongaba las estancias en Madrid e hizo también un par de viajes a Roma acompañando al padre Ramiro, con quien pasaba la mayor parte del tiempo planeando el hospicio que perpetuaría su nombre.

En uno de los viajes a Sevilla doña Catalina cogió un enfriamiento seguido de calenturas y terminó con una pulmonía a la que no logró sobrevivir. El médico que la atendió en los últimos días se dio cuenta que tenía varios meses de embarazo. Como la Condesa era relativamente joven no le sorprendió tanto el que estuviera en estado, cuanto el que anduviera viajando sola en esas condiciones. Indicó a los sirvientes que debían telegrafiar al Conde a Madrid, para que viniera a acompañar a su esposa. Pero como don Mariano llegó un par de horas después de que su mujer expirara, al médico le pareció más delicado no mencionar lo del embarazo. No es fácil imaginar cuál hubiera sido la reacción del Conde. Hacía por lo menos diez años que no se acostaba con su mujer.

Lorenzo, claro, no tuvo jamás idea de que la rebeldía apasionada de la madre que perdió en plena adolescencia podía tener profundas raíces en las frustraciones de una abuela a quien nunca conoció.

∼ **XVII** ∼

Yo sé de un pesar profundo
entre las penas sin nombres:
¡La esclavitud de los hombres
es la gran pena del mundo!

JOSÉ MARTÍ. *Versos sencillos*, XXXIV

Lorenzo movió el caballo negro y esperó. A Arrezabala le tomó un instante darse cuenta de que la partida había terminado: un limpio jaque que no dejaba escape alguno. Se reclinó hacia atrás en la silla. Y encendió un tabaco.

—¡Qué país! La siesta se prolonga todo el día. Nadie sabe hacer de nada... —era tema favorito en el Casino Español rajar de los problemas del país, y un buen modo de ventilar el disgusto de haber perdido la partida—. No hay un solo diario que merezca el nombre de tal; no tienen idea de lo que es la literatura y para colmo las mujeres se lanzan a publicar sus propias revistas. Nosotros sin conseguir quien quiera apoyar un suplemento literario como es debido y, mire usted, Lorenzo, lo que estas mujeres se dan el lujo de tener...

Y tiró con desprecio sobre la mesa un volumen que

Lorenzo reconoció como la revista que había visto ya en la casa de Aizcurrieta.

En ese momento se acercaron otros dos jóvenes, sombrero de pajilla en mano.

—Arrezabala, por fin lo encontramos —exclamó uno de ellos.

—Hemos conseguido una entrevista con don Pedro. Nos espera en *El Diario* en este momento.

—Discúlpeme, Lorenzo, discúlpeme, por favor —y Arrezabala se levantaba, retirando sombrero y bastón—. Nos vemos en el club, a la noche, y ya le contaré...

Mientras los tres se marchaban, engarzados en conversación punteada de zetas y elles, Lorenzo empezó a hojear la revista abandonada y pronto se enfrascó en la lectura de las páginas satinadas, salpicadas de viñetas modernistas, de anuncios de tónicos para el cabello y polvos efervescentes que garantizaban una perfecta digestión.

Esa noche Arrezabala lo esperó inútilmente en el club con las buenas noticias de que, por fin, había conseguido un puesto fijo en *El Diario de la Marina,* al que por ser el más importante periódico habanero, todos llamaban por antonomasia *El Diario.* Lorenzo, en tanto, a la luz débil del bombillo de 25 bujías, que pendía, sin pantalla, del techo de su cuartucho en la pensión humilde, escribía con su letra angulosa de largas eles, y su tinta morada, la primera de las misivas que en los días siguientes se sucederían: Mi estimada y dilecta Srta. Isabel Salvatierra... y que irían a turbar la paz superficial que Isabel había logrado alcanzar en la casa paterna.

—Me dice Ana que recibes a diario cartas de La Habana —fueron las primeras palabras que don Fernando le dirigió a Isabel una mañana cuando como de costumbre apareció en el despacho, vestida de blanco y con el pelo recogido en alto moño, a ocuparse de las cuentas de la ferretería.

Ella se calzó las antiparras y se sentó frente a la mesa, abriendo detenidamente los gruesos libros de cuentas. Silente. Esperando las próximas palabras del padre.

—Y que parecen tener todas el mismo remitente. ¿Acaso no vas a decirme quién te escribe con tanta asiduidad? —como el tono de voz más que de pregunta era de orden y no parecía admitir vacilación de su parte, Isabel respondió sorprendiéndose a sí misma—: Es un periodista español. Estoy considerando ofrecerle trabajo en la revista...

—¿A un gallego? —la respuesta de don Fernando era explosiva. Le parecía tal absurdo la nacionalidad del misterioso corresponsal que no se le ocurrió pensar que Isabel nunca había hablado de contratar a nadie, ni el que las finanzas de la revista, a pesar de los varios anuncios que ella se había empeñado en conseguir para aliviar los gastos de publicación, no hubieran podido justificar emplear a nadie y mucho menos hacer venir a un periodista desde La Habana.

—No es gallego, sino madrileño.

Isabel en realidad no sabía a ciencia cierta dónde había nacido Lorenzo, pero recordaba sus muchas referencias a Madrid en aquellas misivas que, a pesar suyo, habían encendido su rostro y le habían hecho contener la respiración mientras leía.

—Gachupines son gachupines y ninguno de ellos nos hace falta aquí. Retrógrados, enemigos del progreso, monaguillos...

Isabel no recordaba haber visto a su padre tan alterado desde el día que lo encontró borracho de rabia al saber que Serafina había tenido un hijo de otro hombre.

De hecho era como si el dolor y la rabia de aquella vez le hubiera consumido las pasiones, dejándolo liberado de violencias e iras. Pero, obviamente, había fuego todavía en aquellos rescoldos que ahora se avivaban. E Isabel se dio cuenta de que la cólera no nacía del odio que hubiera podido engendrarse durante la guerra, al recordar que Genoveva, al describirle al padre de ese hermanito que había venido a llenar el mundo sin luz de su madre, había dicho: "Es gallego..."

Aquella figura entrevista apenas en las sombras de la cocina había desaparecido de su vida sin que ella llegara a conocerlo. Meses después del nacimiento del niño, el hombre había muerto consumido por la tisis contraída quién sabe dónde, pero ciertamente incrementada en los días de privaciones de la manigua. E Isabel había querido borrarlo de su memoria. La idea de que su madre hubiera podido ahogarse de risa y llanto en los brazos de aquel hombre era algo que no quería plantearse y, para apartar la imagen de su mente, se volvió a su padre diciéndole:

—No tema usted, el señor Garoña no es retrógrado, sino todo lo opuesto, es muy ilustrado. Y en cuanto a monaguillo, por el contrario, si algo me ha detenido de incluir algunas de sus contribuciones en el próximo número es que me parece que expresa críticas quizá demasiado fuertes contra la Iglesia...

—Sean cuales sean sus opiniones, te advierto, Isabel, que todo tiene sus límites... Revista quisiste y revista tuviste, porque en fin, me has sido y me sigues siendo muy útil. Y la única queja que tengo de tu conducta es que no pareces apreciar suficientemente los esfuerzos que hace Ana por encontrarte un partido adecuado... la verdad, hija, es que no hace más que darme quejas de que cada vez que invita a algún joven de buena familia tú los espantas hablando de escritores que aquí ni se conocen, y de esas ideas de sufragio para las mujeres e igualdad de derechos que yo, en fin, no es que encuentre mal, pero que no son las que van a ayudarte a encontrar marido.

Y, después de lanzar un suspiro profundo, continuó: —Por mí, si quieres quedarte soltera y en esta casa, hasta eso puedo pasar, que tu compañía es grata y ya te digo cuán útil me eres. Pero de allí a que te relaciones con un gachupín, gallego o madrileño, hay distancias, hija. Y espero que no me obligues a discutir de nuevo el tema.

Y con esas palabras, atusándose el bigote todavía prolífico, se marchó dando el segundo portazo que Isabel había oído en esa casa.

Los días siguientes fueron difíciles para Isabel. Se apresuró a escribir a Lorenzo pidiéndole que, por un tiempo, dieran un descanso a sus misivas. Le dolía su falta de previsión. Si hubiera tomado un apartado postal para la revista no se hubiera visto en esta situación. Pero había tratado de mantener todos los gastos al mínimo y la correspondencia de la revista no era en realidad tan abundante que no hubiera podido recibirla en casa. Tratar de obtener ahora un apartado sería un claro desafío y una trasgresión a las órdenes del padre en cuya casa vivía y que, además, todavía subvencionaba en gran medida la revista.

La idea de pedirle a Lorenzo que le escribiera a otra dirección se le hacía odiosa. No sólo eran ajenos a su naturaleza los secretos y subterfugios, sino que, ni siquiera hubiera podido llevar a cabo con facilidad un plan así, que exigía algo que ella no tenía: una amiga de confianza. Su vida era más bien solitaria; vivía dedicada al trabajo para su padre y a sus libros. Le hubiera gustado tener amigas, compartir con espíritus afines, pero sólo las escritoras que le enviaban colaboraciones desde otras tierras, Argentina, Uruguay, Chile, se le antojaban capaces de entenderla, y, debido a la lejanía, la amistad se había limitado a mantener con ellas un intercambio epistolar más bien filosófico.

Lorenzo había acatado la orden sin discusión. Su última carta se había cruzado con la de ella donde le pedía no volver a escribirle. Era una carta intensa, en la que hablaba de ellos dos como un par de barcos que se cruzan en alta mar y se saludan con un toque de sirena... A Isabel la imagen se le antojaba de una melancolía devastadora, puesto que en definitiva los barcos que se saludan en alta mar siguen cada uno su camino por rutas opuestas. Pero en la misma carta, algunos párrafos después, Lorenzo le hablaba de las diosas del Olimpo, comparándola a Artemisa en la pureza y a Atenea en la sabiduría, pero proponiéndole también el posible papel de una nueva diosa capaz de combinar la castidad de Artemisa con los encantos de Afrodita.

Aquella carta que Isabel guardaba en el corpiño había empezado a quebrase en las dobleces, de tanto leerla y releerla. Le causaba desazón que Lorenzo no hubiera vuelto a escribirle. A ratos se lo atribuía a su caballerosidad, al acceder a sus deseos; en otros se sentía traicionada y no le perdonaba no encontrar un medio cualquiera para comunicarse con ella. Sin embargo, reconocía lo injusto del planteamiento, puesto que era ella quien había impuesto las condiciones del silencio, sin siquiera dar explicación alguna.

Se sentía más distanciada y remota que nunca frente a su padre. Una mañana, cuando fue como de costumbre a visitar a Ermelinda, descubrió que la muchacha ya no estaba.

Gracias a la nueva criada, dedicada a Ana, Ermelinda se había mantenido oculta de la vista de todos. Ana, encerrada en su habitación, de la que no salía más que para ir con su hermana a misa, no podía haber notado su ausencia.

Isabel, en cambio, regocijada con esta nueva amistad que le devolvía de forma insólita las hermanas ausentes, se había dedicado a pasar las largas horas de la siesta con Ermelinda y a enseñarle a leer y a escribir. Ermelinda era ágil y despierta. Y como, por su parte, transmitía cada noche las lecciones de Isabel a sus padres y a Domitila, en el proceso de enseñar había aprendido con mayor firmeza.

A Isabel se le antojaba incomprensible haber convivido en la misma casa con otra joven de su misma edad y no haber compartido nunca con ella debido a la rigidez impuesta por unas estructuras sociales que nadie cuestionaba. Ahora le traía cintas y pañuelos, pero sobre todo le regalaba libros, cuadernos y plumas, sabiendo que lo único que podría igualarlas era la posesión de los mismos conocimientos, lo único que en realidad podía poseerse.

El deseo de leer de Ermelinda parecía tan inagotable como el de la propia Isabel. Prefería las novelas extensas que le permitieran perderse por largos ratos en la experiencia de otros mundos.

Llenaba cuaderno tras cuaderno, de los que Isabel le traía, con versos. Al principio copiaba la letra de los danzones y las canciones populares, pero un día le mostró a Isabel unas canciones de cuna que Isabel leyó con admiración porque eran a la vez melodiosas y tiernas, naturales y sencillas.

—¿Dónde las aprendiste? —quiso saber Isabel. Y cuando vio la alegría en los ojos de Ermelinda comprendió que eran creación suya. Cuando le preguntó:

—¿Me dejarás publicarlas en la revista? —la sonrisa de Ermelinda iluminó la habitación mientras las dos se estrechaban en un largo abrazo.

Ahora Ermelinda había desaparecido y todo lo que Eustaquia estaba dispuesta a decir era:

—Don Fernando lo quiso de este modo. Es mejor así.

Isabel le insistió:

—Pero, Eustaquia, si ahora la patria es libre. Si ustedes ya no son esclavos. ¿Cómo puede permitir que se la arrebaten?

La mujer, pasándose la mano morena por los ojos, para ahuyentar cualquier lágrima indiscreta, respondió:

—Ay, niña, ¡libertá...! ¿Qué sabemos las mujeres de color de libertá? No sé si vamo' a sabe'lo nunca...

Como viera que Isabel se echaba a llorar de veras, trató de consolarla diciéndole:

—No llore, niña Isabel, no llore, su mercé. Mi hija tá bien. Nadien le va a hacer daño. Yo le haré sabe' cuando nazca la criaturita.

Así, con el corazón de Isabel doblemente apesadumbrado, llegaron las fiestas de San Juan.

☙ XVIII ❧

Estimo a quien de un revés
echa por tierra a un tirano:
lo estimo, si es un cubano;
lo estimo, si aragonés.

JOSÉ MARTÍ. *Versos sencillos*, VII

En las calles más céntricas de la ciudad se
erigieron arcos de triunfo, estructuras de
madera forradas con lienzo, que mientras se
levantaban se acompañaban de rezos y jaculatorias
para que no lloviese y se pintaban con colores muy
vivos, no sólo para corresponder a la alegría de las
fiestas, sino también para prevenir el probable
descoloramiento a causa de las lluvias inevitables, a
pesar de la fuerza de las oraciones, en esa época del
año,

En los barrios más populares, los arcos estaban
hechos de llamaradas vivas, las de los gajos
florecidos de framboyán, y en ellos el bullicio y la
alegría eran aún mayores.

A Isabel se le hacía difícil evaluar aquellos días. Se
sentía arrastrar por la efervescencia del momento. Y
estas emociones le disgustaban porque equivalían a
no estar en control y a la vez la atraían porque le

permitían abandonar las estructuras diarias, la preocupación por las hermanas, su nueva inquietud por Ermelinda, que a la vez incluía a Prudencio y a Eustaquia y a la silenciosa y distante Domitila; el sentimiento de culpa por no estar junto a la madre, las inquietudes por el país, ahora tan lejano en su vida ciudadana de las ideas de la manigua.

Pero aun si se olvidaba por unos momentos de las promesas no cumplidas, aquel sueño del bien por el bien de todos que había alimentado primero Genoveva mientras recogían guayabas y mangos en la época de la guerra y luego sus lecturas y confidencias en el internado habanero, ahora volvía a cobrar fuerza en el idealismo de las cartas del periodista madrileño, que hablaba de ideales de solidaridad y confraternidad entre los seres humanos y la búsqueda de la igualdad en la socialización de los bienes, y en la euforia que había sentido al ver a Ermelinda aprender, volverse maestra de lo aprendido, y sobre todo empezar a cuestionarse y a encontrar la propia voz.

Viendo pasar las congas, sentía el ritmo de los bongós, de las tumbadoras, invadirle las venas, su estómago se volvía caja de resonancia y su piel se sentía golpeada, acariciada, golpeada... por un ritmo que cobraba aromas de tierras tibias y flores profundas, un ritmo húmedo de sudor perlado.

A veces, cuando pasaban congas y comparsas frente a la calle céntrica de la casona señorial, pretendía refugiarse en un libro para no oírlas, o se iba a lo más alejado del patio, pero no conseguía evadir el ritmo amenazante, persuasivo, absorbente, un ritmo que aunque dominaba todo otro sonido presente, no lograba apagar el chasquido del fuete mayoral, los latigazos de los bocabajos, el arrullo de las madres en la espesura, el lamento de tener que entregar los hijos de las propias entrañas...

No sólo le causaban desazón los ruidos del pasado. De modo distinto, pero no menos fuerte, se lo causaba el percibir un movimiento interior, un calor relamiéndole el cuerpo al sentirse arrastrada por la sensualidad de la música. Era obvio ahora para ella que la desaparecida Ermelinda compartía la sangre española, pero y a ella, ¿de dónde le venía esta respuesta íntima, profunda, al bongó que marcaba el ritmo de la conga?

Una tarde, al regresar a casa de la imprenta adonde había ido a ver las pruebas del último número de la revista, se encontró con Elena. Fue una sorpresa porque desde su matrimonio con De la Era no la había visto ni una sola vez. Su cuñado ejercía a rajatabla su convicción de que las mujeres deben vivir puertas adentro y hasta ahora no la había traído en ninguno de sus viajes.

Cuando después de abrazarla estrechamente Isabel tuvo oportunidad de observar a Elena, se quedó sorprendida del efecto que sobre su hermana habían tenido el matrimonio y la maternidad. Seguía manteniendo una belleza desusada, pero el rostro de nereida o de ninfa, ingenua, juvenil, se había transformado en el de una diosa madura, de honda pasión contenida. No es que hubiera perdido la dulzura, la bondad característica, es que se habían petrificado en su rostro. E Isabel comprendió por qué los griegos habían recurrido al mármol para reproducir las imágenes humanas y casi se le antojó que su hermana, la dulce Elena que leía poemas a la luz de la luna en el internado, había sido sustituida por su réplica en piedra de Carrara.

El iniciar una conversación no cambió mucho la percepción primera: la voz siempre suave de Elena era ahora casi inaudible, contestaba a las frases de entusiasmo por verla, las frases de cariño de su hermana, con una sonrisa suave que apenas se insinuaba en el rostro pálido. Y así, desprovistas de conversación, porque Elena no quería hablar de sus experiencias, ni Isabel se atrevía a preguntarle, se quedaron sentadas, frente a frente, largo rato en la saleta bañada por la sombra.

Poco a poco Isabel terminó deduciendo que el viaje inesperado de Elena se debía a que De la Era iba a viajar primero a La Habana y luego al Norte por varias semanas. Y que había juzgado prudente dejar a su mujer en casa de su padre durante esa ausencia prolongada.

No le había permitido, sin embargo, que llevara a los dos hijos pequeños que quedaban "casi como rehenes" —no pudo dejar de pensar Isabel— en la colonia, la hacienda azucarera con la que empezaba a hacer ya una fortuna, al cuidado de una criada vieja, su antigua nodriza, a la que le tenía más confianza que a su mujer.

—Voy a buscar nuevas cepas de ganado —anunció

con su sequedad característica durante la comida—. Pienso traerme un par de sementales desde Tejas. Acabo de comprar unas cuantas caballerías que voy a dedicar al ganado. Y se calló como si pensara que ya había hablado demasiado.

Pero como el tema interesaba a don Fernando, éste le preguntó, mientras se servía una generosa porción de arroz con pollo, en el cual los rojos pimientos morrones contrastaban con el amarillo azafranado del arroz:

—¿Y resistirán el viaje los sementales?

—Por supuesto —replicó De la Era, molesto de que su suegro dudara de la integridad de su proyecto—. Tengo planeado embarcarlos en Galveston y los desembarcaré por Nuevitas.

Durante toda la conversación, Elena había permanecido con la misma mirada serena, pero inescrutable, que tanto había desconcertado a Isabel. Ahora, al oír mencionar el pueblo de su madre, bajó los ojos e Isabel observó que le temblaban las pestañas. Y comprendió que lo que la máscara de su hermana ocultaba no era indiferencia, sino dolor.

De la Era partió al día siguiente. Le había hecho alguna observación a don Fernando sobre la impropiedad de dejar a una mujer joven sola en el campo por demasiado tiempo, como para justificar el dejar a Elena con ellos. Don Fernando se había limitado a responder:

—Despreocúpese. Y cuide bien de los sementales.

Su tía, en cambio, había sido más explícita:

—No te preocupes por Elena. La dejas en buenas

manos. Con cierta ingenuidad que nunca había perdido del todo, Ana creía, o quería creer, que su sobrino se preocupaba por el bienestar y la felicidad de su mujer.

Siempre hubiera querido tener una hija. Entre las de su marido, Elena había terminado siendo su preferida.

No sólo la atraía, como ocurría con todos, su belleza desusada, sino el que fuera tan dócil y tranquila. Para Ana, la gordura descomunal de Sara era desasosegante y la sacaba totalmente de sí. Tampoco lograba acostumbrarse a los temores y la timidez de Gloria, que la hacían poco presentable. Por otra parte, la intimidaba la seguridad de Isabel, su autosuficiencia; le parecía siempre un reproche. Y precisamente porque Isabel no podía ser más correcta y educada con ella, se le hacía todavía más intolerable su presencia.

En un primer momento, Esperanza la había interesado. Su cabellera de llamarada le daba un especial atractivo, pero era tal la sencillez y la naturalidad de su rostro que, por un tiempo, Ana pensó que tal vez allí había la posibilidad de la hija a quien mimar y engreír, y en cuyos amores y romances poder luego regodearse, como lo hacía con los que leía en las novelas francesas a las cuales se había vuelto tan afecta desde su estancia en el Canadá. Pero había algo en la mirada de Esperanza que la desconcertaba, un vacío que se formaba de momento. Y luego le fue descubriendo más y más aquella manía de tocarlo todo, como si sólo a través de las yemas de los dedos pudiera relacionarse con el mundo.

A Ana le atraía y le disgustaba a la vez observarla pasando la mano sobre la superficie de los objetos, porque creía percibir —aunque sabía que era imperceptible— una respuesta del cuerpo todo de Esperanza a la suavidad de la seda, a la lisura del mármol, a la textura del hilo en los manteles... y cuando la vio coger una rosa marchita de un jarrón y plantarla abriendo apenas un hoyo con un dedo en la tierra y la rosa prendió y se volvió rosal, Ana dejó de sentirse a gusto con ella. Y aunque no mandó cortar el rosal, tenía dada orden de que las rosas no se usaran en ninguno de los jarrones y búcaros de la casa. La hacía estremecerse la fuerza telúrica que intuía sin entender y que inevitablemente atribuía a Serafina.

Cuando don Fernando y De la Era se levantaron, seguidos de los jóvenes, para ir a tomar el café y a fumarse un tabaco en la sala, antes de que el marido de Elena se marchara a embarcar en el tren para La Habana, Ana sorprendió a Isabel ofreciéndole la calesa para que saliera con Elena esa noche al paseo. A pesar de que don Fernando se enorgullecía de ser uno de los primeros hacendados camagüeyanos con automóvil, Ana le había hecho retener el coche de caballos que ella prefería para sus paseos y visitas. Lo consideraba de su uso exclusivo y nunca antes se lo había ofrecido a Isabel.

—Pueden acompañarlas los mellizos un rato. Luego, seguramente ellos querrán quedarse en el

Liceo, pero Prudencio puede darles unas vueltas.

Isabel hubiera rechazado la oferta. La idea de exhibirse en calesa por las calles le parecía un poco demasiada exhibición de mercancía y sospechaba que algo de ello debía haber en la invitación de Ana, pero se dio cuenta de lo que esta posibilidad de distracción representaba para Elena, que había levantado los ojos por primera vez, mirándola con anticipación contenida.

—Muchas gracias, Ana, y, a usted, ¿no le gustaría acompañamos? ¿No le molesta quedarse sola?

—No, hijita, vayan ustedes... yo no me siento demasiado bien.

Desde el último y sorpresivo embarazo, del cual había nacido una criaturita endeble que no vivió muchos días, Ana acostumbraba retirarse temprano. Pasaba la mayor parte del tiempo entre la iglesia y su habitación.

Así pues, las dos Salvatierra aparecieron aquella noche de San Juan en el paseo.

Lorenzo había salido a la puerta del Gran Hotel a ver pasar el paseo. Había decidido hospedarse en un hotel que sobrepasaba su presupuesto magro de periodista bohemio, que apenas si había conseguido colocar algunos artículos en el *Diario de la Marina* y cuyas cuotas mayores devenían de las traducciones de artículos y cuentos de revistas francesas que hacía para algunos suplementos literarios. En el plan vago que había concebido al viajar a Camagüey figuraban algunas imágenes imprecisas en las que se mezclaban las de alguna entrevista con Isabel

Salvatierra, acompañada quizá de su padre, a quien había aludido ella vagamente en sus cartas. Y todo lo que fuera menos que el mejor hotel de una ciudad provinciana parecía muy poco apropiado para un encuentro de ese estilo.

No se le había ocurrido ni por un momento que la mujer intelectual que le había escrito "como espíritus, podemos comunicamos; hombre, no te necesito", pudiera participar en algo tan mundano como aquel paseo. Pero cuando al pasar una calesa oyó comentar a alguien a su lado: "Allí van las Salvatierra" no se detuvo a pensar un instante, sino que se abalanzó sobre un vendedor ambulante de serpentinas. Y con los bolsillos cargados de rollos de cintas de papel, se lanzó en persecución de la calesa.

Como el nutrido paseo de San Juan avanzaba muy lentamente, deteniéndose en cada cuadra, para que las comparsas realizaran sus figuras con farolas y pasos intrincados, pudo mantenerse toda la noche al lado de la calesa, cubriendo a las dos jóvenes de serpentinas blancas y celestes en medio del regocijo de la multitud, que no tardó en darse cuenta de la persecución.

Las dos hermanas habían optado por el silencio. Elena, aunque aterrada de que aquella aventura pudiera llegar a oídos de su marido en La Habana, no podía menos que regocijarse ante lo romántico de la experiencia, a pesar de no tener la menor idea de quién era quien así las perseguía. Isabel al principio se desconcertó por el asedio de serpentinas, ya que no conocía a nadie en la ciudad que pudiera justificarlo. Luego empezó a darse cuenta que mientras la mayoría de las serpentinas que se intercambiaban entre los coches del paseo y quienes los observaban desde la acera eran multicolores, las que continuaban enredándose sobre ellas eran sólo blancas y celestes. Colores reveladores porque las misivas que con tanto interés había recibido hacían constantes referencias a esos colores, de quien la llamaba mi dama blanca y mi diosa celeste. ¿Podía ser aquel hombre alto y extremadamente delgado, con el traje arrugado y una mirada a la vez tierna y exaltada en los ojos azules, el madrileño de sus cartas? ¿Era posible que estuviera allí sin habérselo anunciado?

La figura demasiado delgada, que parecía presta a quebrarse en los ángulos más inesperados, no coincidía con la imagen mental que ella se había forjado y que ahora, reflexionando desde la calesa, mientras el pobre aspirante a poeta la seguía cubriendo de serpentinas, comprendía que era una mezcla del cuerpo magnífico del que había oído describir como Titán de Bronce y el rostro luminoso del que había empezado a considerar Apóstol. "Al menos", pensó, "no tiene nada de Sancho. Es Quijote puro. Y cuando pierda un poco más de pelo y se le ensanchen las entradas, tendrá una frente como la de Martí".

Como se había asegurado a sí misma muchas veces y, encima, le había escrito a él que no era el hombre, sino el espíritu lo que le importaba, se sonrió a sí misma, con una sonrisita mordaz, porque de su tía Genoveva había aprendido, o heredado, que en este caso venía a ser lo mismo, lo importante de descubrirse las propias contradicciones y luego perdonárselas.

Aquella sonrisa mordaz fue casi la perdición de Lorenzo porque al verla dio un traspié —que todos los asistentes al paseo llamaron tropezón— y perdió el equilibrio y casi cae entre las patas de los caballos del coche que seguía al de las Salvatierra, si no es que lo salva de tal estropicio un monoviejo que lo sostuvo en sus brazos forrados de cretona floreada y cargados de cascabeles.

Y ésa fue la última visión que tuvo Isabel de Lorenzo esa noche, cuando atraída por el cascabeleo del traje del monoviejo y sobre todo por los ayes y exclamaciones de la multitud, logró a duras penas volver la cabeza dentro del capullo de serpentinas en que estaba enredada para ver al madrileño debatirse entre los brazos del monoviejo que todavía luchaba por enderezarlo y encontrarle un lugar seguro en la acera.

El paseo llegaba a su fin después de haber dado las vueltas y pasos obligados, y al haber ido desapareciendo las comparsas, los caleseros habían azuzado a los caballos que no vacilaron en obedecer sus órdenes, deseosos, caleseros y caballos, de terminar con aquellas vueltas de noria y regresar a sus cuartos y establos, pensando los unos en alcanzar todavía el baile que se daba en algún solar algo alejado, al ritmo de tumbadoras y bongós y, los otros, en el reposo merecido después de tanto ir refrenados, al paso, en medio de aquel barullo de pitos y matracas, maracas y tambores, conga y comparsa.

❧ **XIX** ❧

Oigo un suspiro, a través
de las tierras y la mar.
No es un suspiro, —es que
mi hijo va a despertar.

JOSÉ MARTÍ. *Versos sencillos*, I

A la mañana siguiente, cuando Isabel apareció como de costumbre en el despacho de don Fernando, encontró a su padre de pie, frente a la alta ventana de balaustres de madera.

—Me debes alguna explicación —le dijo sin responder al saludo de ella.

Isabel lo miró fijamente a través de las antiparras y le respondió:

—Usted dirá por qué.

—Has dado de qué hablar a todo Camagüey.

—La idea de que fuéramos al paseo fue de Ana. A mí jamás se me hubiera ocurrido. Y acepté porque pensé que alegraría un poco a Elena. Ya ve usted lo desmejorada que está.

—No pretendas excusarte en tu hermana. Yo no la veo nada desmejorada. Aquí de lo que se trata es de que ese gachupín se haya permitido hacer un escándalo de tal tipo, públicamente...

—Yo no tenía ni la menor idea de que el señor Garoña estuviera en la ciudad —la voz de Isabel no podía ser más digna—, pero lo que creo necesario es que usted reconozca, padre, el dilema en que me pone. De una parte, usted y Ana me recuerdan cada día que debo casarme. Sin embargo, está usted en desacuerdo con el único hombre que yo estoy dispuesta a considerar.

Y cuando su padre tratara de argumentar, Isabel respondió con una decisión que había nacido con ella en la manigua, en la voz de su madre que reclamaba que le mataran la araña que no la dejaba parir en paz:

—A mí lo de la fiesta de cundiamores no logra interesarme, porque tengo el temor de que acaba por dejarla a una ciega...

Don Fernando se quedó mirándola sin saber qué decir. La voz de Isabel, que inicialmente le había recordado a la de Genoveva, terminó por sonarle como la de Serafina. Hasta el punto que pensó que los pájaros iban a echarse a cantar y sintió una mezcla de recuerdos de agua jabonosa y susurro de yaguas y olor a guayabas y frescor del viento entre las cañas bravas y hasta le pareció que su severo despacho se teñía de color de cundiamor...

Se sentó entonces en una butaca y se quedó un rato con la cabeza entre las manos. Por fin se irguió y ahuecando la voz, para que sonara como la voz que había heredado, o adoptado, que en este caso también era lo mismo, de su suegro don Segundo, dijo:

—Bueno, hija, si ese señor tiene intenciones honorables, que lo demuestre presentándose como es debido. Estoy dispuesto a recibirlo y luego, ya veremos... Eso sí, ¡se acabaron los paseos de San Juan!

Y se marchó sin esperar que Isabel se repusiera lo suficiente para contestarle. Ella, a su vez, cuando sintió cerrarse la puerta de la calle, abandonó el despacho y corrió a su cuarto.

Allí escribió, con la tinta violeta de su correspondencia personal, unas cuantas líneas en las que agradecía a Lorenzo su caballerosidad al haber respetado su pedido de no escribirle y sugería que, si deseaba conversar con ella, sería apropiado que primero visitara a su padre.

De la entrevista entre Lorenzo y don Fernando no quedó crónica familiar alguna. Pero, o Lorenzo tenía suficiente capacidad persuasiva o a don Fernando le había asustado la idea de que la hija se le quedara soltera para siempre, lo cierto es que en vista de que Lorenzo disponía sólo de unos días en Camagüey, determinados por su magro presupuesto, aunque una vez concedido el permiso de visita se mudó del Gran Hotel y fue a vivir a la casa de huéspedes de una asturiana cuyas fabadas le había recomendado un paisano como las mejores de toda la Isla, Don Fernando dispuso que podía venir de visita cada tarde e incluso podía acompañar a las dos hermanas a visitar algunas de las iglesias y sitios de interés de la ciudad.

Isabel pudo así escuchar a Lorenzo recitarle a las orillas del Tínima los versos que Garcilaso escribiera junto al Tajo y los que Bécquer soñara junto al Duero.

Elena estaba entusiasmada por aquel idilio que le permitía vivir, aunque fuera a través de la experiencia de Isabel, lo que la vida no le había destinado. A ratos le parecía ser ella la enamorada, suspiraba entusiasmada y se le perdía la mirada mientras le vagaba por el rostro una sonrisa indescifrable.

Lorenzo le mencionó a Isabel que su hermana le recordaba la más famosa de las pinturas que había logrado ver en el Louvre durante el tiempo que había vivido en París. Esa observación llevó a Isabel a hablar con Elena, temerosa de que quizá sus amores estaban fomentando algún tipo de sentimiento que fuera negativo para la paz interior de su hermana. Elena la tranquilizó.

—Mi vida no va a ser más que darle hijos a mi marido —le confió—. Ahora mismo estoy esperando otro. No le he dicho nada a nadie, porque quiero guardarme el gusto de que sea mío por un rato. Pero estos días me han permitido saber que yo tenía razón, que el amor existe y no es una ilusión de los poetas. Y ahora que sé que sí existe de veras siento en ello consuelo y no me será tan difícil el no haberlo vivido nunca.

Isabel la abrazó fuertemente y lloraron una en brazos de la otra, en silencio, como en las primeras noches de su internado habanero.

∽ **XX** ∾

¡Tú sólo, sólo tú, sabes el modo
de reducir el Universo a un beso!

JOSÉ MARTÍ. *Copa con alas*

L as cartas de Isabel y Lorenzo se trocaron en
artículos que aparecían regularmente en la
revista. Lorenzo tocaba temas filológicos, hacía
comentarios sobre nuevas publicaciones o se
permitía disquisiciones sobre filosofía. Isabel
continuaba hablando sobre sus temas preferidos de
la emancipación de la mujer, la necesidad de justicia
para todos y el buen uso de la libertad. Sólo ellos
sabían, sin embargo, que sus textos ahora
guardaban además una intención velada de
continuar revelándoles a cada uno la interioridad del
otro. Paradójicamente, mientras más se conocían y
complementaban, más difícil se le hacía a Isabel
pensar en seguir la suerte de su madre, de sus
hermanas, de Ana.

"Quizá debí, después de todo, aceptar ir a trabajar
con Madame Durand..." se encontró diciéndose a sí
misma más de una vez. Por fin, incapaz de sostener
aquella tensión interior, le anunció a don Fernando:

—Me voy pasado mañana a Nuevitas por unos

días. Gloria me ha pedido que sea la madrina de la niña que acaba de nacer. Me vendrá bien... no me he estado sintiendo bien...

Don Fernando la miró largamente. No estaba del todo sorprendido porque le había parecido observar algo extraño, distinto de su cuidadoso silencio, en las últimas semanas.

—¿Hay alguna dificultad con Garoña? —le preguntó—. ¿Se ha atrevido a ofenderte en forma alguna? No tienes más que decirme...

—No, padre. Soy yo. Realmente quiero complacer a Gloria. Y agradecería un descanso... hace tanto calor... pero no se preocupe —añadió—, estaré de vuelta a tiempo para ocuparme de la liquidación de fin de mes.

Fernando frunció el ceño. Cada vez que pensaba que podría tener una conversación personal con Isabel, ella alzaba el cerco de la distancia como si no fuera su hija, sino su administradora. Pero no supo decirle más que:

—Por supuesto, quédate cuanto necesites. Pero envía un telegrama cuando llegues a Nuevitas para saber que has tenido un buen viaje y otro avisando en qué tren regresas.

—Gracias...

Isabel se detuvo por un instante en la puerta. Y don Fernando, en respuesta a la pregunta callada, añadió:

—Te agradeceré que les lleves algo a tus hermanas. Porfirio lo tendrá listo cuando te lleve a la estación.

Durante el bautizo, Isabel comparaba mentalmente al grupo reunido junto a la pila con aquél de unos cuantos años atrás. ¡Qué realidades tan diferentes aquélla y ésta! El círculo cercano y compacto de entonces, Genoveva y Serafina, los seis chiquillos y Diego que era parte del grupo, unidos en su inocencia, en la esperanza de un futuro mejor, se había convertido en este grupo de adultos y nuevas criaturas...

Extrañaba la presencia de Elena; "la hemos perdido para siempre", pensaba con el doble dolor de la ausencia de la hermana que le era más cercana, la única con la cual se hubiera atrevido quizá a compartir su estado de ánimo y el dolor de saberla tan desgraciada. "Quizá su destino es el que más me aterra..." Y se contestaba: "Pero Lorenzo no es un De la Era..." sin lograr que estas palabras acallaran su desazón.

Aquella noche se quedó hasta tarde emborronando cuartillas en la habitación de la casa de Esperanza y Diego donde la habían instalado. A la mañana siguiente caminó con paso ligero a la estación de ferrocarril para enviar a Lorenzo un sobre abultado con el artículo para la revista escrito tan febrilmente la noche anterior.

Durante los próximos tres días, trató de hacerse útil en casa de sus dos hermanas. Repasó la ropa de los pequeños de Gloria y las aumentó con algunas pequeñas compras, y ayudó a Esperanza a airear toda la ropa de los armarios, a lavar y planchar manteles y servilletas, sábanas y fundas. Pero siempre encontraba algún momento para escaparse a ver el mar.

Sus hermanas se hubieran sorprendido si la hubieran visto en el puerto, hablando con los pescadores, y cuando al cuarto día le anunció a Esperanza que no la esperaran a almorzar, su hermana simplemente imaginó que se quedaría con Serafina o Gloria. Isabel, en cambio, se dirigió al puerto.

El pescador con quien había hecho arreglos la esperaba. E Isabel, vestida con una ligera bata blanca, se instaló en la popa de un barquichuelo cargado de redes e impregnado de olor a pescado, cuya pintura hacía mucho se había comido el salitre.

El pescador la ayudó a desembarcar en la punta de arena. Ella se quitó los zapatos y se alzó la bata, hasta que después de unos cuantos pasos sintió el polvo fino de la orilla escaparse entre los dedos de los pies. Ya en la arena seca, le repitió las explicaciones al pescador:

—Si viene un señor pidiéndole que lo traiga hasta aquí, lo trae usted. Si no viene, vuelva por mí a las cinco de la tarde.

El pescador la saludó llevándose la mano encallecida a la gorra marinera, de azul desdibujado por las horas de sol. Y muy pronto la barca se perdió en la lejanía.

Isabel se alejó de la punta. Allí, detrás de una palizada hecha con troncos de palmas de guano, se alzaban tres bohíos. Los había visitado una vez, al poco tiempo de llegar a Nuevitas por primera vez, cuando uno de los pescadores se ofreció a llevar a Genoveva para que pudiera comprar carne fresca de tortuga de carey y su tía, sin dudarlo, la había invitado a acompañarla.

Había sido una experiencia profunda para Isabel. El espectáculo de los hermosos animales, capturados después de haber desovado en la arena y antes de que la subida de la marea les permitiera sobrenadar el arrecife que rodeaba la punta, encerradas en aquella trampa natural, echadas boca arriba, en un inútil pataleo que jamás les permitiría llegar a enderezarse, bajo los precarios techos de guano que apenas servían para mitigarles un poco el sol e impedir que murieran antes del día que decidieran sacrificarlas, es decir, el día en que vinieran las lanchas a buscar carne fresca, le resultó intolerable. Todavía la estremecía el recuerdo. Genoveva, que siempre había querido evitarle el ver sacrificar animales, le sugirió que se fuera a explorar la playa. Y, ¡qué exploración extraordinaria había sido aquélla!

La playa, cuya virginidad era diariamente renovada al tomar cada amanecer un rostro distinto, obra de la luz y de las olas, se extendía más allá de lo que la vista lograba alcanzar, y en ella se multiplicaban delicadas conchas de todo tipo, de suave transparencia, con tenues tintes rosas o naranjas; pequeños abanicos de algas moradas que alguna marejada arrancara de las profundidades; grandes caracoles, sonoros cobos que reproducían en su interior el ruido del mar; algún cangrejito rosado yendo a ocultarse con andar trasnochado en la pequeña cueva, dejando en la arena el múltiple rastro de sus patas; algún macao arrastrando tras de sí un oscuro caracol, su casa prestada; hermosos maderos retorcidos, de formas sugerentes creadas por el batir de las olas, jamás repetidas.

Bajo un grupo de uvas caleta, Isabel había encontrado una vértebra de ballena y le había parecido un pequeño trono, desde el cual contempló por horas este reino incomparable de espuma y sol.

Luego, porque su tía le había dicho que no regresarían hasta la tarde y le había dado un pan con un trozo de queso y dos naranjas que le acallaran el hambre y la sed, continuó la exploración.

Al regreso llevaba los dos bolsillos que adornaban la falda de su sencillo vestido repletos de tesoros para sus hermanos, y algunos los había atado en su propia falda, como si fuera un hatillo. A los caracoles y conchas había agregado trozos de vidrio pulido por el mar, trocitos de madera en los que parecía reconocerse la cabeza de un perro, un caballo y una serpiente, y el mayor tesoro, dos brillantes bolas huecas de cristal verde y una botella azul.

Esta vez Isabel sonrió con alegría al ver que la playa seguía cubierta de conchas delicadas, aunque a la vez le causaban desazón. Se veía obligada a caminar muy lentamente, temerosa de sentir el crujido doloroso que anunciara que las irisadas maravillas de una concha habían iniciado, por acción de su pisada, el lento proceso de convertirse en arena. Qué tristeza pisar sin darse cuenta una concha y deshacer la belleza del abanico tornasolado, irreparablemente perdido, irrecuperable ya.

Tan familiar le resultaba el deslizarse de la arena entre los dedos de sus pies desnudos que se le hacía difícil aceptar los años transcurridos desde aquella única visita. Le complacía pensar que la playa seguía igualmente lejana y desconocida, incomparablemente solitaria, y a la vez tan íntimamente suya.

Sólo arena y azul de mar y cielo.

Cuando se sintió rodeada de soledad se reclinó sobre la arena, observando la espuma aparecer y desaparecer. Sólo dejó de mirarla para seguir con la vista a una gaviota. "Se diría flecha disparada hacia un blanco, tan segura parece —pensó— y sin embargo, no sabe dónde va. Está buscando el fulgor de algún pececillo entre las aguas para lanzarse sobre él."

Y como todo en esos días la llevó a pensar: "¿Será así mi vida, que parece tener un destino tan claro, y en realidad no sé a dónde voy?"

Seguía observando el vuelo airoso, pero ahora también escudriñaba las crestas de las olas, para ver si advertía el relampagueante lomo de una sardina, posible desayuno de la gaviota, lejano punto blanco ya.

Al ponerse de pie para observar mejor la inmensidad azul, sintió cómo se le desprendían algunos de los granos de arena que se le habían adherido a la piel de los brazos descubiertos. "Ya nunca más podría reconocerlos, allí, en la infinitud de sus hermanos", pensó. Y se quedó absorta tratando de imaginar de dónde procedían esos granos de arena, qué inmensidad de siglos llevaban siendo, por cuántas partes del planeta habrían rodado, o si habían pasado todos esos milenios aquí, en esta misma orilla, en este mismo mar, en esta unicidad del espacio del cual ella misma era parte, sería siempre parte.

La claridad del agua parecía llamarla. Se acercó a la orilla y hundiendo las manos en la líquida transparencia se salpicó el rostro. Al sentir las gotas resbalándole por la cara, frescas por un momento e inmediatamente cálidas bajo el sol quemante, no pudo menos que probar su sabor, agrio y salado a un tiempo. Saboreando con el agua el recuerdo de aquel día lejano, se echó a andar alejándose más de la punta. Cuando llegó a la pequeña rada de rocas calizas, rodeada de matas de uva de caleta, buscó un tronco seco protegido por las lisas hojas redondas, y se sentó.

Por un momento dejó la mente libre de pensamientos. Se concentró en sentir el calor del sol, el nuevo rumor que, poco a poco, cobraban las olas, batiendo más aprisa contra la orilla rocosa, en los ruidos menudos que, ahora que les prestaba atención, iba oyendo: el graznido de un ave en los manglares lejanos, el leve chasquido de algún tronco al rajarse bajo el sol, el tecleo de las patas de un cangrejo sobre la piedra caliza. Tratando de identificar cada pequeño ruido, arrullada por ellos, se fue quedando, sin darse cuenta, dormida.

Se despertó sobresaltada, preguntándose por qué estaba allí, sola. Cuando recordó su propósito, le pareció muy ingenuo y sonrió, pensando, antes de volver a dormirse, que aquella era, sin duda, la más absurda de todas las ideas que hubiera tenido nunca.

Imaginar que Lorenzo respondería a su artículo, pensar que intuiría la desazón que había hecho presa de ella, pero que no le había manifestado, entender que el artículo en el que describía su pasión por la virginidad de esta playa encerraba una invitación real a encontrarla, en este lugar cuyo sentido para ella nunca antes le hubiera revelado a nadie, era iluso.

Lorenzo leería el artículo como una expresión más de su pensamiento. ¿Cómo imaginar que podría aparecerse allí, para cumplir esta inconcebible cita en esta playa desierta que sólo podría mirar como un acierto literario? "Por lo menos puedo felicitarme de haberle dado un buen título al artículo..." se dijo mientras removía la arena con una ramita de mangle. "No hay duda de que todo esto se trata de *Una botella al mar.* Tanta esperanza podía haber tenido de que viniera como de obtener auxilio el pobre náufrago que confía su destino a una botella."

Por un momento se preguntó qué era lo que realmente quería sacar de esta cita: "Si Lorenzo no acude, la tranquilidad de que hago bien en terminar este asunto. Y si acude..."

Pero no quiso seguir reflexionando. Ya allí no tenía sentido seguirse haciendo preguntas. Se concentró de nuevo en el rumor de las olas y volvió a dormirse.

Al abrir los ojos y encontrarse súbitamente

reflejada en los de Lorenzo no pudo más que pensar que se sentía como una niña descubierta en falta. En silencio se incorporó para hacerle sitio en el tronco en donde antes había tenido recostada la cabeza y, recogiéndose las faldas, juntó las rodillas y apoyó en ellas el mentón.

Contemplaron el mar, en largo silencio. Cuando él extendió la mano para acariciarle el cuello, ella temió que se rompiera el encanto, pensó que todo se desharía y estremecida se volvió para hablarle. Pero no llegó a decir nada, porque él ya había retirado la mano y, depositándola suavemente en la arena, había empezado a hablar.

Le recordó la crónica que ella había publicado en el primer número de la revista, publicado antes de que él llegara a La Habana, pero que obviamente había leído minuciosamente porque le recordaba detalles que ella misma había olvidado; habló sobre cómo sentía que detrás de sus palabras, aun las que pudieran parecer más líricas, vibraba siempre una rebeldía frente a la injusticia, y se detuvo sobre una que, por breve y por una tónica algo irónica, no había sido muy bien comprendida y aceptada por los demás, pero en la cual él leía tonos autobiográficos.

Isabel se estremeció. No sabía qué la conmovía más, si el hecho de que él pudiera leer las palabras no escritas, los sentimientos no del todo transportados al papel, aquellos que había sentido como sus ideas frustradas, sus íntimas derrotas, y que no lo eran, sin embargo, puesto que él había sabido descubrirlas entre las líneas, o si el que

dejando breve huella de encendidos temblores. Se detuvo un momento, al encuentro de la rosada espera estremecida.

Isabel sintió tersarse su espalda como un arco que se quebraría de no estar sostenido por la firme presión de Lorenzo. Su cuerpo se abandonó todo a la tibieza que emanaba en su pecho al crecer la trémula aureola, mientras sentía como esperaba, en vilo, florecer en caricia, su otro seno.

Más tarde, abiertas sus orillas por las lentas caricias de Lorenzo, no hubo ya sino una misma fuerza que los unió en un fundirse de dos cuerpos como antes se habían fundido sus miradas.

Y mientras Isabel aprendía este nuevo secreto de la carne que la había llevado a diario por el mundo, este recién estrenado cuerpo tibiamente dichoso, Lorenzo repetía quedamente en su oído:

—Tú tan virgen como esta playa, tan infinita como el viento.

Isabel y Lorenzo habían logrado su futuro, la posesión imperecedera del recuerdo de aquel minuto eterno en que habían vencido al tiempo para siempre.

❧ XXI ❧

.. .me pareció que el sinsonte
que sobre el nido piaba;
y la luz que acariciaba
la parda cresta del monte
cuando apacible expiraba [...]
y el soñoliento rumor
del ramaje estremecido...
¡Todo me hablaba de amor!

Gertrudis Gómez de Avellaneda. *A Él*

El resto del noviazgo de Isabel y Lorenzo se llevó a cabo sin grandes consecuencias. Él regresó a La Habana, a sus traducciones y a sus artículos. Ella continuó llevando las cuentas de su padre. Pero ahora trabajaba en la revista con nuevo brío. Sabía que era el vehículo para traer a Lorenzo a Camagüey.

Empezó a visitar los establecimientos comerciales que ya desbordaban la calle de Comercio, que algunos sugerían debía ser renombrada Calle Maceo, y comenzaban a extenderse por la calle llamada de República, entre casonas vetustas, como haciéndole honor al nombre democrático.

Consiguió varios anuncios. Algunos porque a los comerciantes innovadores les pareció una buena idea, la revista era atractiva y los precios módicos; otros, porque el dueño del establecimiento era chapado a la antigua, y no sabía decir que no a una dama, aun si la dama hacía algo tan sorprendente como publicar una revista; y otros, en fin, porque algunos pequeños comerciantes pensaban que no estaba mal hacerle un favor a una Salvatierra, que ya vendría bien más adelante poder traerlo a colación en alguna transacción con don Fernando, aunque si ella hubiera sospechado estas dos últimas razones, no hubiera aceptado los anuncios.

Por supuesto que la nueva audacia de Isabel no tardó en llegar a oídos de su padre.

—¿Es que mientras más te complazco más te empeñas en avergonzarme? —tronó una mañana, irrumpiendo en el despacho en el cual, Isabel, como de costumbre, llevaba la contabilidad.

Ella levantó la cabeza. Y quizá fue el efecto de la mirada firme que le dirigió con los ojos verdes, inmensos, detrás de las antiparras, o las líneas de números parejos, que representaban la meticulosidad y asiduidad con la que venía ocupándose de sus asuntos, pero la conversación tomó un rumbo inesperado para ambos.

—Bien está que escribas una revista. Estos son tiempos de ilustración y de emancipación. Pero no me halaga la idea de que salgas a vender anuncios por la calle. Y el tal Garoña, ¿no podrá hacerse cargo de eso?

Isabel quedó tan sorprendida que no supo qué contestar. Después de un momento, sin embargo, se oyó a sí misma decir:

—No creo que las ganancias de la revista den para pagar un sueldo con el que pudiera vivir él.

Le dolía reconocerlo. Pero en aquella habitación donde había sumado tantas columnas de DEBE y HABER no podía menos que ser realista.

—Ayer estuve conversando con don Casimiro. Parece que podría usar un periodista más en su diario. Le pregunté si había leído algún artículo de Garoña en el *Diario de la Marina* y me aseguró que escribe bien. Creo que entre una y otra cosa podrá irse manteniendo. Aunque por qué tengas que encapricharte por un hombre sin medios económicos y gallego por añadidura escapa a mi comprensión — añadió dando media vuelta para marcharse.

Por primera vez, esa noche a Isabel se le hacía muy difícil escribirle a Lorenzo. Hasta ahora la correspondencia había sido fácil: reflexiones sobre la vida, la poesía, la política, la filosofía, la religión. Aun sobre el amor era fácil escribir cuando toda la experiencia amorosa se reducía a los breves encuentros de los días después del San Juan, acompañados siempre de la presencia de Elena, o aquel otro encuentro junto al mar que la había decidido a aceptar un futuro junto a Lorenzo.

Ahora se trataba de sugerir a Lorenzo dejar La Habana, y sus tertulias, sus conciertos y funciones teatrales, sus paseos y sus amistades, para venir a una ciudad vetusta y soñolienta, sólo por amor a ella y devoción a una revista femenina.

Isabel no sabía cómo abordarlo. Temía la

posibilidad del rechazo que hubiera imposibilitado toda comunicación futura, e igualmente temía la aceptación con la responsabilidad que implicaría.

Después de dar vueltas y vueltas por la habitación y de romper varias cuartillas, insatisfecha con su inhabilidad para discutir el tema, decidió limitarse a narrar exactamente los hechos y a citar las palabras de la conversación con su padre. Y terminó con una pregunta: ¿Qué piensas de todo ello?

La misiva de Lorenzo llegó a vuelta de correos. No disimulaba su entusiasmo por viajar a Camagüey. "Crees, amada mía — le escribía—, que me entusiasma la vida en las ciudades populosas, porque soy madrileño y porque te he hablado con entusiasmo de París. Pero en realidad vine a Cuba buscando un lugar idílico, tranquilo, en el cual poder dedicarme a escribir. Tu Camagüey con su mezcla de ciudad patricia y de rusticidad bucólica me resulta gratísimo. Espero que las aguas del Tínima serán mi inspiración como lo fueran las del Tajo a Garcilaso. Y ya verás qué satisfacción recibo con impulsar la cultura en tu ciudad. Creo que habrá allí muchísimo que deba y pueda hacerse. Pero, sobre todo, mi diosa, nos dará la oportunidad de estar juntos."

Isabel esperó una semana antes de abordar a su padre. Don Fernando le había encargado un inventario completo de las existencias de la ferretería y una relación detallada de las ventas del último año, pues quería hacer un pedido extraordinario. Había decidido abrir una sucursal en Oriente y otra en Ciego de Ávila. Y quería tener una idea de cuáles productos sería más ventajoso ordenar y en qué cuantía.

Las tarjetas que Isabel se había esmerado en mantener rigurosamente al día le permitieron hacer la relación, pero los artículos eran numerosos y le tomó varios días y sus noches el escribirla. Cuando la terminó se la presentó a don Fernando en una carpeta.

—El resultado de tu trabajo me compensa por la educación de las cinco —dijo don Fernando al ver las páginas ordenadas, con las columnas que dejaban ver el número exacto de tuercas y tornillos vendidos, de clavos de distinto largo y grosor, de guachas y alcayatas, de martillos, sierras, serruchos, alicates, destornilladores, barretas y berbiquíes. Cada uno con su correspondiente nombre en inglés y la indicación de a qué exportador podrían ordenarse.

—Me alegro de poder serle útil, padre —dijo Isabel. Y añadió—: He escrito a Lorenzo sobre lo que me sugirió usted. Está dispuesto a venir en cualquier momento.

—Dile que le escriba directamente a don Casimiro. Y ya le hablaré yo. Si les dejo la casa de La Vigía para que vivan en ella, ¿crees que podrás seguirme llevando las cuentas de la ferretería? Puedo hacer que te lleven allí las facturas...

—Por supuesto, padre. No pensé nunca dejar de ayudarle.

No le fue sorpresa alguna que el regalo de bodas de su padre fuera un enorme escritorio de abultado vientre cuya tapa corrediza al abrirse dejaba ver multitud de celdillas y gavetas de distintos tamaños y en el cual la primogénita Salvatierra siguió llevando asiduamente las cuentas de la última tuerca vendida en cada una de las ferreterías de su padre, que seguían multiplicándose al ritmo en que el país crecía.

Ꮚ **XXII** Ꮚ

¡Ay, Cuba hermosa, primorosa!
¿Por qué sufres hoy, tanto quebranto?
¡Ay, patria mía!
¿Quién diría
que tu cielo azul quebrara el llanto?

Canción popular

Ya tenían Isabel y Lorenzo una hija cuando una mañana los despertó el galope de un caballo.

—Don Lorenzo, que venga usted al periódico, que es de mucha importancia —le dijo el mensajero que había llegado con tanta urgencia. Y lo invitó a acompañarlo a la grupa.

La noticia que había reunido a todos los colaboradores del periódico era la sorprendente renuncia del presidente Estrada Palma, junto con el vicepresidente y el gabinete en pleno, una renuncia que marcó el inicio de la segunda intervención norteamericana en Cuba.

—Para esto no se peleó en la manigua —comentó unas cuantas noches después Isabel, mientras ponía frente a Lorenzo un humeante plato de sopón—. No murieron los cubanos para que en lugar de los españoles los gobierne ahora Mr. Magoon.

—¡Qué pena que el sueño de Bolívar no hubiera podido cumplirse! —respondió Lorenzo, sosteniendo en la mano la cuchara llena de sopa, como dudando de si realmente valiera la pena tomarla—. Una unión de países hispanoamericanos, una confederación de naciones, quizá hubiera podido evitar las ambiciones personales y oponer una fuerza respetable al poderío yanqui.

—Yo también querría ver una Patria Grande, como la que decía José Martí —respondió Isabel—, pero no creo que forma alguna de gobierno podrá asegurar la democracia si primero no se termina con la pobreza y con la injusticia. ¿Es que de veras la abolición de la esclavitud ha conseguido que miremos al pueblo de color como verdaderos hermanos?

Era una conversación que se había repetido varias veces entre ellos. Para Lorenzo había los principios democráticos, una tradición que en España no había logrado tomar suficiente fuerza, a pesar de los varios intentos de república, pero que él consideraba que en la América de habla española debía lograrse como consolidación precisamente de tanto abortado esfuerzo peninsular.

—A los países europeos les resulta más difícil erradicar los males, porque las raíces son antiguas y profundas. Ahí tienes el ejemplo de Francia, donde la Revolución terminó abriéndole el camino al Imperio —decía—. Pero América es tierra joven. Y lo que han logrado los estados del Norte también deben poder lograrlo los del Centro y el Sur.

—Yo sólo conozco lo que pasa aquí —respondía ella—. Pero hicimos la guerra por la libertad y la igualdad de todos. Se luchaba por "el bien para el bien de todos", pero nadie aclaró en qué consistía ese bien.

Y como Lorenzo la mirara sin responder, con una mirada en la que se mezclaban todavía la sorpresa y la admiración, Isabel continuó:

—¿Me dices tú que a los guajiros del campo les ha llegado el bien? ¿Y a los pordioseros que se ven por las calles cada vez en mayor número? Ayer nomás me llegó una mujer a la puerta, con cinco criaturitas, cinco angelitos, te digo, cada cual más delgado y más miserable que el otro. No... algo falta en todos estos planteamientos mientras haya madres pidiendo limosna con sus hijos por la calle...

—Pero la democracia tiene que ser lo primero, para asegurar la libertad. ¿No comprendes la importancia de la libertad? Sin libertad no puede denunciarse la pobreza que aborreces...

—Claro que lo comprendo. No te olvides que nací en la manigua. Pero no basta decir "libertad". Y no estoy segura de que cuando se dice "igualdad, fraternidad" queden muy claro los alcances que tiene que tener la fraternidad para erradicar la miseria. En cuanto a la igualdad... Mira tú, mientras las mujeres no se eduquen, mientras no sepan que no tienen que tener más hijos que los que quieran tener...

Pero la discusión quedó interrumpida; la niña, a quien Lorenzo había querido llamar María Victoria en recuerdo de su madre, lloraba. Isabel le tocó la frentecita sudorosa y la notó con calentura.

Las próximas semanas Isabel no pensó en la política y apenas se enteró de las turbulencias por las que atravesaba el país, que después de haber luchado tan duramente por su independencia, ahora la perdía. Para apaciguar a los liberales rebeldes y mantener las buenas relaciones con los moderados recelosos, Mr. Magoon no hacía más que repartir prebendas y enchufes, dilapidando el tesoro nacional y endeudando sustancialmente la isla.

Cuando la intervención terminó de nombre, siguió existiendo de hecho. Menocal, que en un momento de auge económico sucedió en la presidencia a José Miguel Gómez, pronto tomó una postura autocrática que desmentía los ideales de la democracia.

La conversación entre Isabel y Lorenzo se reanudaba cada noche, como parte de una cotidianidad que se había enriquecido con la llegada de dos hijas más, María Cristina, que llevaba el nombre de la hermana de Lorenzo y María Fernanda, respuesta de Isabel cuando su padre le había encomiado: "A ver cuándo tienes un varón y le pones mi nombre".

A Isabel, la felicidad que le daban el candor y la inocencia de las niñas no le impedía seguirse preguntando qué había pasado con los ideales de la manigua.

Había dejado de publicar la revista, para poder hacerse cargo de la casa y las niñas. "Por ahora", se decía. "Algún día volveré a reanudarla." Por eso valoraba aún más las conversaciones con Lorenzo que le daban ideas para el diálogo silente con que se alimentaba durante los quehaceres y del que sólo podían distraerla las niñas.

Casi siempre su diálogo era consigo misma, o con las palabras que imaginaba podía decir Lorenzo. Pero también a veces dialogaba con aquellas personas queridas que habían desaparecido de su vida. Madame Durand, que le había dejado una serie de libros en su testamento, pero también un vacío profundo, que a veces trataba de llenar leyendo y releyendo las cartas que a lo largo de años le había escrito. Y Ermelinda, a quien había descubierto para perderla tan pronto después.

Por mucho tiempo le dolió no poder saber de ella. Poco después de casada, con la nueva seguridad de saber que iba a ser madre, se atrevió por fin a preguntar por ella a su padre.

—Olvídate de ella —le había respondido don Fernando—. Ha resultado ser muy malagradecida. Estaba muy bien en Oriente y un buen día desapareció...

Isabel no supo llevar más lejos la conversación. Y unió lo que sentía como una nueva traición de don Fernando al que hubiera abandonado a Serafina.

Por varias semanas, con el pretexto del embarazo, se negó a ir a comer a la casa de su padre los domingos, como don Fernando había instituido que hicieran Lorenzo y ella. Para Lorenzo, no tener que aparecer donde el suegro era un respiro. Allí había que cuidar tanto para que la conversación no se fuera por cauces disonantes, que ni la buena comida de Eustaquia podía compensar lo que exigía.

Un día, cuando Isabel fue a llevar las cuentas, a una hora en que sabía no se encontraría con su padre, Eustaquia le entregó un sobre timbrado en Nueva Orleans. Ermelinda le contaba que en Oriente había conocido a un hombre bueno, dispuesto a amarla a ella y a cuidar de su hijo. "Es músico —le escribía—, y cuando toca la trompeta sale el sol a medianoche. Me ha enseñado a ser feliz."

En el sobre venían incluidos una carta para Eustaquia y varios poemas, que Ermelinda firmaba con el nombre de Guarina. Lamentablemente, Ermelinda no había escrito la dirección en la carta, sino sólo en el sobre. Y en algún momento, antes de que llegara a manos de Isabel, el sobre se había mojado y la dirección se había corrido.

Isabel intentó muchas veces reconstruirla. Y hasta escribió a dos o tres direcciones que parecían aproximarse a lo que lograba vislumbrar en el sobre. Pero las cartas le llegaron devueltas por el correo, porque las direcciones eran inexistentes. El único consuelo que le quedaba era que, si bien no había podido protegerla, le había enseñado a leer y escribir.

No le dijo nada a su padre, pero disminuyó la tensión contra él. No porque lo creyera menos culpable, sino porque ínitmamente se alegraba del desenvolvimiento de los hechos. Pero seguía deseando comunicarse con Ermelinda. Hasta le hizo prometer a Lorenzo que algún día irían a Nueva Orleans hasta encontrarla.

Y cada vez que llegaba el cartero, revisaba los

sobres febrilmente, sin perder la esperanza de que Ermelinda volviera a escribir, aun sabiendo que si lo hacía, la carta llegaría, como la primera, a la dirección de Ana.

Una noche, durante la comida, mientras le llenaba el plato de arroz con pollo, le reclamó a Lorenzo:

—Ya sé que se nos murieron los héroes y por allí se dice que "Martí no debió de morir". Pero, ¿pueden los destinos de un país depender de una sola persona? ¿Es que el "bien de todos" no es responsabilidad de todos?

Lorenzo pensaba todavía en qué respuesta darle cuando María Victoria apareció en la puerta del comedor lloriqueando:

—Mamá, mamá, estoy malita...

Isabel corrió a verla. Iba a tomarla en brazos, cuando la niña se inclinó hacia adelante y vomitó, salpicando su camisón blanco y los zapatos de su madre.

Apenas había acabado Isabel de lavarla y cambiarla cuando, mientras la arropaba, empezaron a gemir las otras dos niñas. Y así se vio de momento convertida en enfermera día y noche. Las tres niñas tenían tosferina y a Isabel apenas le daban las fuerzas para atenderlas.

Lorenzo llegaba tarde, cansadísimo, del periódico. En verdad no era que pudiera escribir mucho. Precisamente lo más agotador era decidir qué podía y que no podía escribirse. Don Casimiro se decía buen patriota, pero quería, por encima de todo, que el periódico continuara publicándose. Cada artículo se pesaba y repesaba, tratando de imaginar cuáles podrían ser las posibles interpretaciones que unos y otros dieran a cada párrafo.

Al llegar a casa, Lorenzo encontraba la comida servida en un plato y cubierta con otro, a la orilla de una hornilla semiapagada. Isabel no salía del cuarto de las niñas.

Su padre, enterado de que las tres nietas estaban enfermas, había enviado a Domitila, quien cocinaba, fregaba la loza y hacía como que limpiaba. Pero Domitila se iba a dormir mucho antes de que Lorenzo llegara.

Una mañana, Lorenzo sintió que Isabel se levantaba desacostumbradamente temprano. Y la sintió vomitar.

—¿Tendrás tú también tosferina, cariño?

—No. Si ya la tuve de pequeña. Es que vamos a tener otro hijo. Quizá éste sea varón. Le pondremos Lorenzo.

Pero se equivocaba, porque la que nació, más menuda que sus hermanas pero llena de espíritu desde el primer día, fue una nena con el pelo tan rojo como el de Esperanza. Isabel decidió llamarla Patria.

Todavía estaba Isabel en cama después de un parto difícil cuyas complicaciones achacaban todos a los malos ratos que había pasado atendiendo a las tres niñas con tosferina, pero que Isabel sentía eran producto de la ansiedad que le causaban los destinos del país, cuando vinieron a avisarle que a don Fernando le había dado una apoplejía en la ferretería.

—Descubrió que Carlos le estaba falsificando las cuentas —le contó una Ana llorosa, entre hipos y sopladura de mocos —. Imagínate, Carlos que llevaba tantos años con él. Dicen que empezó a gritarle: "Sinvergüenza, desagradecido, mal nacido" cuando cayó redondo al suelo. —Y a este relato siguió una serie de quejidos, semiahogados en el inevitable pañuelito de encaje—: ¡Ay de mí! ¿Qué va a ser de mí, Señor? ¡No me desampares, Virgen mía!

Isabel trató de consolarla lo mejor que pudo. Pero prefirió dejarla en manos de su hermana Clara y del cura párroco que acababa de llegar. Y entró en silencio al cuarto donde yacía su padre, sobre la cama matrimonial.

Lo primero que sintió fue extrañeza. Había vivido varios años en esa casa, pero jamás había visto a su padre acostado en esa cama. Don Fernando nunca había estado enfermo. De mañana salía del dormitorio perfectamente vestido antes de ir a desayunar. Ahora Isabel lo miraba como quien ve a un extraño. No alcanzaba a sentir emoción alguna frente a aquel cuerpo robusto, todavía vestido con el traje gris con que había caído fulminado en la ferretería. Las únicas imágenes que le venían a la mente eran las de su padre herido en el bohío, de Serafina cambiándole las vendas, de Serafina y Fernando en el río, ella con el pecho cubierto de cundiamores, él desnudo a su lado. Dio media vuelta y salió de la habitación, tropezándose casi con Prudencio.

—Yo y Eustaquia. Nosotro' vamo' a vestí a su

mercé. ¿Verdad que sí, mi amita, niña?

Niña, sí, niña se sentía Isabel en ese momento. Niña y huérfana. Pero amita...? ¿Desde cuando la llamaba Prudencio 'amita'? ¿Había venido llamándola así sin que ella se diera cuenta? ¿Lo había permitido ella? Pero no era el momento de poder pensar en esto, ni en nada. Y asintiendo con la cabeza, se enjugó las únicas lágrimas que lloró por su padre.

Nunca estuvo la casa de los Salvatierra más concurrida que durante el velorio de don Fernando. Entre estrechones de mano y buchitos de café, Lorenzo se dio cuenta que envueltos en las nubes de humo que despedían los habanos y cigarrillos de los concurrentes podía encontrar rostros de todos los estratos de Camagüey. Desde los ricos hacendados con los que don Fernando compartía anécdotas sentados en los portales del Liceo, hasta los artesanos y obreros que venían a comprar materiales a la ferretería, parecía que no había en la ciudad quien no conociera a don Fernando. Y aquellos que no tenían razón para tener trato directo con él, intelectuales y periodistas, habían venido de igual modo, porque se trataba de su suegro.

No le extrañó por eso cuando al día siguiente la carroza fúnebre tirada por cuatro parejas de caballos negros, de lucidos penachos de plumas, y precedida, a instancias de Ana, por varios sacerdotes con cruces altas, que mientras más altas las cruces más oraciones por el difunto, fuera acompañada por varios centenares de personas, arrastrando los pies a todo lo largo de la Calle del Cristo, hasta el cementerio, al lento paso de la marcha fúnebre que entonaba una orquesta cuyos miembros igual sabían hacer bailar a la gente en las aceras al compás de una comparsa, o instar a los escolares a marchar en los desfiles, que unirse al duelo de un entierro,

Esa noche, después del entierro, Isabel descubrió que se le había secado la leche. La criaturita, que no tenía más que una semana de nacida, lloraba desgañitada en la habitación que había sido de Isabel mientras vivió en la casa de su padre. Lorenzo, no sabiendo qué hacer, fue en busca de Prudencio.

—No se procupe, su mercé —le respondió el viejo. No le quedaba diente alguno en las encías color de guayaba madura. —Si tenemo' la solución aquí mi'mo, en casa. Mi'ja Caridá 'ta acabá de regresá del campo. Y hace poquitico que ha dao a lú.

Así fue como a Patria la amamantó la hija de una esclava liberta. Lo que no supo nunca fue que su hermano de leche, que mamaba de un pezón mientras ella se aferraba del otro, era dos veces su primo.

✑ **XXIII** ✑

Yo pienso, cuando me alegro
como un escolar sencillo,
en el canario amarillo,
¡que tiene el ojo tan negro!

JOSÉ MARTÍ. *Versos sencillos*, XXV

Fernandito había devuelto a Caridad a casa de sus
padres cuando su mujer había tenido un ataque de
histeria.

—Tú crees que soy ciega y que soy sorda. Y no lo
soy. Lo que pasa es que no veo lo que no quiero ver.
Y no voy a hablar de lo que tengo oído sin querer.
Pero mulaticos tuyos correteando por aquí, eso sí
que no. Lo demás que hagas no lo voy a mencionar
nunca. Pero si me vuelvo a enterar de que te has
acostado con una negra, te mato.

Fernandito trató de asegurarle que estaba
equivocada, que no había razón para que se
disgustara y que él no se acostaba más que con ella.

Pero al día siguiente, ordenó a uno de los
mayorales que fuera a la ciudad con varios encargos
y le pidió que llevara a Caridad de vuelta a casa de
su padre.

Antes de dejarla ir, le dijo:

—Si te sabes quedar callada, te dejaré que paras al crío. No le digas a nadie nunca de dónde ha salido y no les va a faltar nunca lo necesario ni a ti ni a él. Pero si hablas, te vas a arrepentir...

Ella bajó la cabeza y no dijo nada. Tenía catorce años, había nacido en la casa de don Fernando y jamás, ni en la ciudad ni el campo, había tenido relaciones con ningún hombre. Aunque llamaba 'pa' a Prudencio y él la llamaba 'mi'ja', su tez era mucho más blanca que la de Prudencio o que su madre Eustaquia o que su hermana Domitila. Tenía el pelo largo ondulado y los ojos color de melao de caña como su hermana mayor Ermelinda que un día había desaparecido para no volver más.

Había aceptado la relación con Fernandito al principio con respeto y luego con alegría, porque la hacía sentirse especial, aunque había entendido, sin que nadie se lo dijera, que lo que pasaba podía ser peligroso para ella. Y durante el día se esforzaba por pasar desapercibida y no encontrarse con Fernandito si podía evitarlo.

A Fernandito nunca le había interesado mujer alguna que no fuera Sara. Había hecho construir un cuarto separado para él y otro para María Eugenia, su mujer, alegando que así se usaba en el Canadá. Que en el Canadá Fernandito hubiera vivido en un internado y que no hubiera tenido jamás la menor oportunidad de poder conocer las costumbres matrimoniales no se le escapaba a María Eugenia, pero en realidad encontró la solución muy de su agrado. Le gustaba ponerse cremas en la cara y el cuello por las noches y le hubiera disgustado hacerlo teniendo un marido durmiendo a su lado.

Fernando venía a la habitación de María Eugenia de cuando en cuando. Generalmente entraba y apagaba la luz. Se quitaba el batín de seda y se metía en la cama. El acto amoroso no duraba más que unos minutos y María Eugenia nunca supo que, antes de visitarla, Fernando se daba a ministraciones diversas para conseguir la erección que tan rápidamente desaparecía una vez dentro de ella.

En uno de los pocos viajes que habían hecho juntos a Camagüey, María Eugenia había llevado a Felipe, el niño debilucho y consentido producto de aquellos breves encuentros nocturnos. Caridad se había ocupado de Felipe, y el niño, que normalmente no se daba con nadie, se había encariñado tanto con la vivaracha jovencita, que Ana se la había cedido a María Eugenia como niñera.

Fernandito no había reparado en la chiquilla por varios meses. Pero una noche se la encontró saliendo del cuarto del niño. Llevaba él varias noches de fallidos intentos para conseguir una erección y cumplir su deber con María Eugenia. Le preocupaba que Felipe tenía ya cinco años y María Eugenia insistía en que quería darle un hermanito o bien tener una nena.

Fernandito estaba convencido que el único modo de no tener problemas con su padre, obsesionado por tener nietos que heredaran y continuaran sus esfuerzos, y evitar las dificultades que empezaban a gestarse con la propia María Eugenia, sería procrear tantos hijos como fuera posible.

Don Fernando no había dejado de inculcar en sus hijos la máxima de don Segundo. "Sólo en los herederos se puede confiar para que conserven y hagan prosperar lo que uno ha acumulado." Además, Fernandito sentía tal turbulencia cada vez que lograba estar cerca de Sara, que estaba seguro que los demás también tenían que percibirla y que esto podría acarrearle serios problemas. Pensaba que si María Eugenia estaba ocupada con sus hijos, tendría menos de qué preocuparse y habría menos oportunidad de dar de qué hablar.

Pero esta vez todos sus esfuerzos habían sido vanos. Había tratado de pensar en Sara y hasta había mirado la foto en que, vestida de novia, sonreía con su sonrisa traviesa. Una foto que guardaba oculta en una gaveta cuya llave llevaba en la leontina del reloj. Había tratado de recordar aquel día cuando se escaparon a la Iglesia de la Caridad, que siempre lograba estremecerlo. Y hasta había probado a acariciarse, como sólo Sara sabía hacerlo, acostado entre almohadones que le recordaban el cuerpo voluptuoso de su melliza. Pero todo había sido inútil.

Había imaginado todo tipo de posibles encuentros con Sara. Había planeado enviar a José Luis con encargos a La Habana, como había hecho el año anterior. Durante la ausencia del marido, él había repetido las visitas nocturnas de antaño, pero sabía que nunca conseguiría mantener una erección durante todo el trayecto desde la casa de Sara hasta el cuarto de María Eugenia.

En fin que aquello de tener un segundo hijo no pintaba bien. Y María Eugenia parecía reprocharle cada mañana, cuando al darle los buenos días en la mesa a la hora del desayuno, añadía la pregunta: "¿Descansaste bien?"

Al ver a Caridad en el pasillo, a Fernandito se le ocurrió mirarla. La chiquilla le sonrió y se puso un dedo en la boca indicando silencio. Se refería a que el niño acababa de dormirse, después de haberse despertado con una pesadilla, pero a Fernandito se le antojó un signo conspiracional. Así que, poniéndose él también un dedo en la boca en señal de silencio, le hizo una seña atrayéndola a su habitación.

Él fue el primer sorprendido cuando sintió que sin mayores ministraciones ni ayudas, su miembro se ponía en disposición. Entonces, metió a la chiquilla en la cama, le hizo seña de que aguardara y se apresuró a visitar a María Eugenia.

Su mujer, que no lo esperaba esa noche, se sintió disgustadísima de que la encontrara con crema en la cara. Pero Fernandito no se quedó suficiente tiempo para enterarse de ello. Después de cumplir con un nuevo intento, el primero en mucho tiempo, para dar vida a un Salvatierra más, regresó a su habitación.

Allí, para su mayor sorpresa, descubrió que por primera vez en la vida era capaz de tener dos erecciones en una misma noche. Y consideró su deber recompensar a Caridad por haberlo esperado. Y era tanta su gratitud que la trató con una ternura de- la que nunca había sospechado ser capaz.

Como no había modo de saber si la semilla había

germinado, Fernandito mantuvo el arreglo por los próximos tres meses. Caridad, ya sobre aviso, procuraba acostar temprano a Felipe y, cuando se dormía, en lugar de bajar a la cocina se iba directamente a la habitación de Fernandito.

Él, después de la comida, depositaba un beso ritual sobre la frente de María Eugenia y se sentaba a leer el periódico y fumarse un tabaco.

María Eugenia subía y se metía en la cama, dejando todas sus cremas listas sobre el tocador, sabiendo que él no tardaría en entrar y apagar la luz. Y que, después del breve intervalo que toda esposa debe aceptar con resignación, y la que quiere ser madre soportar con entereza, tendría ocasión de untarse todas las cremas necesarias para seguir manteniendo la blancura y suavidad de la piel, a pesar de vivir en el campo.

El arreglo duró hasta que una mañana María Eugenia no bajó a desayunar y esa noche le anunció a Fernandito, a la hora de la comida, que iban a tener otro heredero.

Lo que sí continuó fue la presencia de Caridad en el cuarto de Fernandito. Aunque era obvio que ella también iba a tener un hijo. El vientre antes plano se le había redondeado, y los senos, antes pequeños como limones, eran ahora naranjas que presagiaban llegar a ser toronjas.

A Fernandito, a quien conseguir el único embarazo previo de María Eugenia le había costado enormes esfuerzos, y que había vivido angustiado de pensar que nunca conseguiría un segundo, esto de tener dos mujeres embarazadas al mismo tiempo le producía el colmo de la satisfacción.

Aprovechó una visita de José Luis a Camagüey para ir a contárselo a Sara con gran orgullo.

—Ahora cuando preño lo hago por partida doble.

Sara al principio no lo entendió. Creyó que se refería a que María Eugenia iba a tener mellizos, pero no se explicaba cómo Fernandito podía estar tan seguro de que iba a ser así. Cuando por fin cayó en la cuenta de lo que se trataba, no se rió como él esperaba.

—Vamos, no te enfades —dijo él—. Lamento no poder preñarte a ti, pero ya sabes que no es buena idea tener hijos entre hermanos.

—Es por eso que no me río —dijo ella.

—¿Por eso? ¿Por qué? No te entiendo.

—Porque no creo que Caridad pueda ser hija de Prudencio.

—Demasiado viejo el taita Prudencio, ¿no? Y, ¿con quién crees que Eustaquia...? ¡Ay, no, Sara! ¿Qué es lo que te has pensado?

—Que si lo has hecho tú con la hija, bien lo puede haber hecho él con la madre...

∽ XXIV ∾

El clarín, solo en el monte,
canta al primer arrebol:
la gasa del horizonte
prende, de un aliento, el sol.

José Martí. *Versos sencillos*, III

La pequeña Patria, por supuesto, estaba ajena a todo esto. Lo único que sabía era que la leche que brotaba del pezón moreno de Caridad era rica y cremosa, y que su piel era suave y cálida al tacto allí donde la manita blanca se posaba sobre el pecho canela.

A Isabel la muerte del padre le dejó un extraño vacío que no lograba entender. Desde el nacimiento de María Victoria no acostumbraba verlo más que un par de veces a la semana. Los viernes, en que iba a llevarle las cuentas de la semana, y los domingos, en que ella y Lorenzo hacían una visita formal a don Fernando y Ana.

Isabel había acostumbrado a las niñas a llamar Tita a Ana, quien en la vejez había ganado el diminutivo de Anita, quizá motivado por los criados que la llamaban Señora Anita.

Aunque nunca había llegado a sentirse totalmente

cómoda ante su padre, ni le había perdonado el abandono de Serafina, ni la desaparición de Ermelinda, don Fernando había constituido un pilar que sostenía de algún modo la esperanza de un mundo mejor. No se le escapaba que había una contradicción esencial en todo aquello: sentía que su padre había traicionado los ideales de la manigua, del mismo modo que había traicionado a Serafina, pero mientras él vivía, había una continuidad con aquellos ideales, parecía que algún día podrían revivir, como los gajos secos que sembraba Esperanza haciéndolos retoñar. Mientras que ahora, en su ausencia irrevocable, ella tendría que encontrar unos ideales propios, en lugar de soñar con los perdidos.

Al principio se sintió sumida en un extraño estupor. Le faltaba realidad a lo que había a su alrededor. Lorenzo, a pesar de que vivía absorto entre el periodismo y una cátedra de francés que había conseguido en el instituto provinciano, comprendió que la casa se venía abajo. Las niñas andaban abandonadas. Caridad se había instalado en la cocina, pero además de dar el pecho a las dos criaturas, la suya y la de Isabel, y de lavar los pañales, no tenía ni tiempo ni fuerzas para mucho más.

Lorenzo pasó entonces revista mentalmente a los recursos familiares. No estaba muy seguro de a quién acudir. A la que mejor conocía de las hermanas era a Elena, pero sabía que tenía sus propios hijos y que la vida con De la Era no era fácil.

Sabía muy poco de Gloria, pero como Isabel al nombrarla siempre decía "la pobre Gloria" no le parecía que era allí donde debía acudir. De Esperanza sabía que era de carácter difícil y que estaba quedándose ciega como la madre. Aunque Diego no había hecho ningún comentario sobre la escena, Lorenzo presentía que la visita de Diego a Camagüey el año anterior había sido para pedirle ayuda al suegro, y sospechaba que el resultado no había sido muy satisfactorio.

Quedaba sólo Sara. Sara que vivía en el campo, sin hijos. Y que durante el entierro de don Fernando había dicho: —¿Y cuándo me van a mandar a mis sobrinas de visita para que aprendan a coger guayabas de las matas?

Y Lorenzo decidió que él mismo llevaría a sus tres hijas mayores a casa de Sara. El viaje fue toda una revelación. Hasta entonces sus recorridos por la isla se habían limitado al viaje por ferrocarril entre La Habana y Camagüey, y en todas las ocasiones lo había hecho de noche, en el coche litera. En los pocos paisajes que había observado prevalecían los cañaverales, a ambos lados de las líneas del ferrocarril. Había avistado a lo lejos algunas elevaciones envueltas en bruma y el ocasional penacho de una palmera real.

Pero no estaba preparado para una incursión por terrenos donde el monte virgen no había sido violado todavía. Para la amalgama de ceibas y caobos, de yagrumas y majaguas, para la mezcla de olores, la delicada fragancia de las blancas mariposas de pétalos alados que tanto gustaban a Isabel, el acre olor de los cundiamores, el delicado perfume de los piñones olorosos que florecidos parecían cubiertos de espuma rosada.

La fuerza de la vegetación lo sobrecogió. Y le pareció comprender a los primeros conquistadores, a los que siempre había atacado considerándolos invasores incultos, no sin que ello le acarreara más de un disgusto en alguna tertulia de coterráneos. Ahora, inmerso en esta naturaleza sobrecogedora, cautivado hasta el extremo de perder el equilibrio interior ante tanta belleza y tanta exaltación de los sentidos, entendía que hubieran cedido al impulso de conquistarla, de dominarla, para no ser consumidos por ella.

୭ **XXV** ୭

Duermo en mi cama de roca
mi sueño dulce y profundo:
roza una abeja mi boca
y crece en mi cuerpo el mundo.

José Martí. *Versos sencillos*, III

Al llegar a la casa de Sara, la fuerza del ataque
sensorial no disminuyó, aunque sufrió una
transformación. Ella había sembrado una diversidad
de árboles frutales, mangos de distintas especies,
caimitos, anoncillos, nísperos, tamarindos, mameyes,
chirimoyas, papayas, marañones, guanábanas,
anones, naranjas, mandarinas y toronjas, entre los
cuales desaparecía la casa de madera pintada de
verde. Un poco más lejos se extendía hasta donde
alcanzaba la vista un guayabal interminable.

Al acercarse los viajeros, las copas de los árboles
parecieron desprenderse y elevarse en el aire. Era
una nube verde de escandalosas cotorritas
guayaberas. Las niñas las miraron volar sobre ellas
con ojos engrandecidos por la sorpresa y con tales
sonrisas, que el padre se sintió confortado en la
decisión de haberlas traído.

Desde la casa les llegaba un olor profundo a

guayabas hervidas, olor dulce, pegajoso, que parecía envolverlos, apagando los ruidos, silenciando las voces y apoderándose de todo. Y dentro del olor, más bien como su centro, apareció Sara.

Con la simple bata rosada sin mangas, y el pelo recogido en un pañuelo blanco, parecía más voluminosa que nunca. Pero se movía con una ligereza extraordinaria sobre los pies descalzos.

—Vengan, vengan, pasen, bienvenidos. ¡Qué alegría! —las palabras salían tan dulces de su boca como el aroma de las guayabas que borboteaban en enormes marmitas de cobre sobre el fogón de leña.

Las niñas se acercaron a abrazarla, tímidas en un primer momento, pero animadas luego por el dulzor que manaba de su tía y de la casa toda.

Y Lorenzo respiró, llenándose los pulmones de olor a guayaba. Convencido de que los problemas se solucionarían. Y que quizá hasta conseguiría devolver un poco el color a Isabel si le llevaba algo de aquella jalea coralina que en aquel momento Sara ponía frente a él, acompañada de un buen trozo amarillo de queso de bola, en un platillo de porcelana azul.

Terminada la merienda inesperada, Sara animó a las niñas a salir al portal que bordeaba tres de los costados de la casa de madera. Allí, en una esquina, en una canasta de paja, llena de retazos de telas viejas, estaba una gata parida con siete gatitos.

—Mírenlos, pero no los toquen, no se vaya a espantar la madre y decida esconderlos —les advirtió.

Y las tres se quedaron absortas viendo primero mamar a los gatitos blancos, negros, manchados, y luego trepar por sobre el cuerpo de la madre, jugueteando, mientras la gata barcina los iba limpiando, uno por uno, a lengüetazos ásperos.

—Las he traído para darle un descanso a Isabel —explicó Lorenzo—. No sé si es que no ha logrado reponerse muy bien del último parto o si la ha afectado demasiado la muerte de don Fernando, pero creo que si te es posible ocuparte de las niñas por unas semanas, será más fácil que se reponga.

—Lamento que sea por esa causa que las hayas traído. Pero me alegro muchísimo de tenerlas aquí. Espacio como ves hay de sobra. Y todos los niños deben tener ocasión de vivir en el campo alguna vez... A lo mejor les pasa como a mí, que por haber vivido en el campo de chiquilla nunca más me ha gustado vivir en otro lugar. —Y se echó a reír.

Como viera que Lorenzo seguía muy serio le dijo:

—No creas que no quiero a Isabel. Al contrario. Es la hermana a la que más quiero. Es que la conozco más que tú. Y sé que se le va a pasar... Isabel tiene momentos así, en que se deja ganar por los pensamientos. Pero siempre sale adelante, ya lo verás. Cuando menos te lo esperes, te propone algún nuevo proyecto. Y Lorenzo sonrió al fin, confortado por las palabras y el entusiasmo de su cuñada.

Esa noche comió como no había comido nunca en su vida. Maravillándose todo el tiempo de que José Luis, que había llegado poco antes de la hora de la comida y estaba sentado frente a él, pudiera seguir tan flaco compartiendo una mesa tan suculenta.

Sara les había servido primero, en platos hondos, el caldo del ajiaco que había puesto a cocer mientras conversaba esa tarde con Lorenzo. Luego había servido en platos llanos montañas rebosantes de los distintos componentes del ajiaco: primero las carnes, trozos de pernil de puerco, muslos de pollo y cubos de jugosa carne de res. Luego las viandas, en las que contrastaba el puro blanco del poroso ñame y la suave malanga, con el blanco amarillento de la yuca cremosa, el rosado de los boniatos y el dorado brillante de la calabaza. Y coronándolo todo, las mazorcas de deliciosos granos.

Cada vez que comenzaba a vaciarse el plato de alguno de los comensales, que incluían además de Lorenzo y José Luis a dos peones de la finca, porque las niñas habían comido antes y dormían ya exhaustas del viaje y de tantas nuevas experiencias, ella volvía a llenarlo sin darles lugar a protestar.

Después del ajiaco que habían acompañado con tortas de casabe empapadas en mojo de ajo, Sara trajo los postres: una fuente de dulce de leche, en donde los grumos de la leche hervida flotaban como terrones de tierra recién movida, en el espeso almíbar; otra de yemas dobles, con las yemas redondas y doradas, esponjosas, empapadas de almíbar claro; y una fuente de naranjas cajera, lascas de toronja cubiertas de almíbar cristalizado.

"No en balde es ésta tierra del azúcar", pensó Lorenzo. Pero en cambio dijo:

—Creo, Sara, que si le llevara a Isabel un poco de

estos dulces tuyos a lo mejor ayudaba a curarle la melancolía.

La respuesta de Sara fue una carcajada abundante como su ajiaco.

⤳ **XXVI** ⤳

Mucho, señora, daría
por tender sobre tu espalda
tu cabellera bravía,
tu cabellera de gualda.
Despacio la tendería,
despacio la besaría.

JOSÉ MARTÍ. *Versos sencillos*, XLIII

Isabel agradeció los dulces de Sara y se le llenaron los ojos de lágrimas pensando en la hermana y en los tiempos que habían compartido, pero en realidad no hicieron falta para alegrarle el ánimo. Por el contrario, Lorenzo la encontró reanimada, envuelta en un gran frenesí.

Al principio temió que en su ausencia hubiera perdido completamente la razón porque estaba empaquetándolo todo. Había vaciado los estantes de libros. Y cuando Lorenzo entró a su escritorio y los vio en el suelo atados en paquetes con cuerdas, temió que lo estuviera echando de la casa.

—Nos mudamos. Y pensé que aprovecharía la ausencia de las niñas para empaquetar —explicó Isabel, sin parecer notar demasiado el estupor de

Lorenzo.

—¿Nos mudamos? —Lorenzo seguía perplejo, temiendo que las dificultades fueran mayores que lo que anticipaba.

Isabel, consciente al fin de su desconcierto, se sentó en el tresillo de respaldo de mimbre y lo atrajo hacia ella.

—Perdóname, es que todo ha ocurrido tan rápido... En tu ausencia me mandó a buscar el notario López Luaces para leer el testamento de papá. Y esta casa se la ha dejado a Gloria.

—¿A Gloria? —Lorenzo empezó a sentir que al menos si había locura en alguna parte no era toda en su mujer.

—Sí. ¿No te parece estupendo? Yo me temía que no le dejaría nada a ninguna de mis hermanas. Pero no ha sido así. Le ha dejado a Sara la propiedad de la finca en la que están viviendo, separándola de la hacienda donde ha estado viviendo Fernando que, por supuesto, también se la deja a él en propiedad. Y a Esperanza le ha dejado también una casita, aunque no es gran cosa. No me explico por qué la ha tratado peor que a las demás. Pero algo es algo. Y a nosotros nos ha dejado Las Delicias.

—¿Las Delicias? —Lorenzo había perdido su elocuencia, sorprendido por el cambio radical en Isabel. ¿Sería posible que haber heredado una hacienda borrara tan súbitamente el dolor que había sentido por la muerte del padre?

No parecía estar de acuerdo con el carácter de su mujer. Pero a la vez, es tan difícil conocer a fondo a alguien... aun después de haber convivido en total intimidad. Tantas veces vemos sólo lo que queremos ver...

Aunque después de estos años de constante sorpresa y admiración él creía conocer a Isabel tan bien... y nunca le había visto ambiciones materiales, más bien parecía avergonzarla la fortuna del padre.

Isabel lo vio sumirse en cavilaciones y comprendió que le debía una explicación.

—¿Sabes? Es que lo que más me dolía de la muerte de mi padre era pensar que había muerto de espaldas a sus primeros ideales, sin haber podido recuperarlos nunca. Recuerda que mi padre no sólo peleó en la guerra, sino que se llevó a vivir a la manigua a su mujer recién casada, porque estaba dispuesto a no abandonar la lucha, por todo el tiempo que fuera necesario. Y recuerda que lo hirieron. No te imaginas cómo lo hirieron. ¡Todavía puedo cerrar los ojos y ver la sangre! Y luego morirse así. Rico, pero sin haber hecho realmente nada por conseguir que se cumplieran todos aquellos sueños. Pero ahora sí, ahora van a cumplirse algunos. Porque en la quinta Las Delicias vamos a poner nosotros un colegio. Y formaremos una nueva juventud... Y les inculcaremos los ideales...

Lorenzo no la dejó terminar. La había abrazado y besándola le repetía: mi diosa... mi diosa... y le desataba el cabello y la fue llevando lentamente a la habitación.

Cuando más tarde Caridad fue a traer a la pequeña Patria para acostarla en la cuna en el cuarto de sus padres, encontró la puerta cerrada. Y los gemidos apagados que escuchó la hicieron sonreír. Recordaba muy bien el sabor de lo que ahora ocurría detrás de esa puerta cerrada. Y se llevó a Patria y la acostó junto a su propio hijo, a los pies de su cama, en el cuarto al lado de la cocina.

Cuando Isabel despertó a la mañana siguiente y vio la cuna vacía sintió una mezcla de culpabilidad y pánico. Corrió a la cocina y respiró aliviada al ver a la niña mamando del pecho de Caridad.

Se quedó mirando la escena inundada de cariño y gratitud. La escena maternal la hizo reflexionar en las mujeres que conocía alrededor suyo.

Su propia situación extraordinaria la había hecho tener pocas amigas y relativo poco contacto con otras mujeres salvo las alumnas del internado de Madame Durand, de las que la separaba la edad, pues era bastante mayor que casi todas ellas, y las mujeres de su propia familia. Todo en su historia era algo fuera de lo común. Había nacido en la manigua y se había criado en Nuevitas y eso la hacía sentirse extranjera en Camagüey, una ciudad donde la gente moría en la misma casa en que nacía. Además se había educado en La Habana en un colegio laico, no en una de las escuelas de monjas a las que asistían casi todas las jovencitas de su posición. Pero cuál era su posición, era en sí mismo ambiguo, debido a que su padre había optado por tener dos familias, sin separar del todo una de la otra. Era la única mujer en la ciudad que había tenido una revista y, además, realizaba la poco femenina tarea de llevar la contabilidad del negocio de su padre, lo cual la obligaba a ella, tan amante del espíritu, a enfrentarse constantemente con los números. Y aunque se sentía una acérrima patriota, se había casado con un español. Lo cual para ella, consciente de que no todos los españoles pensaban del mismo modo, no era contradictorio, pero no era fácilmente comprensible para otros.

No era extraño, pues, que le resultara difícil relacionarse con las típicas mujeres de la ciudad. Añoraba haber conocido a aquellas mujeres valientes de la manigua, a las que enviaron a los hijos, uno tras otro a pelear, como Mariana Grajales, la madre de los Maceo. O Ana Betancourt, que había reclamado que las mujeres fueran reconocidas con igualdad durante los debates de la Constitución en la Guerra de los Diez Años, esa guerra en la que su padre peleaba mientras nacían ella y sus hermanas en el bohío. Sabía que había habido mujeres que habían apoyado la insurrección, fabricando uniformes, actuando como enfermeras, llevando mensajes e inclusive enfrentándose con las armas al enemigo, como Luz Noriega, Rosa la Bayamesa, Luz Palomares y tantas otras. Pero, ¿quiénes eran las mujeres que conocía de cerca? Mujeres como Ana, encerradas en su casa, para quienes la vida consistía en ir a la iglesia, reñir a los criados, preocuparse de modas, bodas, bautizos, primeras comuniones y cumpleaños. O mujeres como Eustaquia, sometidas a una servidumbre, poco distinta de la esclavitud que conocieron sus abuelos, sus padres y, en algunos casos, ellas mismas en su juventud. Una vida silente en la que los sentimientos propios tenían poca expresión, supeditados siempre a los deseos y mandatos de otros.

Y pensando en Eustaquia, en su rostro color de ciruela pasa, Isabel contempló aún más fijamente a Caridad, y sintió que el rostro de Ermelinda le volvía a salir al encuentro. ¿De quién serían hijas? No cabía duda que el padre de cada una había tenido que ser blanco. ¿Habrían sido concebidas en noches de San Juan, en esas pocas ocasiones en que una mujer como Eustaquia habría tenido ocasión de salir, de ir a un baile en alguna casa de las afueras? ¿Pero sería tal cosa posible? ¿Y Prudencio? ¿La hubiera dejado Prudencio salir sola...? ¿Habrían sido Ermelinda primero y Caridad luego producto de un largo amor, sostenido a ocultas? ¿O habría tenido Ermelinda que soportar dos veces la violación que había dado por resultado a sus hijas? Recordaba cuánto le había impresionado el parecido de Ermelinda con Ana y sus hermanas. Pero, si Ermelinda era hija de don Segundo Cortés, ¿de quién lo era Caridad?

E Isabel, como respondiendo a la tradición de varias generaciones de mujeres antes que ella, de las mujeres en cuyas propias casas se forjó toda una raza mestiza, sintió el deseo de no seguir especulando. Fuera quien fuera, difícilmente hubiera sido para Eustaquia una opción libre. Como posiblemente tampoco lo fuera para Eustaquia la unión con Prudencio que era tanto más viejo que ella que hubiera podido ser su padre. ¿Y Ermelinda? Criada ya en una Cuba libre, pero enviada al campo para ocultar que iba a tener un hijo. ¿Y Caridad? Hija ya de una madre libre... pero sin saber posiblemente su propio origen. Y madre ahora, ella misma, apenas todavía una chiquilla, del hijo de ¿quién?

Por un instante pensó preguntárselo. Pero cuando la miró a los ojos, para hacerlo, se encontró con una mirada que le hizo pensar en su propio espejo. Cierto que los ojos que la miraban no eran verdes, como los suyos, sino color de miel. Pero eran los mismos ojos, a la vez grandes y almendrados, con pestañas tupidas, los ojos de las hijas de Serafina y de los hijos de Ana. "Los ojos Salvatierra", los habían llamado las otras internas en el colegio de Madame Durand.

Y se quedó mirando a Caridad, sin saber qué decir.

Caridad entonces le sonrió. Con una sonrisa buena, una sonrisa que la tranquilizó, como acostumbraba tranquilizarla la sonrisa de Genoveva mientras ponía a hervir cotorras desplumadas para los caldos de Serafina.

Isabel le sonrió a su vez. Y entonces, Caridad la sorprendió diciéndole:

—No te preocupes por la niña. Va a criarse muy bien. Me sobra leche. Lo que quiero es que me enseñes a leer y a escribir bien, como le enseñaste a Ermelinda.

Y con el tuteo y el pedido quedaron sellados el reconocimiento y la nueva relación entre las dos.

❦ XXVII ❦

Yo he visto en la noche oscura
llover sobre mi cabeza
los rayos de lumbre pura
de la divina belleza.

JOSÉ MARTÍ. *Versos sencillos*, I

La mudada fue una ocasión dominada por los libros. Lorenzo contrató a un planchero, lo cual avivó sus memorias de su arribo a la Isla. Sobre la plataforma de madera del carretón sin barandas fueron colocados los muebles, con la ayuda de dos mocetones que, con la cabeza y la espalda metidas en sacos de yute, a manera de capuchón protector, se echaron a la espalda mesas y sillones, estantes y armarios, con la facilidad creada por la costumbre de levantar sacos de carbón para desmontarlos de las planchas de los carboneros, o sacos de harina, de arroz, de garbanzos o de frijoles, cuando llegaban por el ferrocarril pedidos para los varios colmados de la ciudad.

Como no habían podido conseguir suficientes cajas para empaquetar los libros, Isabel los había amarrado en paquetes con cuerdas. Una vez colocados todos los muebles en la plancha, los paquetes de libros fueron puestos sobre ellos, ocupando todos los resquicios, creando una cordillera insólita de aspecto precario, que los mocetones y el planchero se apresuraron a sujetar con un entramado de sogas que más que ofrecer seguridad sugería que la mole entera se vendría abajo en el primer bache.

A Isabel se le hacía difícil admitir que en tan pocos años hubieran acumulado tantos libros. La colección se había iniciado con los volúmenes de sus años de colegiala en La Habana. Cuando al inquirir sobre el progreso de sus hijas, don Fernando se había enterado que estaban más atrasadas que las demás alumnas, había preguntado con su voz potente que retumbó en la salita de Madame Durand:

—¿Y con qué se puede remediar eso?

—Con libros —había contestado sin ambages la francesa.

Y don Fernando había abierto una cuenta en una librería habanera y dado órdenes a Isabel de que se asegurara de comprar todos los libros necesarios. De sus hermanas, sólo Elena se había quedado con algún volumen de poesía de Campoamor y de Zorrilla. Las demás habían visto los libros como una imposición escolar y se sentían felices de dejarlos atrás, atesorando sólo el álbum de firmas donde las compañeras habían dejado versos y dibujos y promesas de amistad eterna, que se olvidaron tan pronto el tren las alejó de la capital.

Luego había volúmenes adquiridos en la casa paterna. Cuando el padre le encargó que le creara una biblioteca, Isabel lo había hecho con pasión. Y en leerlos ocupó la mayor parte del tiempo que le dejaban libre las cuentas del padre.

Cuando se casó, don Fernando insistió en que se llevara algunos muebles. Ana había heredado muebles de un par de tías solteras y en la casa sobraban.

Don Fernando le había preguntado:

—¿Qué te vendría bien?

Y ella había contestado sencillamente:

—Algunos libros.

—¿Por qué no te los llevas todos? —había replicado su padre, añadiendo: —Después de todo, tú eres la única que los lees. Ana no deja de protestar porque se llenan de polvo y sé que le gustaría tener el espacio libre para colgar algunos de esos cuadros que ha heredado.

Isabel había sentido que ese regalo era la mejor dote. Aparte del breve tiempo compartido con Ermelinda, esos libros eran los mejores amigos que había tenido en sus años en la casa paterna. Y sentía que a veces los había leído furtivamente, sabiéndolos ajenos, sintiéndose a ratos culpable de ser la primera que los hojeara, quitándoles la virginidad de libros nuevos. Pensar en poseerlos, en que fueran suyos, para leerlos a su antojo, cada vez que quisiera, sin tener que anticipar una despedida dolorosa alguna vez, como antes siempre había hecho, le parecía el colmo de la dicha.

Nunca había tenido apego a las cosas materiales. Jamás había poseído muchas. Y nunca había sentido, desde la manigua, que ningún lugar era suyo.

En el campo había sido una con plantas y tierra y aunque intuía que se vivía en un estado de emergencia, y que cualquier día podían abandonar el bohío, la amplitud del cielo, la altura de la ceiba, le habían dado oportunidad de ser en libertad.

En Nuevitas se le hacía muy patente la precariedad cotidiana. Comprendía que el trabajo de la madre y la tía apenas alcanzaba para abastecer las necesidades de cada día, mientras se multiplicaban las goteras. Pero había algo más, que creaba incertidumbre y falta de permanencia, las palabras nunca dichas, pero que llenaban el aire: "cuando llegue tu padre".

Y detrás de la placidez cotidiana había como un compás de espera que todos los esfuerzos de Serafina no lograban disimular.

El internado había sido un paréntesis recogido. Si bien era un lugar ajeno —en el cual había sufrido la vergüenza de su ignorancia y el orgullo de triunfar sobre ella— la presencia de sus cuatro hermanas le daba un sentido de hogar.

Aquella habitación enorme y luminosa, de muebles formidables, había sido un pequeño reino, en el cual ella, como la mayor, había aprendido a usar la responsabilidad con ternura y buen tino. Pero era un espacio suspendido entre dos mundos y, aunque a ratos lo olvidara, cada fin de curso, ver partir a otras alumnas era un recordatorio de que sería transitorio.

En la casa de su padre siempre se había sentido

un huésped, sin derecho a nada propio. Era la casa de Ana, y Ana apenas si la toleraba. Aunque se mostrara siempre correcta con ella, no cabía ternura alguna entre las dos.

La inteligencia de Isabel era bastante como para saber que Ana no era en sí la responsable del abandono de su madre. ¿Quién sabría si ni siquiera conocía la existencia de Serafina cuando se casaron en el Canadá? No había duda sobre quién depositar la responsabilidad de aquella herida que le dolería siempre; pero de todos modos estaba el hecho de una Serafina pegada sin descanso a la costura más allá que de sol a sol, de sol a quinqué. Y una Ana paseando ostentosamente el nombre de Salvatierra por los salones camagüeyanos.

No, aquélla no había sido su casa. Y nunca en ella se había sentido dueña de nada. Pero era un gozo llevarse los volúmenes que ella había seleccionado y que sólo ella había leído. Su primera y ¡cuán querida! posesión en el mundo.

Había además los libros de Lorenzo. Cuando se había mudado a Camagüey había traído varias maletas y cajas. Pero como nunca se cambiaba el traje gris y no poseía más que un par de camisas, cuyos cuellos y puños empezaban a deshilacharse, era obvio que la mayor parte del equipaje había sido libros y papeles.

Desde su matrimonio, lo usual era que llegara siempre a casa con un libro en la mano, que había venido leyendo por la calle, y algún otro asomándole por un bolsillo del saco.

Mucha de la literatura seguían siendo novelas realistas. A los autores ya conocidos por Isabel, Víctor Hugo, Balzac, Jorge Sand, Pérez Galdós, Fernán Caballero, Pardo Bazán; Lorenzo había añadido otros nuevos para ella, especialmente Emilio Zola, Blasco Ibáñez y Clarín.

Isabel se conmovía hasta el extremo leyendo estos relatos que mostraban la miseria que se vivía en las calles de París o de Madrid o en la huerta valenciana. Lo que no comprendía era que alguien no escribiera un relato semejante sobre el hospital provincial de su región en el cual no alcanzaban las camas, al punto que las mujeres escuálidas tenían que sentirse dichosas si lograban compartir entre dos una cama. Donde los enfermos hacían cola por horas, por ver si les tocaba la suerte de que los pudiera ver algún médico. Donde para ser atendido en la sala de emergencias hacía falta tener alguna recomendación política.

Unos cuatro años más tarde, durante el gobierno de Menocal, pensaba en la necesidad de que se escribieran novelas sobre la vida de los guajiros desposeídos de su tierra, echados al camino cuando la parcelita que venían cultivando pasaba a ser anexada a una colonia de caña. O sobre los haitianos y jamaiquinos que hacinados en barracas dormían apenas sobre el suelo el cansancio de la jornada anterior, para volver a empezar al alba la lucha de la mocha contra las cortantes hojas de caña.

¿Y la procesión de mendigos cada sábado por la mañana? ¿O los permanentemente instalados en las gradas de las iglesias exhibiendo muñones y llagas, cuencas vacías y extremidades deformadas? Había entre ellos suficientes historias de dolor como para producir decenas de *Misericordia*.

Además de las novelas que conmovían a Isabel, por retratar la miseria que la angustiaba, ya fueran del Madrid de Galdós o de la huerta valenciana de Blasco Ibáñez, había también libros de filosofía, de historia, de política, de ciencias. Con todos ellos le pasaba lo mismo. Los leía apasionadamente, pero siempre le dejaban un vacío. Había una distancia infranqueable siempre entre las palabras encerradas entre la tapa de los volúmenes y la realidad que ella palpaba cada día con sólo asomarse a la ventana.

Al llegar a Las Delicias, la gran casona blanca en esa hacienda al otro extremo de la ciudad, el proceso de la mudanza tuvo que invertirse. Después de una agitada discusión, los mozos empezaron por bajar los libros, que apilados en el centro de la sala fueron formando una pirámide que a Isabel se le antojó simbólica, pues entre los libros de Lorenzo habían empezado a proliferar los volúmenes masónicos.

Pero una vez que estuvo todo descargado, la casona inmensa seguía pareciendo vacía. Una vez que los cargadores se marcharon, Isabel se quedó contemplando la pirámide de libros y a Caridad, que había venido con ella y con Lorenzo en un coche de alquiler detrás de la plancha de la mudanza, y quien ahora sostenía un bebé en cada brazo, y se echó a reír.

Lorenzo la miraba tratando de comprender el

súbito júbilo de su mujer.

—Me siento como Robinson. Vamos a ver qué de la civilización que hemos dejado atrás vale la pena reconstruir en nuestra isla desierta

Isabel se calló a media frase. Por los pasillos se oía un tap, tap, tap inesperado, que se hacía cada vez más audible. Isabel se cogió del brazo de Lorenzo. Su racionalidad no le permitía imaginar siquiera los aparecidos y fantasmas tan abundantes en los relatos de su pueblo, aunque indudablemente de haber fantasmas en algún lugar, aquella casona por tantos años vacía era el lugar perfecto para ello.

Después de unos momentos de aprensión, durante los cuales el tap, tap se acercaba decididamente a ellos, e Isabel empezaba a dudar de su serenidad, vieron aparecer, por la puerta que daba al portal interior, a una mujercita diminuta, vestida con un traje blanco de cuello alto y mangas largas, cuya amplia falda llegaba hasta el piso cubriéndole los botines de alta botonadura y con un bastón en la mano izquierda que explicaba los golpes que acababan de oír.

—¡Qué bueno, hijitos, que regresaron por fin del Norte!— les dijo con su voz cascada—. ¿Se ha acabado ya la guerra?

Tras la sorpresa inicial supieron que la viejita era la hermana del dueño anterior de la casa, que se había ido con su familia al Norte, a los Estados Unidos, a mitad de la guerra, y que la había dejado atrás encargada de cuidarles la casa.

La familia no había regresado nunca, se habían

quedado a vivir en Filadelfia. Después de la muerte del marido, que nadie pensó en comunicarle a la hermana dejada atrás, la viuda había decidido vender las propiedades a través de su apoderado. Nadie se había acordado de que ella todavía habitaba la casona.

El padre de Isabel la había visto en su única visita a la casa antes de comprar la finca, pero apenas cruzó un saludo distante con ella y asumió que una vez consumada la venta se marcharía. En cambio ella, ajena a todo lo que no fuera mantener abiertas y aireadas las habitaciones y libres hasta donde le fuera posible de polvo y telarañas, seguía haciendo la misma vida de todos los días, de todos los meses, de todos los años.

La asustó que un día vinieran a llevarse los cuadros y algunos de los muebles por orden del apoderado, pero se limitó a encerrarse con llave en el cuartito que habitaba al fondo de la casona. Los que vinieron a buscar los muebles no le dieron importancia a la puerta cerrada ni se les ocurrió preguntarse qué habría detrás.

Todo esto lo fueron coligiendo poco a poco, con ayuda de Valeria, la vieja sirvienta que la acompañaba, tan mayor o quizá mayor que la anciana. Vestía igualmente de largo, y a la misma usanza, aunque su vestido en lugar de ser de muselina blanca era de percal floreado. Llevaba en la cabeza un pañuelo rojo que le cubría la frente. Su piel se había arrugado hasta tal punto que recordaba ya no el ébano, como en su juventud lejana, sino las dulces pasas.

Valeria criaba unas cuantas gallinas en el gallinero al lado de la cocina. Y había dejado que un mocetón, sobrino-nieto suyo, viniera de cuando en cuando a cultivar el huerto con el cual las proveía de verduras.

Un sopón de verduras a media mañana y un caldito ligero, con un huevo batido, por las noches había ido manteniéndolas.

En los armarios quedaba bastante ropa para vivir bien vestidas y calzadas el resto de sus vidas. Porque aunque la sala, el comedor y las dos habitaciones del frente, en las cuales Isabel había ordenado a los cargadores que descargaran los muebles de la mudanza, habían estado vacíos, pronto descubrirían que en el resto de la casa había amontonada la más diversa cantidad de muebles.

Eran habitaciones cerradas con llave, que la tía Alfonsina, para entonces incorporada ya a la familia creciente, había ido abriendo con llaves de un enorme llavero que colgaba de su cintura.

—Nuestra isla venía completa —le dijo esa noche Isabel a Lorenzo—. Como Caridad debe ser nuestro Viernes, creo que las dos viejitas serán nuestros Sábado y Domingo.

Lorenzo, conmovido por la riqueza del espíritu de su mujer y estremecido de amor por ella, empezó a acariciarla lentamente y esa noche la dejó preñada de mellizos.

∽ XXVIII ∽

Yo he puesto la mano osada,
de horror y júbilo yerta,
sobre la estrella apagada
que cayó frente a mi puerta.

JOSÉ MARTÍ. *Versos sencillos*, I

Las niñas terminaron quedándose un año entero en el campo con Sara. El embarazo de Isabel resultó, a diferencia de los anteriores, complicado. Y Lorenzo pensó que era mejor no aumentarle la responsabilidad. Y como cada vez que fue a ver a sus hijas las encontró sonrientes y sonrosadas, pensó que nada podía ser mejor que dejarlas compartiendo la alegría expansiva de Sara y los dulzores del guayabal.

Patria, criada por Caridad, aprendió a gatear en los pisos de ladrillo de la casona. La habían llamado Patria, desdeñando el nombre de María Isabel previamente elegido, como prueba de un rompimiento total con la tradición católica y como consecuencia, en aquellos momentos de la muerte de don Fernando, de la angustiosa búsqueda de parte de Isabel de los ideales que su padre había perdido.

E Isabel, cada vez que pronunciaba el nombre de su hija, sentía una frescura en el aliento, como si acabara de beber el agua clara del manantial que Genoveva había canalizado con cañas bravas para llevarles agua fresca al bohío.

Los mellizos vinieron al mundo una noche huracanada. Puesto que todavía no se le había cumplido la fecha, no habían hecho preparación alguna. Lorenzo no había regresado todavía de la redacción del periódico y Caridad no se atrevía a dejar sola a Isabel para buscar médico o comadrona.

Aunque el crecimiento de la ciudad había hecho que la finca quedara apenas a un par de kilómetros de las primeras casas, no había nadie en la carretera en noche como aquélla. Y las dos viejitas que dormían al otro extremo de la casona no hubieran podido ser ayuda alguna.

Así que Caridad se quedó con Isabel. Amarró una sábana enrollada a la cabecera de la cama y se la dio para que se agarrase a ella. Cuando los gritos de Isabel, más fuertes que los truenos distantes, despertaron a los dos niños que lloraban al otro lado de la puerta cerrada, Caridad le dio otra sábana para que la mordiera y ahogara los gritos.

Cuando por fin la cabeza del primero de los mellizos asomó por entre las piernas de Isabel, Caridad sujetó la cabecita entre sus manos y le ordenó a Isabel:

—Puja con toda tu alma.

Isabel pujó y gritó al mismo tiempo, porque sentía que se desgarraba toda.

Cuando se vio con el niño en las manos, Caridad se apresuró a cortarle el cordón.

—Hazlo llorar —le gritaba Isabel, despavorida, pensando que el niño no vivía. Caridad lo puso bocabajo y le dio una palmadita en la espalda. Y cuando el niño lloró, ambas sintieron que se había realizado un milagro.

Pero cuando Caridad oyó un nuevo grito de Isabel no supo qué hacer. Después de dudar un momento, colocó al niño dentro de la cesta que tenían preparada, aunque no había podido limpiarlo todavía. Y al ver las sabanitas preciosamente bordadas que había enviado Gloria ahora manchadas de sangre, le dio un estremecimiento. Pero no pudo detenerse a pensar en ello, sino que corrió junto a Isabel que seguía gritando desesperada.

El próximo niño estaba atorado. Caridad palpó lo que primero creyó que era un hombre y luego comprendió que era una nalga. Pero no sabía qué hacer. Trató de introducir la mano y darle vuelta, buscando la cabecita, para facilitar un parto como el del hermanito, pero no le era fácil.

En ese momento llegó Lorenzo, empapado de lluvia. Subió de dos en dos las escaleras aterrado por los gritos de su mujer y el llanto de los niños. Echó apenas un vistazo a la habitación y gritó a su vez:

—Voy por el médico.

El médico nada pudo hacer por la otra criatura. Cuando por fin consiguió que la exhausta Isabel hiciera un último esfuerzo para expulsarlo, una vez que había logrado darle vuelta, la criatura se había asfixiado con el cordón. Pero cosió los desgarrones de la madre y le salvó la vida.

‿ **XXIX** ‿

Mucho, señora, te diera
por desenredar el nudo
de tu roja cabellera
sobre tu cuello desnudo:
Muy despacio la esparciera,
hilo por hilo la abriera.

JOSÉ MARTÍ. *Versos sencillos*, XLIII

Para Lorenzo e Isabel fue el comienzo de una nueva vida. Aunque nunca lo discutieron abiertamente, tomaron el acuerdo tácito de no tener más hijos. Por unos meses, Lorenzo pensó que la solución sería la de tantos de sus amigos, mantener con la mujer un cariño casto y satisfacer su pasión por otra parte, a cambio de unas monedas o algún billete.

Pero la primera vez que buscó una prostituta descubrió que no le interesaba acostarse con ella, sino tratar de entenderla como persona y como mujer. Y sus lecturas tomaron un giro curioso.

Andaba a la caza de toda narrativa cuyas protagonistas fueran prostitutas o cortesanas. Le trajo a Isabel una hermosa caja de bronce con un grabado de Madame Recamier en la tapa, porque no pudo encontrar ningún pretexto para conservarla él mismo. Y decidió plantar un arbusto de camelias porque eran las flores favoritas de Margarita Gautier, y como no le fue fácil conseguirlo en la ciudad, se lo encargó a un amigo de La Habana.

A la vez que se interesaba en el alma de las cortesanas, aunque no quería comercio con sus cuerpos, no podía borrársele la obsesión por el cuerpo de su propia mujer.

Entonces empezó la búsqueda de lecturas que lo iluminaran sobre cómo hacerle el amor sin volver a dejarla encinta. Y, gracias a ello, vivieron los mejores años de sus vidas.

Isabel lactó al hijo hasta que tuvo casi un año. Y durante ese tiempo, que coincidió con la búsqueda de Lorenzo del alma cortesana, el bebé tuvo su cuna en la cama de la pareja.

Pero una vez que dejó de lactario y Lorenzo comenzó a iniciarla en el resultado de sus lecturas del Kamasutra, puso al bebé a dormir en la habitación de la hermanita y le pidió a Caridad que se mudara a una habitación al lado de la de los niños.

Lorenzo empezó a escribir algunos de sus artículos en casa, para no tener que quedarse hasta tarde en la redacción del periódico. Hacía venir a un mensajero que recogía las cuartillas. Sus amigos se extrañaban de que hubiera dejado de asistir a las tertulias y que se marchara siempre el primero.

—Debe andar en alguna aventurilla.

—La que lo ha conquistado lo debe tener chiflado.

—¡Cuándo antes hubiera renunciado por nada a una partida de ajedrez!

Y ya que la conducta continuara, no faltaron quienes compadecieran generosos a la pobre Isabel, preocupados por lo que parecía tener trazos de algo más que aventura pasajera.

La compadecida, en cambio, estaba cada día más exultante, desde que el lecho matrimonial se le había convertido en barca blanca en la que navegaba cada noche hacia las más insospechadas aventuras.

Había ganado una vitalidad extraordinaria, como si toda la energía que antes se le fuera en producir hijos, ahora la retomara enriquecida. Se levantaba al amanecer, a pesar de que la mayor parte de la noche no hubiera dormido. Y dejando a Lorenzo reponerse de los retozos nocturnos, se dedicaba a mil tareas distintas. Había decidido hacer producir la finca que por años estuviera abandonada. Había comprado tres vacas, dos de ellas preñadas, y varias gallinas.

Había querido contratar al sobrino-nieto de Nicolasa para que ampliara la huerta. Pero él trabajaba en el ferrocarril y no quiso abandonar su puesto. Había cuidado las pocas hortalizas y viandas por afecto hacia las viejitas, pero no se sentía con alma de campesino. Un día Lorenzo se apareció, sin embargo, acompañado de un hombre con sombrero de yarey y machete al cinto a quien seguían una mujer macilenta y tres chiquillos con vientres abultados.

—Los han sacado de sus tierras. Y se vinieron a ver qué encontraban en la ciudad —le explicó a

Isabel—. Los encontré en la estación sin saber qué hacer. Y a ellos no les podría ir mejor en ninguna otra parte.

Isabel los instaló en los cuartos que años atrás habían albergado a los esclavos. Todavía en uno de ellos, pequeño y sin ventanas, había grandes argollas de hierro en las paredes.

—Allí no debe vivir nadie —dijo Isabel—. Era el calabozo y quién sabe qué sufrimientos y penas no rezumarán todavía sus paredes. Pero servirá para guardar las herramientas.

Las otras habitaciones, seis en total, en fila detrás de la cocina, eran amplias y espaciosas. Cada una tenía una puerta y una ventana.

—¿Por qué no ocupan tres? —sugirió Isabel. Una para cuarto de ustedes, la otra para los chiquillos. Y la tercera les servirá de sala y comedor. Ya habrá quienes necesiten las otras.

Su profecía se cumplió antes de mucho.

Cuando José Luis, el marido de Sara, trajo a las niñas de regreso, venía acompañándolos un jovencito de unos 14 años.

Sara le explicaba a Isabel en una carta que el chiquillo era listo y que parecía una pena que no aprendiera algo más que las labores del campo. "Como vas a empezar una escuela —concluía—, te mando un nuevo alumno."

Isabel lo recibió con gusto. Y se alegró aun más cuando supo que sabía ordeñar y que le gustaba ocuparse del ganado. Y lo instaló en una de las habitaciones vacías. El campesino Emilio había

resultado muy bueno sembrando y aporcando, pero
no tenía costumbre de cuidar el ganado. Habían sido
tan pobres que ni una vaca habían tenido. Así que
Calixto, el jovencito, pasó a ser el vaquero oficial,
algo que lo llenaba de orgullo.

Los próximos habitantes de Las Delicias llegaron
de distinta manera. Una mañana tocaron a la puerta
y cuando Caridad acudió a abrir, Isabel la oyó
discutiendo con alguien.

Fue a ver de qué se trataba y se encontró con que
en la puerta había una mujer que insistía en que
Caridad la dejara entrar. Era alta y maciza y llevaba
de la mano a un niño y una niña casi de la misma
edad.

Oyó que le decía a Caridad:

—Pero, niña, qué sabe tú de ná'. Déjame entrar
que 'toy segura que la señora sí quiere habla'
conmigo.

—Déjala pasar, Caridad —dijo Isabel. Y saludó a la
mujer—: Buenos días. Usted dirá...

La mujer sonrió con una hilera de blancos dientes
pequeñitos que resaltaban contra sus enormes labios
color de caimito.

—¿Tiene máquina 'e cosé'?

—¿Una máquina de coser? —Isabel repitió la
pregunta sin comprender qué implicaba—: ¿Una
máquina de coser?

—Sí, señora linda, con una máquina 'e cosé le
pue'o hacé' su vesti'o y batica pa' su niñita y
delantale' pa' su sirvienta y mantele' pa' su mesa y
cortina pa' su ventana y cubrecama...

—Sí, para las camas —dijo Isabel, riéndose.

—Y no le co'taría ná', mi vida —dijo la mujer, aun más decidida—. Me da un cuarto pa' viví' con mi' negrito' —y señalaba a los chiquillos, que relucían de limpio con sus trajecitos almidonados— y me deja un peacito 'e tierra pa' sembrá' un poquito 'e yuca y uno frijoles y pa' criá' un par de gallina...

Isabel la interrumpió:

—¿Ese vestido que tiene puesto se lo ha hecho usted?

—Yo mi'mitica, mi corazón, con uno' retacito' que que'aron de lo' ve'tido que le hice a una señora...

Isabel la siguió mirando. El vestido estaba bien hecho, con gracia. Al observarlo, después de haberla oído era posible comprobar que sí, que el corpiño estaba hecho de una tela, que la falda era el producto de la combinación de otras dos, y que las mangas y el ribete del cuello habían sido hechos con una cuarta. Sin embargo, el resultado final era no sólo agradable, sino armonioso.

E Isabel se sintió transportada a Nuevitas. A aquellos años cuando Serafina añadía volantes y rizos a los vestidos de las nueviteras y vestía a sus propias hijas con creaciones hechas de trozos y retazos. Y aunque apenas si le llegaba a los hombros a la mujer que aguardaba su respuesta, se sintió invadida de ternura hacia ella:

—Has venido a tiempo. Ya no quedan cuartos vacíos; pero tengo donde ponerte. Como ni tenemos coche, ni lo tendremos... tendrás bastante espacio. Y puedes sembrar todo lo que quieras. Le diré a Emilio que te rompa un pedazo de tierra. Y lo que siembres será para ti. Y te regalaré un gallo y una gallina, para empezar. Pero más vale que les hagas un gallinero, porque hay bastantes hurones por aquí.

Ante la sonrisa franca de la mujer continuó:

—Eso sí, para lo de la máquina de coser vamos a tener que esperar un poco. Aunque veas la casa grande, dinero tenemos muy poco. Y no nos ha quedado nada después de comprar las vacas.

Como vio que la mujer la miraba sorprendida, añadió:

—Pero no te preocupes, en cuanto tengamos un ternero que podamos vender, ¡la compramos!

Así quedaron instalados Bernarda y sus hijos en lo que había sido la antigua cochera de Las Delicias.

☙ **XXX** ❧

Después del calor al peso,
entramos por el camino,
y nos dábamos un beso,
en cuanto sonaba un trino

JOSÉ MARTÍ. *Versos sencillos*, IV

Conseguir discípulos para el internado no fue difícil. Varios padres eligieron el colegio atraídos por el apellido Salvatierra, otros, por la recomendación de hermanos de la Logia Masónica y, algunos, impresionados por los artículos sobre historia y cultura que Lorenzo publicaba semanalmente.

En su mayoría los alumnos eran varones. No era extraño que, en la misma familia, el padre buscara una educación librepensadora para los hijos, pero prefiriera, o al menos consintiera, que las hijas fueran enviadas al mismo colegio de monjas en donde se educara su madre.

Isabel había conseguido que Gloria le enviara sus dos hijas mayores y Elena la única suya. De la Era se negaba a que los hijos fueran a estudiar a la ciudad: "Tienen que aprender a ser hombres, bien machos, para que echen adelante lo que yo he conseguido, y para eso, de nada van a servirles los libros, al contrario", insistía. Pero al fin accedió a enviar a la hija, quizá en el fondo porque sabía cuánto dolor le causaba a la madre separarse de ella. Y le agradaba que Elena tuviera que estarle agradecida por algo que por añadidura le causaba a ella dolor.

La escuela tenía el mismo efecto incitante en Isabel que habían tenido las noches de exploraciones eróticas, que no habían abandonado del todo, pero cuya frecuencia se había reducido, usualmente a tres o cuatro noches seguidas, cada mes, en sospechoso ritmo con la luna llena, aunque ninguno de los dos se hubiera percatado de ello.

Isabel había diseñado el currículum. Había decidido que todos los alumnos aprenderían francés e inglés, en forma natural y espontánea. Para ello acordaron que los lunes, miércoles y viernes en el comedor y los recreos sólo se hablara francés. Como tanto el almuerzo y la comida estaban seguidos de larga sobremesa, los alumnos tendrían suficiente oportunidad de oír y hablar el idioma que Lorenzo había aprendido en París e Isabel había llegado a dominar en el colegio de Madame Durand.

Los martes, jueves y sábados harían lo mismo con el inglés. Pero como Isabel se sentía menos cómoda en el dominio de este idioma, aunque lo leía y escribía sin dificultad, decidió que las maestras que contratara para ayudarla en la escuela tendrían que hablar inglés con soltura. La solución la encontró en dos hermanas de origen jamaiquino. Habían sido educadas en una misión protestante y no sólo hablaban inglés a la perfección, sino que tenían buena letra y buena ortografía en español.

—Lo demás que no sepan, ya lo aprenderán aquí —le aseguró Isabel a Lorenzo al comunicarle su decisión.

Ya el colegio llevaba funcionando un par de meses, cuando una mañana después de una noche de luna llena y nuevas travesías en la barca nocturna, Isabel le preguntó a Lorenzo:

—¿Crees que podrías hacerte cargo de los internos este fin de semana? Quisiera ir a Nuevitas a ver a mi madre...

Como Lorenzo, todavía medio dormido, no pareciera comprender demasiado bien, ni responder de inmediato, Isabel añadió:

—Es que ayer he oído trinar a un sinsonte todo el día...

Lorenzo hacía mucho que había renunciado a interpretar las simbologías de Isabel, pero comprendió la intensidad del pedido y asintió.

Isabel llevó consigo a las tres niñas mayores, María Victoria, María Fernanda y María Cristina. Pensó que era hora de que conocieran a su abuela. Las había llevado anteriormente una vez, antes de la muerte de don Fernando y el nacimiento de Patria, pero eran entonces muy pequeñas para recordar demasiado.

Julio, el marido de Gloria, las recibió en la estación de Nuevitas. Lorenzo había puesto un telegrama desde la misma estación del ferrocarril en Camagüey, al despedirlas.

al patio para verlas mejor.

—María Victoria y María Cristina son tu vivo retrato —le dijo a Isabel—, pero ésta —y sostenía en alto la barbilla, de María Fernanda—, creo que a pesar del nombre se parece a mí.

María Fernanda, sin comprender mucho ni nada, se echó a reír. Estaba acostumbrada a que dijeran que Victoria y Cristina se parecían a su madre. Y nunca nadie había logrado encontrarle a ella un parecido. Si esta mujer alta, con olor a almendras decía que se parecían, tanto mejor.

—Y mamá, ¿dónde está? —insistió Isabel.

—En cama, hace varios días que viene no sintiéndose bien... Ayer se levantó y se la pasó en el jardín. Dijo que había oído trinar a un sinsonte. Pero hoy no ha querido levantarse. Lo único que repite es que en la cama se espera mejor.

Isabel corrió a la habitación de su madre. Pero, incapaz de ver en la oscuridad, se quedó en el umbral. Serafina, en cambio, que hacía mucho que no usaba los ojos para ver, se incorporó en la cama.

—¿Quién? —preguntó—. Y luego, aspirando profundamente, gritó—: Isabel, hija, ¡hijita!

Isabel se le arrojó en los brazos, que le parecieron más delgados y pequeños que los de Patria. Y se quedaron abrazadas largo rato.

Luego, como las niñas no podían contener la impaciencia por ver el mar, Isabel se las llevó a la playa acompañada de Genoveva. Y mientras las tres correteaban por las piedras, dando gritos de alegría al ver la espuma, un cangrejo, una concha, Isabel interrogó a Genoveva:

— ¿Y el niño? —le costaba tanto esfuerzo llamar hermano al hijo de su madre, como llamar hermana a Caridad, cosa que todavía nunca había hecho.

—Por ahí...

—Pero, ¿no va a la escuela?

—No hay forma de hacerlo ir...

—Pero, ¿cómo?

—Tu madre no quiere peleas con él. Sólo le tiene lástima. Al principio, él buscaba pretextos... le dolía la cabeza, el estómago, aquí o allá... luego acusó al maestro de tirarle de las orejas... y ahora, simplemente, no va.

—Pero, tía...

—Y, ¿qué quieres que haga yo? Si trato de imponérmele me dice que no soy nadie. Y ella se desespera y se mete en la cama a llorar...

Regresaron a la casa en silencio. Dejaron a las niñas sentadas en el portal, mirando pasar a la gente que regresaba del trabajo, y ellas dos salieron al patio.

—Creo que lo mejor será que empaquetes. Y que se vengan todos conmigo a Camagüey.

—¿Estás segura de lo que propones?

—¡Segurísima!

Hasta ese momento no había pensado ni por un instante en llevarse a su madre consigo. Es decir, las pocas veces en que, después de la muerte de Fernando, se había planteado la posibilidad, lo había rechazado inmediatamente. "No vale la pena desarraigarla", había razonado. "Mi madre no está para esos trotes."

Pero ahora, una mirada a su alrededor había bastado para convencerla de que estaba tomando una decisión no sólo acertada, sino necesaria.

La casa, que ya era vieja durante los años de su niñez, estaba literalmente viniéndose abajo. Las maderas de las paredes sugerían gangrena o lepra, de tan carcomidas; las flores del patio habían desaparecido, excepto por un geranio de tamaño descomunal que parecía haber absorbido toda la fuerza vital del entorno, pero cuyas flores rojas, en lugar de alegrar el lugar, parecían crear una nueva metáfora de llagas o heridas.

El gallinero se había caído y las maderas que antes lo sostenían sobresalían entre la maleza como restos de un naufragio.

Genoveva había seguido con atención la mirada de Isabel. Y cuando, por fin, su sobrina se dirigió a ella, la encontró tensa, más erecta que nunca:

—Antes que vayas a decir nada —le advirtió Genoveva con su voz calmada, pero firme de siempre— vale la pena que te des una vuelta por casa de tu hermana Gloria. La energía que me ha faltado aquí se ha ido en ayudarla a tratar de salvar a esas seis criaturas.

—Lo único que puedo decir es que siento muchísimo no haber venido antes —respondió Isabel—. Tan preocupada he andado por asuntos de equidad y justicia, buscando soluciones para salvar a la Patria y al mundo, y no tenía idea de cómo estaban viviendo mi madre y tú.

—Y tu hermano... —dijo Genoveva, dejando la palabra resonar en el aire.

∽ **XXXI** ∾

¡Volveré, cual quien no existe,
al lago, mudo y helado:
Clavaré la quilla triste:
Posaré el remo callado!

JOSÉ MARTÍ. *Versos sencillos*, IV

Y así fue que Isabel y las tres niñas regresaron a Camagüey acompañadas de Serafina, Genoveva y Tomás. Traían sólo un par de maletas y la mata de geranios.

A la hora de empaquetar, Isabel había descubierto que las batas de su madre y las pilas de retazos que había ido guardando a lo largo de sus años de costurera se le deshacían en las manos, comidos de trazas y polillas.

Así que las dos maletas que había ido a comprar a la talabartería sirvieron para empaquetar la reducida vajilla, un par de ollas, una sartén y los portarretratos con las fotos de bodas de las hijas. Isabel notó la ausencia del retrato de Fernandito, pero no supo si es que él no se lo había mandado o si Serafina no lo había guardado.

En el fondo de una de las gavetas, Isabel había encontrado los sobres, atados con una cinta negra, con matasellos de Toronto, uno por año. Habían sido abiertos cuidadosamente por un extremo, pero estaban todos vacíos.

Se quedó mirando atentamente la dirección, escrita con letra de su padre, en las que aparecía el nombre de soltera de su madre.

—Estaban casados, no te quepa la menor duda —le dijo entonces Genoveva, que había estado observándola—. El acta de matrimonio se perdió en la guerra, con los archivos de la parroquia. Pero el cura recordaba bien haber realizado la boda. Por eso accedió a bautizarlos a todos ustedes. Aunque aquel bautizo...

Isabel frunció el entrecejo. El recuerdo de aquel bautizo siempre le causaba sentimientos conflictivos. Estaba de acuerdo con lo que dijera Martí en aquel artículo "Hombre de campo..." que la Iglesia se empeñaba en condenar y las logias masónicas en repartir, y en el cual el Apóstol, el verdadero Apóstol, invitaba a los campesinos a cuestionar el valor del agua del bautismo. Sin embargo, le parecía que si estaba bien combatir a la Iglesia de frente, no lo estaba el causar un disturbio como el de aquel día, que parecía no sólo sacrílego sino de mal gusto. Y se le acrecentaba la vergüenza por lo extraño de su familia de entonces, encabezada por una madre toda dulzura pero ajena a la realidad, por una tía que había tenido que convertir la ternura en reciedumbre, y aquel tropel de siete chiquillos...y el desbarajuste del día del bautizo, ceremonia que para otras familias era de solemne regocijo, se le antojaba el símbolo más total del abandono y la irresponsabilidad de su padre.

Al seguir reflexionando comprendía que el barullo en sí había sido producto de la inocencia en que vivían, y le resultaba hermosa y rica aquella inocencia, tanto más vital que el decoro de la casa de su padre y Ana; tanto más auténtica que lo que había conocido después, y no podía evitar una sonrisa ensoñadora...

—Si te queda alguna duda —añadió Genoveva interpretando mal sus cavilaciones— te aseguro que se casaron, porque yo estuve presente.

Isabel conocía demasiado bien a Genoveva para que estas palabras pudieran servirle de consolación alguna, si hubiera necesitado consolación. De una parte, sabía a Genoveva esencialmente veraz, ajena a duplicidades y mentiras. Pero también sabía que por darle paz de conciencia a alguno de los suyos sería capaz de cualquier cosa. Así que asintió ligeramente con la cabeza, sin decir nada.

—Al dudarlo, todo lo que estás haciendo es decir que crees más en la virtud de tu padre que en la de tu madre.

—¿Qué venía en esos sobres? —preguntó Isabel.

—Dinero. Nada más que dinero. Ni una sola línea. Y encima dirigiéndose a ella como "señorita"... después de haberle hecho seis hijos —suspiró antes de continuar—. Ella no quería tocar el dinero. Fui yo quien la obligó a abrir los sobres. Y canjear los cheques. Lo único que conseguí fue que los depositara. Un disparate... ahora esa misma cantidad no vale nada. Debí haber exigido que me lo dieran en monedas y las hubiera enterrado en el jardín. Ahora tendría ella algo. Pero en el banco, al cambiarlo, insistieron tanto en que la mejor manera de protegerlo era ponerlo en una cuenta. Y ya ves, ahora lo que te dan es un papel, que no compra nada...

Por toda respuesta, Isabel dijo:

—Venga, vamos, acabemos de empaquetar.

Poco después había llegado Tomás. Isabel no lo reconoció. Esperaba un chiquillo, un mozalbete quizá, sabiendo que su hermano tenía catorce años, pero no aquel hombretón con bigote y un oscuro bozo negro por toda la cara.

El muchacho la miró sin reconocerla él tampoco, con una mirada en la que se combinaban la curiosidad y el temor.

—Es tu hermana Isabel —dijo Genoveva—. Nos vamos con ella para Camagüey. Así que... empaqueta tus cosas.

El muchacho no había mostrado reacción alguna. Se quedó parado en el mismo sitio, pero bajó la mirada.

—Quizá quieras despedirte de tus amigos, de algunos lugares —dijo entonces Isabel, cautelosamente. Y añadió—: Yo también viví en esta casa, cuando tenía más o menos tu edad. Y no me fue fácil despedirme... Pero recuerda que Camagüey no está muy lejos, siempre podrás volver. Además, aquí está Gloria...

El muchacho había levantado la vista y había

seguido con atención sus palabras. Pero al oír las últimas, dio media vuelta y se marchó por donde había entrado.

—Es que se ha peleado con el marido de Gloria, que lo reprendió por no ir a la escuela. Ahora Julio le ha dicho que no lo quiere ver por allí —explicó Genoveva.

Isabel, entonces, salió corriendo. No tenía idea de hacia dónde podía haber ido Tomás, pero siguió su intuición y se dirigió hacia el mar. Lo encontró en el puerto. Tenía las manos llenas de guijarros y los iba echando uno tras otro contra las olas.

—Tienes razón de sentir rabia —le dijo poniéndose a su lado—. Y yo he sido una tonta pretendiendo entenderte sólo porque soy tu hermana, cuando nunca antes hemos tenido ocasión verdaderamente de conversar...

Él había seguido tirando las piedras, mientras ella hablaba. Ahora, con las manos vacías, se volteó a mirarla.

—Y comprendo que es violento que te anuncien así una mudanza, de la noche a la mañana. Pero, mira, yo no puedo quedarme más tiempo. Tengo un colegio, con dieciséis muchachos internos, que viven con nosotros. Y Lorenzo, mi marido, no sabría qué hacer con ellos si no regreso. Y estoy muy preocupada por cómo van las cosas aquí. Estoy segura que a ti tampoco te gusta ver a mamá metida en la cama, sin ánimos de nada. Y es obvio que Genoveva no tiene fuerza para sacar la casa adelante... Nosotros vivimos en una casona bastante grande y, de momento, tenemos espacio para los tres. Pero voy a tratar de vender un trozo de la finca y usar el dinero para construir una casita para ustedes. Seguramente será pequeña y sencilla, pero suficiente. La haremos al lado de la nuestra, por si necesitan algo, pero les permitirá seguir siendo independientes...

El muchacho había seguido callado. Sin embargo, sus hombros se habían relajado y su cara ya no tenía la misma expresión de violencia.

—Vas a echar de menos al mar... —dijo Isabel—. Lo sé, porque yo también lo echo de menos. No hay nada como el mar... Pero tendrás un río donde bañarte y podrás montar a caballo y si te interesa puedes ayudar a cuidar las vacas y las gallinas o trabajar en el huerto... Y diciendo esto, se dio media vuelta. Y lo dejó a solas en la playa.

Serafina, que estaba en uno de sus períodos de melancolía, se dejó llevar como si no se diera cuenta o no le importara lo que ocurría. Pero cuando ya habían llegado a la estación reclamó la mata de geranios.

—Es lo único que me queda vivo de todo lo que he plantado —dijo—. Y si no me la llevo no me va a crecer nada más.

Isabel pensó enviar a Tomás, pero tuvo miedo de que no regresara. Así que lo dejó con Genoveva, cuidando a Serafina, a las niñas y a las maletas, y se marchó ella, con paso decidido, hasta la casa.

¡Cuántos recuerdos le traía aquel camino! Cuando se vio en la casa vacía se echó a llorar. Ya había enterrado a su padre y ahora estaba enterrando también una buena parte de su adolescencia.

La mata, sembrada en una lata cuadrada de manteca, pesaba muchísimo más de lo que imaginaba. Y estaba arrepintiéndose de su decisión de venir a buscarla por sí misma, cuando llegó Tomás.

—Déjame cargarla a mí —le dijo—. No te preocupes por las niñas. Genoveva las está cuidando. Y a Serafina la está acompañando Julio. ¡Que sirva para algo alguna vez!

Isabel sonrió. No estaba segura si Tomás había venido por ayudarla o por liberarse de la presencia de Julio. Pero no le importaba. Se alegraba de que estuviera allí. Y no sólo porque le resolvería el problema de cargar con el geranio.

Se dio cuenta que se refería a su madre llamándola Serafina. Y recordó que ella había hecho eso también por algún tiempo. "¿Qué edad hay que tener para sentirse cómodo diciendo mamá?", se preguntó. Pero no era momento de cavilaciones si querían alcanzar el tren.

Lorenzo recibió a los nuevos huéspedes con la misma serenidad con que había ido viendo llenarse los cuartos de la casona. Pero la idea de fabricar una casa lo llenó de inquietud:

—¿De dónde vamos a sacar el dinero? —le preguntó—. ¿No te das cuenta que tenemos más deudas que ahorros?

—Creo que tengo una solución —le respondió Isabel entusiasmada—. ¿Recuerdas al andaluz que me estuvo pidiendo que le dejara sacar barro de la barranca del río? Le podemos proponer arrendarle un pedazo de tierra para que instale su tejar. Y dejarle que nos pague con ladrillos y tejas y mano de obra. Sé que un par de sus hijos son albañiles.

Y así, en esa época de vacas flacas, cuando el dinero valía muy poco y nadie tenía mucho tampoco, Isabel arrendó un trozo de la finca a cambio de la fabricación de una casita que albergara la ceguera de su madre y fuera hogar para Tomás, amparados bajo los recios brazos de Genoveva.

ꙮ **XXXII** ꙮ

La madreselva olorosa
cogió con sus manos ella,
y una madama graciosa,
y un jazmín como una estrella.

JOSÉ MARTÍ. *Versos sencillos*, IV

Lorenzo aprovechó la oportunidad para llevar a los alumnos a ver cómo se extraía el barro rojo y se trabajaba en la pisa, donde un caballo hacía girar la viga que sostenía una enorme rueda de hierro que al rotar aplastaba el barro contenido en el amplio pozo circular. La rueda quebraba los terrones, e iba suavizando el barro. Para impedir que se secara, los alfareros echaban continuamente cubos de agua y el barro se iba convirtiendo, poco a poco, vuelta tras vuelta de la rueda, en aquella arcilla maleable, con la que luego fabricarían tejas y ladrillos.

Los ladrillos los hacían colocando el barro sobre un molde con dos rectángulos y un mango. Una vez que el molde doble estaba bien lleno y la arcilla apisonada firmemente con una espátula, el alfarero quitaba cualquier posible exceso pasando una regla sobre la superficie.

Enseguida tomaba un hilo de hierro y lo pasaba

por debajo del molde, para separarlo de la tabla sobre el cual se asentaba. Y, con una rápida sacudida del mango, levantaba el molde y dejaba caer sobre la tabla dos ladrillos perfectos. Luego colocaba el molde en el espacio inmediato y repetía la labor. Una vez llena la tabla, los ladrillos quedarían secándose al aire por un par de días antes de ser colocados dentro del horno donde se cocerían.

La fabricación de las tejas era más delicada, puesto que al separar el molde, la arcilla húmeda tenía que tener la consistencia exacta para poder sostenerse. Y si el alfarero no había calculado bien la consistencia, el arco de la teja se quebraría, desmoronándose.

Era casi un ballet, el de aquellos hombres semidesnudos, con el cuerpo cubierto de barro, deslizándose con movimientos precisos sobre las alpargatas raídas: cogiendo una paleta de arcilla, apisonándola para darle forma, pasando el hilo de acero, sacudiendo el molde, con ritmo imperceptible primero, súbito luego, y levantándolo, casi con aire de prestidigitador, dejando sobre las hileras de tablas, ya dos nuevos ladrillos, ya una teja, precariamente sostenida en sus dos bordes húmedos.

A María Fernanda el viejo alfarero le había contado un día que en la época de su juventud las tejas se moldeaban sobre el muslo del alfarero. Y ella había soñado una noche que se veía cubierta de arcilla y que cuando se desprendía de la arcilla con un movimiento rápido, como el de los alfareros al separar las tejas, la figura de arcilla con la forma de su cuerpo se había convertido en una chica y las dos se habían fundido en un abrazo que había durado toda la noche.

Al venir a despertarla en la mañana, sorprendida de que no estuviera en pie, pues era siempre la primera en levantarse, Isabel la había encontrado abrazada a la almohada, que se le perdía entre las piernas y con una sonrisa tal que optó por dejarla dormir aunque perdiera las clases de la mañana.

En los otros alumnos, las repetidas visitas al tejar sirvieron para despertar el interés por la cerámica. ¿Desde cuándo se usa la arcilla? ¿Con qué fines? ¿Quiénes fueron los primeros en trabajarla? ¿Cómo se diferencian los distintos tipos de cerámica? ¿Qué semejanzas y diferencias se aprecian en la cerámica de los pueblos primitivos? ¿Qué papel tuvo en la arquitectura española? ¿En la hispanoamericana?

Parecía que no habría fin al número de preguntas que pudieran formularse sobre un tema cualquiera, cuando el maestro reconocía y fomentaba la capacidad inquisitiva de los estudiantes. Y el estudio de las ánforas griegas llevaría a la lectura y comentario de los poemas homéricos. Y la discusión sobre las cerámicas autóctonas americanas, a estudiar el imperio incaico y las culturas mesoamericanas.

Isabel se entusiasmaba con la idea de un currículum orgánico en el que todos los temas se interrelacionaran. Buscaba ávidamente las ideas de Martí sobre la educación. Hubiera querido, siguiendo

lado de la casa. No veo que lo usen para nada. Creo que podría cultivar algunas flores y venderlas en el mercado.

Isabel asintió con agrado y alivio. La persona más difícil de su rebaño parecía haber encontrado su propio camino.

Era bueno no tener que preocuparse de Tomás, porque, en cambio, estaba seriamente inquieta por Caridad. Después de aprender a leer y a escribir nada podía mantenerla alejada de los libros. Y muy pronto había aventajado a todos los demás alumnos. Pero últimamente estaba siempre de mal humor. Descuidaba totalmente al hijo e Isabel había tenido que hacerse cargo de él, porque su madre no se ocupaba de bañarlo ni de que se cambiara de ropa. Y todo intento de hablar con ella había sido en vano.

Isabel sospechaba que resentía la venida de Serafina y Genoveva, aunque Serafina vivía aislada en sus recuerdos, de los que sólo la sacaban la presencia de los nietos, que cada vez pasaban más tiempo a su lado, y Genoveva, después de observarla detenidamente y de captar en un instante el parecido que a Isabel tanto le había costado descubrir, la había tratado con la misma naturaleza afectiva con que trataba a su sobrina y a sus sobrinos-nietos. Tomás parecía ser una de las pocas personas con quien Caridad se comunicaba bien. E Isabel no sabía qué pensar.

Una noche se lo planteó a Lorenzo:

—¿Cómo te sentirías tú en su lugar? —respondió él, mirándola tiernamente.

—No sé —contestó Isabel—, tratar de ponerme en el lugar de otro me parece una negación de su unicidad.

Lorenzo sonrió; estaba acostumbrado a las respuestas filosóficas de su mujer a las situaciones más concretas:

—Respetando la unicidad de Caridad, puedes pensar, entonces, ¿cómo se sentirá ella, con respecto, por ejemplo, a su madre? ¿Será posible que le duela no poder hacer por su madre lo que tú por la tuya...?

—Hace tiempo que no pensaba en Eustaquia... —murmuró ella y se quedó pensativa.

Isabel había dejado de ir a visitar a Ana. Después de la muerte de don Fernando, le parecía que no había lazo alguno que las uniera. Y desde que había traído a Serafina a vivir consigo, prefería no pensar en la existencia de Ana. Sabía que Porfirio y Eustaquia seguían en la casa de Ana y recordaba haber oído que Domitila se había ido a servir a La Habana en casa de uno de los sobrinos de Ana, pero lo cierto es que no se había detenido a pensar qué sentiría Caridad acerca de todo ello.

Al día siguiente, apenas terminaron las clases, la buscó:

—Tenemos que hablar.

—¿De qué? —El tono desafiante de Caridad le era desconocido a Isabel.

—De tu futuro... —empezó a decir Isabel, pero en ese momento llegó María Fernanda corriendo con un telegrama en la mano.

Isabel lo desgarró. No llegaban con frecuencia telegramas a Las Delicias. Y si bien podía tratarse de que el padre de algún interno venía de visita y había que ir a recibirlo a la estación, el sobre amarillo le había causado un sobresalto de presagio. Al leer las breves líneas, lanzó un grito profundo.

María Fernanda corrió a buscar a Genoveva. Había aprendido muy pronto, al igual que sus hermanos, que Genoveva mantenía siempre la cabeza y que era la mejor persona a quien presentar un problema.

Genoveva llegó secándose las manos en el delantal y encontró a Isabel sola, llorando apoyada contra la pared. El telegrama había caído al suelo. Y Genoveva lo leyó trabajosamente. Julio les comunicaba que Gloria había muerto de parto.

Isabel se repuso con la misma fuerza con que se había entregado al dolor. Abrazó a María Fernanda y le pidió que no se preocupara, y le encargó, por distraerla, que fuera a buscar a María Cristina y que prepararan juntas para la comida una fuente de guacamole, la ensalada de aguacate y piña que tanto les gustaba. Insistió en que Genoveva fuera a acompañar a Serafina, y le pidió que no le dijera nada todavía hasta que llegara Lorenzo y pudieran decírselo entre todos. Llamó a Tomás y le pidió que le llevara a Lorenzo, a la redacción del periódico, un mensaje que escribió a toda prisa en el respaldo del telegrama. Y se dispuso a la triste tarea de comunicarles a sus dos sobrinas que su madre había muerto.

Serafina tomó la noticia con una calma que

impresionó a todos. Se encerró en su cuarto por un momento, pero salió enseguida tras haberse cambiado de ropa y se sentó de nuevo en su balance junto a la ventana, donde pasaba la mayor parte del día, diciendo:

—Ya estoy lista para ir a la estación cuando quieran.

Las dos hijas de Gloria no querían separarse de Genoveva. Isabel no se sentía capaz de llevarse a sus cinco hijos en el tren, además de la madre ciega y dos sobrinas desconsoladas.

En cualquier otro momento hubiera dejado a los niños confiadamente a Caridad, pero esta vez tomó la decisión de recurrir a Bernarda.

La encontró como siempre, pegada a la máquina de coser que habían comprado con la venta del ternero y en la que no había dejado de coser un solo día. Se sorprendió al ver cuánto habían crecido los chiquillos. Aunque le había ofrecido a Bernarda educarlos en el colegio, ella se había negado.

—Lo má' importante que tienen que aprendé' e' cómo son la demá' persona. Pa' que ningún sinvergüenza por ahí lo' coja é' bobo. Tambié' tienen que aprendé' cómo son lo' otro' pa' decidí' cómo van a ser ello'. En su e'cuela se van a llevá' una idea muy 'quivocá de cómo son la' cosa. Se lo agrade'co mucho. Pero entodavía no. Ma' padelante, cuando ya sean má' grande y cuando ya hayan aprendió' la realiá', entonces, entonces sí, pa' que sepan apreciá' la diferencia...

E Isabel no se había sentido capaz de discutir esta

filosofía, sobre todo cuando había comprobado que la parejita iba cada día puntualmente a la escuela pública.

"Deben ser los alumnos más pulcros y más cuidados de la escuela", pensaba cuando los veía pasar, con los uniformes prolijamente almidonados y planchados, puntualmente cada mañana.

Ahora, viéndolos de cerca la impresionó no sólo cuánto habían crecido sino los buenos modales con que la recibían, atentos y respetuosos a la vez.

—Necesito pedirte un favor —le dijo a Bernarda, pasándose la mano por los ojos, para espantar una lágrima rebelde.

—Cualquie' cosa, ya sabe que cualquié' cosa que pue'a hacer por usté la haré enseguida, pero, ¿qué le pasa?

—Necesito que me cuides la casa y a los muchachos por unos días. Voy al entierro de mi hermana.

La mujerota se puso de pie, apartando la silla de la máquina de coser. Y tomó a Isabel en los brazos.

—Mi má' sentí'o pésame —le dijo. Y añadió—: Váyase, sin problema... Yo le cuidaré lo' muchacho', y me ocuparé de tooo... de tooo...

—Vigílame bien a Lorencito, ¡es demasiado travieso!

—No se preocupe, no se preocupe... Vaya con Dió'.

～ **XXXIII** ～

Yo no puedo olvidar nunca
la mañanita de otoño
en que le salió un retoño
a la pobre rama trunca.

JOSÉ MARTÍ. *Versos sencillos*, XIV

Una hora más tarde subían al tren para Nuevitas, Lorenzo e Isabel, sosteniendo a Serafina, y Genoveva con las dos hijas de Gloria abrazadas a ella. Tomás las acompañó hasta la estación, pero allí le dijo a Isabel:

—Más vale que me quede, por si hago falta...

—¿Estás seguro? —preguntó Isabel—. Es nuestra hermana...

—Nada puedo hacer por ella ya... —dijo él—. Más vale que esté aquí, por si los muchachos los extrañan a ustedes... Y se dio media vuelta.

Para Isabel el viaje fue una tortura. Le parecía que las ruedas del tren repetían: Sal-va-tie-rra, Sal-va-tie-rra, Sal-va-tie-rra y recordaba el viaje a La Habana cuando habían ido todas al colegio de Madame Durand. Si cerraba los ojos se le aparecía el rostro de la Gloria de entonces. Dulce, aterrada ante la mirada de cualquier extraño; la recordaba en el portal de la casa nuevitera, en los días de su noviazgo, aferrada al aro de bordar como si en lugar de sostenerlo ella en las manos, fuera el aro quien la sostuviera a ella. Pero no lograba conjurar el rostro de la hermana casada, madre de seis hijos, su hermana de la última visita a Nuevitas. Recordaba, sí, su figura durante la última despedida, delgada hasta el extremo, con un vientre redondo, pequeño, que parecía enorme proyectado desde la extrema delgadez, pero por más que quería recordar su rostro se le desvanecía.

Se sentía directamente culpable de la muerte de Gloria. Sabía que su hermana había sentido terror, repulsión casi frente a los hombres, y que si ella no le hubiera dado ánimos, si no la hubiera guiado a la seguridad del aro de bordar, jamás hubiera soportado su noviazgo con Julio.

¿Por qué había creído ella, Isabel, que era importante que Gloria se casara? ¿Porque Julio parecía un hombre fiel; tan opuesto en su sencillez y timidez a don Fernando que eso le parecía una promesa de fidelidad? ¿Habría querido vengarse de don Fernando mostrándole que había otro tipo de hombres, capaces de ser constantes y fieles?

Claro que había otros niveles de inmediatez práctica. En casa de Serafina apenas había para irlas pasando de día en día. Y su padre, dispuesto a enviarlas a una escuela de niñas ricas y de alojarlas en su casa, no estaba en cambio dispuesto a mantenerlas en Nuevitas.

Un matrimonio había parecido entonces una forma de independencia, pero, ¿lo era? ¿Había sido más feliz Gloria junto a Julio que lo hubiera sido en la casa de Ana? Y... ¿no había otros destinos para las mujeres?

"Allí está Genoveva que no se ha casado nunca...", se decía, pero inmediatamente se respondía: "Sí, para ser madre de los hijos de la hermana". Tampoco Genoveva había tenido mucha libertad.

Y ella, Isabel, que se había negado al matrimonio con tanta seguridad. Ella se sentía feliz junto a Lorenzo, que la entendía y que la respetaba tanto. Un respeto que no estaba basado ni en la edad, ni en la posición social, sino en el valor interior de la persona. Lorenzo veía y respetaba el espíritu. Pero Lorenzo era un hombre poco común, un ser excepcional. ¿Serían sus hijas, sus sobrinas, capaces de encontrar hombres así?

Los cañaverales que se prolongaban hasta el horizonte a ambos lados de las vías del tren le herían los ojos enrojecidos. Esa repetida intransigencia, de tallos idénticos, a la misma altura, a la misma distancia unos de otros, que había suplantado la riqueza diversa del bosque, la irritaba, porque la hacía sentir que ella había sido cómplice de facilitar el conformismo en sus hermanas. Ella que era como la ocasional palma real, rompiendo de tanto en vez la monotonía de los cañaverales, tenía que haber alertado a sus hermanas, haberles propuesto distintos futuros.

Pero si nada había podido hacer por sus

hermanas, hablaría con sus hijas y sus sobrinas. Les diría que no hay que casarse, a menos que se esté muy segura de que eso es lo que se quiere. Que hay que prepararse. Y ser libres primero, y luego, entonces, sólo desde la libertad, si de veras vale la pena...

"Nada puedo hacer ya por Gloria", le decía al cielo, a las nubes que acicateadas por un viento de tormenta parecían seguir al tren, "pero algo haré por sus hijas y por las mías...".

Y porque era tan difícil aceptar la realidad de que su hermana, menor que ella, alguien a quien había querido desde el primer día de su vida, hubiera dejado de vivir, seguía buscando refugio en los pensamientos de lo que podría hacer. Y se preguntaba:

"Y si les asusta la soledad... ¿no le sería posible a una mujer encontrar la dicha en otra mujer? ¿En otro espíritu sensible y afín, capaz de la ternura y la solidaridad, capaz de entender las sutilezas del amor? Aunque para ser felices no podrían unirse tampoco por miedo a la soledad, sino por el convencimiento de que preferían la armonía y el enriquecimiento que pueden crear dos seres dispuestos a darse a fondo a la vida en común. ¿Podría sentir una mujer por otra el apasionamiento de esas noches febriles que ella había disfrutado con Lorenzo? ¿No era necesario para el amor la atracción de lo distinto, de lo complementario?".

Al preguntárselo se le venían a la mente distintas imágenes: el brillo de los ojos de Madame Durand al recibir a la amiga francesa con quien pasaba siempre los sábados; los cuchicheos de un par de las alumnas del internado que siempre parecían saber lo que la otra estaba pensando, algo que la había impresionado, pero que había achacado a que eran las dos del mismo pueblo... y por último veía la sonrisa de su María Fernanda, abrazada dormida a la almohada, como enamorada de sí misma. ¿Sería el amor a lo cercano, a lo esencialmente igual, quizá, incluso más poderoso? ¿Es que acaso su propio amor por Lorenzo no se basaba en las profundas identidades al nivel del alma?

De nuevo se le llenaban los ojos de lágrimas pensando en Gloria, en los que hubieran podido ser sus últimos momentos. E incapaz de asumir esas imágenes, dejaba que la mente se le inundara de nuevo de preguntas:

¿No hubiera sido Gloria más feliz en compañía de alguien tan sensible como ella? ¿Y Elena, atada a un hombre cruel, no merecía compartir la vida con alguien que entendiera su necesidad de amor? ¿Y no hubiera sido más fácil si ese ser era otra mujer? Ah... pero, ¿y los hijos? ¿No eran los hijos la razón de ser de la vida de esas dos hermanas?

Y, ¿para tener hijos, había que vivir sometida a un hombre déspota para toda la vida, como Elena; había que perder la vida, como Gloria?

Y, ¿qué de las mujeres que terminaban con hijos, sin el apoyo de ningún marido, como Caridad, como Bernarda? ¿No eran ésas las verdaderas mujeres fuertes?

Los postes de telégrafos pasaban a lo largo de la vía, firmes, enhiestos, y a Isabel se le antojaban las mujeres de su vida: Serafina, Genoveva, Madame Durand, ancladas firmes en la tierra, pero apuntando al cielo. No conseguía mantener ningún pensamiento, como sus ojos no lograban retener el paisaje que fugaba veloz al paso de los vagones traqueteantes. No lograba entender tampoco por qué sentía tanta ansiedad por llegar. "Si nada va a resolverse, si no hay nada que hacer... " Pero el corazón le latía exageradamente exigiéndole llegar... llegar...

Lo primero que vio al arribar el tren a la estación fue a Diego esperándolos en el andén. Le sorprendió muchísimo, puesto que no habían avisado que venían.

—Se imaginó que llegaríamos en el primer tren, es natural —le dijo Lorenzo al advertir que ella estaba sorprendida de ver a su cuñado allí.

Isabel se alegró de que todavía quedaran en el mundo personas capaces de razonar lógicamente, cuando ella sentía que toda lógica había desaparecido con la muerte de su hermana, su hermana dos años menor que ella, su hermana en plena vida, su hermana madre de seis hijos ¿o de siete? No sabía si el niño había sobrevivido o no. Diego los dirigió a dos coches de alquiler que tenía reservados para ellos. Y aclaró:

—Me quedo. Voy a esperar el tren que viene de Oriente. Posiblemente vengan Sara y Fernando.

—Sólo en los entierros nos vemos —musitó Isabel.

Lorenzo le apretó el brazo:

—Eso podríamos cambiarlo, chiquilla.

El diminutivo cariñoso la enterneció más todavía. Estaban solos en el coche, porque las dos niñas habían ido con Serafina y Genoveva. E Isabel reclinó la cabeza en el pecho de Lorenzo y dio rienda suelta a su llanto.

El regreso a Camagüey lo harían también ellos dos solos. Tal como había previsto Diego, Fernandito y Sara llegaron juntos. María Eugenia, la mujer de Fernandito, estaba nuevamente encinta. Y José Luis se había quedado para supervisar la finca y para acompañarla.

Serafina y Genoveva quisieron quedarse unos días después del entierro. El viudo estaba destruido, se le veía alelado y sin capacidad de hacer frente a nada. Y alguien tenía que cuidar de los niños y encauzar la situación.

Esperanza había heredado la ceguera de Serafina, pero no su paciencia ni su serenidad. Al verla tan irascible siempre, Isabel se lamentaba de que no hubiera tenido hijos, pensando que la maternidad quizá la hubiera dulcificado, y se preguntaba cómo se sentiría Diego, tan tierno con los niños, de no haber llegado a ser padre, aunque pensaba que tenía las manos llenas ocupándose de su mujer.

Por eso, cuando supo que Diego y Esperanza habían decidido quedarse con los dos varoncitos de Gloria, se alegró de pensar que tendrían a Diego de padre.

Al recién nacido, que sí había sobrevivido a la

madre, lo había adoptado Sara.

Todos esperaban que Isabel conservara a las dos niñas que estaban en el internado y se llevara a las otras dos más pequeñas. Pero el padre reclamó:

—¿Por qué no me dejan a las niñas un tiempo? Hasta que me acostumbre. Por fin me ha llegado el traslado. Para dentro de tres meses. Y nos mudaremos a la casa de La Vigía. Lo que soñaba la pobre... —y rompió a llorar.

Fernandito había tomado tres habitaciones en el Hotel Nuevitas. En una se alojaron Isabel y Lorenzo; en la segunda Sara, con el recién nacido, y en la tercera, él.

Genoveva y Serafina se quedaron en la casa de Gloria y Julio.

En medio del dolor, había habido un momento de alegría para Serafina. Cuando Fernandito vio a su madre, la había abrazado por largo rato. Luego se pasó todo el tiempo del velorio junto a ella. Aunque Isabel no estaba segura de si esa actitud representaba más una búsqueda de refugio que una oferta de protección, se alegraba por Serafina que, al perder a una hija, había recuperado a un hijo.

Sara, aunque apenada por las sobrinas y por la madre, no dejaba de sentir que la muerte de la hermana le había dejado una herencia preciosa.

Esa noche en el hotel, Fernandito, viéndola darle el biberón al niño, que se apoyaba contento contra el pecho mullido, le dijo:

—Bueno, Sara, ya ves como, a pesar de todo, al fin tenemos un hijo, tú y yo.

—Pobrecita Gloria... —respondió ella—. Ha sido generosa hasta al morir. Y lloraba de pena por la hermana y sonreía de alegría por el hijo.

✍ **XXXV** ✍

Yo sé de un gamo aterrado
que vuelve al redil, y expira,
y de un corazón cansado
que muere oscuro y sin ira.

JOSÉ MARTÍ. *Versos sencillos*, II

Para Isabel, la desaparición de Caridad fue más difícil de aceptar todavía que el fallecimiento de Gloria.

Así como la muerte de su padre la había sentido como la derrota de los ideales de justicia propuestos para la lucha en la manigua, ahora veía en la fuga de Caridad una acusación de que la equidad no sólo no había sido alcanzada, sino que no se vislumbraba tampoco en el futuro. Y se llenó de desesperanza.

El país se debatía de calamidad en calamidad. El desempleo y el hambre, que eran su consecuencia directa, aumentaban día a día. Pero toda posible crítica era censurada y el miedo al planazo del machete era suficiente para mantener en silencio la crítica.

Se celebraban actos patrióticos carentes de verdadero sentido. A la figura preclara de Martí la habían convertido en un ser blando, en el cual la dulzura borraba la naturaleza combatiente. Y el recuerdo de Maceo sólo servía para dar nombre a clubes sociales nacidos, porque la separación basada en el color de la piel que su titánico sacrificio debió haber borrado para siempre seguía perpetuándose.

Isabelno lograba dormir tranquila, se despertaba a media noche preguntándose: "¿y qué entienden los míos de la situación que viven?"

Serafina, en sus tinieblas pacientes, Serafina que había esperado en la manigua, que había consolado a un mambí, y le había dado hijos, y había curado sus heridas. Serafina que había cosido escarapelas y les había enseñado a cantar *La Bayamesa* y el Himno de Perucho Figueredo y que siempre había tenido una bandera cubana a la cabecera de su cama. Pero que también había abierto los brazos —y las piernas, demonio, y las piernas, e Isabel oía que la voz del padre le machacaba los oídos— a un ex soldado español; quizá a uno de los que habían disparado contra su marido, porque era un hombre y estaba solo y tísico y ella era una mujer y estaba sola y casi ciega.

Y Tomás, ¿qué sería para Tomás la patria? Hijo de español, nacido en Nuevitas. ¿Acunado también por *La Bayamesa?* Eso no lo sabía Isabel. ¿Le habría su madre enseñado de pequeño a amar la bandera, como la enseñó a ella? ¿Le habría hablado Genoveva de la manigua, de los mambises? ¿Qué sabía de su padre? ¿Qué sentía por ese hombre que apenas había conocido?

¿Y qué era patria para Calixto mientras ordeñaba las vacas? ¿O para Emilio, cultivando un pedazo de tierra de otro, Emilio a quien habían echado al camino con su familia? ¿Se sentiría en la patria ahora, sabiendo que ella no lo echaría de Las Delicias? Pero, ¿qué garantía era eso? Y los niños de Emilio, ¿sabrían ellos cantar *La Bayamesa?* Y aun si cantaban el Himno Nacional, ¿qué les diría?

Y para los otros como ellos, que todavía vivían en el campo, con el vientre hinchado de lombrices, ¿quiénes eran para ellos Martí o Maceo?

Al pensar en Maceo se le revolvía el dolor por Caridad. Desde que se había ido, había puesto a dormir a Juan Francisco, el hijo que Caridad le dejara, en el mismo cuarto que Lorencito. Y hasta se había empeñado en vestirlos iguales.

Como Juan Francisco era más bien menudo para su edad y Lorencito, en cambio, parecía haber crecido por dos, por sí mismo y por el mellizo muerto, los dos hubieran podido parecer gemelos, si no fuera porque el mismo parecido físico —nadie hubiera podido ignorar el Salvatierra en Juan Francisco— acentuaba aún más la diferencia de color. Lorencito tenía la forma de ojos de su madre, pero azules como el padre, de quien había heredado unos cabellos casi blancos de tan rubios. En cambio, en Juan Francisco los ojos Salvatierra eran oscuros. Y mientras las facciones eran casi idénticas a las de Lorencito, y el pelo apenas rizado, la tez era aún más oscura que la de Caridad.

La desaparición de Caridad tuvo otras

consecuencias. Una fue la escuela nocturna.

Una noche, Isabel se despertó sobresaltada después de haber soñado con Caridad dándole el pecho a Patria.

Se levantó y fue a la cama de su hija. La luna se filtraba por las altas ventanas e iluminaba la cara dormida que todavía conservaba un candor infantil. Isabel sintió como otras veces que por primera vez comprendía algo que había tenido cerca y no había sabido ver. Se sintió invadida por una ola inmensa de ternura. Hubiera querido dar la vida por su hija, conservarla siempre niña, rodearla de inocencia, asegurarle días de mariposas y arco iris, hacer que se cargaran de fruta los marañones, que florecieran los naranjos, que nada pudiera tocarla nunca y en esa ola de emoción sentía que las lágrimas que le bañaban el rostro regaban los surcos de los campos, sanaban las heridas de los enfermos hacinados en los hospitales, llenaban de monedas las manos de los pordioseros, que alegres tiraban sus harapos y se marchaban cantando.

Se pasó un largo rato de rodillas junto a Patria, hasta que Lorenzo vino en su búsqueda, la levantó tiernamente y se la llevó a la cama.

A la mañana siguiente, Isabel estaba en pie al amanecer. Despertó a Patria con un beso y se fueron las dos al centro de la ciudad.

Isabel fue tocando puertas en las mejores casas. Y a las sirvientas sorprendidas que le abrían todavía con ojos de sueño les fue diciendo:

—¿Qué haces aquí, cuidando los hijos de otra

mujer? ¿Lavando la ropa de otra gente? ¿Limpiando pisos? Tienes que estudiar, que prepararte. Ven a mi escuela. Esta noche. Te voy a enseñar a leer y a escribir. No te costará nada. Verás qué gusto da aprender y superarse.

Y esa noche, un puñado de mujeres apareció en Las Delicias adoptando posturas de escepticismo algunas, temerosas las más, pero aferradas todas a alguna esperanza.

Para Isabel ésta resultó la causa que siempre había buscado. Encontró mayor satisfacción en descubrirles a estas mentes ávidas la riqueza del saber, que la que había recibido al producir la revista de papel satinado y orlas modernistas que había empezado a dejar en manos de Lorenzo desde el nacimiento de Lorencito, porque no le quedaba demasiado tiempo para sus propios hijos.

Esta satisfacción era incluso mayor que la de enseñar a los niños, cuya curiosidad disfrutaba tanto. Porque en el caso de estas mujeres había más que curiosidad, había casi una necesidad de aprender y en ellas el aprender significaba transformación.

Una vez que aprendían a leer, a trazar trabajosamente las letras, con manos acostumbradas a manejar el plumero y la escoba y no la pluma, pero que luego se volvían ágiles y empezaban a hacer trazos hábiles y seguros, las mujeres empezaban a querer saber más y a vislumbrar otros modos de vida.

El único camino posible que se abría ante ellas era

conseguir el certificado de octavo grado. Para algunas, esto parecía un objetivo demasiado lejano y desistían. Pero otras, las más decididas, se empeñaban en seguir. Y sus mentes adultas, acicateadas por la posibilidad de una vida distinta, antes ni siquiera soñada, las llevaba a dominar sumas y restas, multiplicaciones y divisiones, accidentes geográficos de las muy accidentadas costas cubanas y datos anatómicos.

Isabel disfrutaba enseñándoles, sobre todo historia. Al recontar las hazañas mambisas, al leer con ellas páginas de Martí, o repetirles un discurso de Juan Gualberto Gómez, o releer juntas la Constitución de Guáimaro, sentía que todo aquello había tenido una razón de ser. La tenía directamente en estas mujeres, que, inspiradas en los mismos ideales, ahora buscaban su propia liberación.

Empezaban cada clase copiando y analizando un pensamiento. Félix Varela, José de la Luz y Caballero, Martí les ofrecían palabras que ponderar y retener.

Más de una discípula le confesaba, con más o menos las mismas palabras:

—A lo largo del día, cuando se hace tan penoso y tan duro andar siempre limpiando lo que otro ensucia, o recibir malos tratos y desdenes, me sostengo repitiéndome a mí misma... y cada una citaba alguno de los pensamientos aprendidos.

Isabel sentía a veces un estremecimiento, porque aquellas palabras de librepensadores eran tratadas casi como oraciones o jaculatorias. Pero no, se tranquilizaba, porque la oración lo deja todo al cuidado de otros, a la respuesta de la providencia, y estos pensamientos si bien usados como apoyo interior en esa forma, eran a la vez en sí mismos acicate intelectual y modelo de acción.

A la escuela le dio el nombre de *Esperanza y Caridad*, queriendo reconocer, aun si sólo ella lo entendía, la profunda importancia que Caridad había tenido para ella. Porque este deseo de ayudar a otras mujeres que se había ido gestando a lo largo de su vida, al que había contribuido sin saberlo Ermelinda, había recibido un profundo acicate con la denuncia que representaba la fuga de Caridad. Pero sobre todo porque quería reconocer su cariño hacia ella.

Tomás, a quien no había logrado atraer a las clases diarias, se había vuelto asiduo escucha de las clases nocturnas. Se paraba en el portal, apoyándose en los balaustres de la ventana, y desde allí no perdía palabra de lo que ocurría en la clase. Pronto otros tres o cuatro mocetones lo acompañaban. Isabel pensó invitarlos a entrar, pero luego recapacitó y pensó que posiblemente todos estarían menos inhibidos con este arreglo casual.

Le satisfacía saber que venían por la clase y no sólo por la compañía de las muchachas. Puesto que de haber sido así les hubiera bastado con llegar apenas unos minutos antes de la hora de salida, en lugar de apenas comenzada la clase. Que luego acompañaran a una u otra era sólo natural. Y cuando comprobó que la elección de Tomás había caído sobre Marta, una de las más responsables del grupo, se sintió doblemente complacida.

Y así, absorta en los hijos, ahora aumentados con Juan Francisco, en el internado y las clases diarias y en la honda satisfacción de las clases nocturnas, se fue reconciliando con la muerte de Gloria y la fuga de Caridad. Y cuando ocurrió la muerte que más hubiera podido sacudirla, porque Genoveva amaneció muerta en su cama una mañana, la aceptó con una calma extraordinaria.

El país estaba convulso de nuevo. Machado había conseguido una reelección que en realidad no era sino el inicio de una dictadura. Y el pueblo se rebelaba.

Isabel no podía pensar sino que para Genoveva era demasiado dolor ver traicionados una vez más los ideales. Y como ya Marta y Tomás llevaban unos meses de casados y atendían a Serafina con muchísimo cariño, Isabel sabía que sólo así había podido morirse Genoveva, con la seguridad de que otros brazos más jóvenes continuarían su labor de cuidado.

A Isabel, Genoveva no parecía faltarle. Al contrario, la sentía más presente que antes. Y empezó a consultarle todas sus decisiones, cosa que en vida había dejado de hacer hacía mucho tiempo.

—Debo haber llegado a la madurez—le dijo a Lorenzo una noche, mientras paseaban junto al río.

Les había dado por hacer paseos de enamorados, por el jardín, donde Lorenzo arrancaba azucenas o gajos de azahares que le prendía en el pelo o, si había luna, a lo largo del río.

—Hermosa madurez —respondió él, besándole la nuca.

—Es que ya nada me espanta —suspiró ella.

—Shhh... —advirtió él—. No tientes a la suerte.

Ella se echó a reír, porque la respuesta era muy poco característica del espíritu racionalista de Lorenzo. Pero habría de recordar para siempre aquel paseo a la orilla del río y sus palabras.

❧ **XXXVI** ❧

Mi verso es como un puñal,
que por el puño echa flor:
Mi verso es un surtidor
que da un agua de coral.

JOSÉ MARTÍ. *Versos sencillos*, V

A la noche siguiente, Lorenzo no regresó del periódico. Isabel lo había esperado un rato, pero, por fin, se había quedado dormida sobre el libro que estaba leyendo.

Al amanecer la despertaron aldabonazos urgentes. Y bajó ella misma a abrir.

En la puerta había un hombre desconocido. Ella le indicó que pasara y él aceptó, aunque no quiso sentarse.

—Usted no me conoce, señora. Y mi nombre no tiene importancia. Pero anoche presencié cómo se llevaban a su esposo, y vine a decírselo, por si no lo sabe.

—¿Que se lo llevaban? ¿Adónde? ¿Quiénes?

—Adonde... no sé, señora. Los que se lo llevaban eran varios soldados y un sargento. Lo emboscaron a la salida del periódico. Yo vivo cerca y vi todo por los visillos. Ellos no saben que había un testigo. Lo tiraron al suelo...

—¡Oh, no...! —ella ahogó un sollozo en la garganta y clavó los ojos en el hombre.

—Mire, señora, no quiero demorarme. Sólo quería que usted supiera que a su esposo lo golpearon brutalmente y que... en fin... usted sabrá lo que tiene que hacer... él le habrá dejado instrucciones...

Y se dispuso a irse.

Ella quedaba anonadada. Pero lo acompañó a la puerta y, antes de que pudiera marcharse, le estrechó la mano. Entonces comenzó la pesadilla.

Ningún organismo oficial reconocía tener nada que ver con el asunto. Después de visitar estaciones de policía, cuarteles y hasta el juzgado, Isabel acudió al periódico, pero el dueño había sido obviamente intimidado y los demás periodistas aceptaron la desaparición como una advertencia y ninguno podía o quería hacer nada.

Luego, Isabel acudió a la logia masónica. Por supuesto, como mujer no podía entrar al local y tuvo que reconocer que, a pesar de la gran intimidad que compartía con Lorenzo, sabía muy poco de rituales y procedimientos. Pero recordaba quiénes eran algunos de sus compañeros de la logia y, tras muchas indagaciones, consiguió averiguar a quién dirigirse.

El Gran Maestro la recibió amablemente en su casa y le recomendó tranquilidad. Le aseguró que estaban tratando de hacer todo lo posible y que ella debía mantenerse callada y esperar. Isabel no podía dar crédito a sus oídos.

—Es mi marido, el padre de mis hijos, mi compañero. Tengo que hacer por él lo que él haría por mí.

—Lo mejor que puede hacer es no hacer nada. Son tiempos volátiles. Estamos tratando con individuos inestables. Un paso en falso puede causar más daño que bien.

Pero ella se negaba a estos razonamientos.

—Voy a irme a La Habana. Y si tengo que pasarme cada día y cada noche frente a la puerta de Palacio lo voy a hacer —exclamó exasperada.

—Y no va a conseguir nada. No hay periódico que se haga eco. Ni estación de radio que comente. Créame que es mejor proceder con cautela, en lugar de exacerbar...

—Pero aquí, cruzada de brazos no me voy a quedar.

Como la viera tan decidida, el Maestro le dijo pausadamente, como para transmitirle un poco de su propia calma:

—Yo no se lo aconsejo, pero si está tan decidida a ir a La Habana, permítame darle una dirección. Vaya a buscar a esta persona, con esta tarjeta mía.

Y escribió un nombre y una dirección en el reverso de una tarjeta. Y al frente, debajo de su propio nombre, trazó una serie de signos indescifrables para Isabel.

—Explíquele todo a este hermano. Nadie podrá ayudarla mejor que él. Y por favor, proceda con prudencia.

Isabel no perdió un minuto. Empaquetó unas

cuantas cosas en una maleta y tomó el próximo tren. Mientras se alejaba de Camagüey pensaba en el día afortunado en que Bernarda tocó a su puerta pidiendo una máquina de coser. Era un alivio saber que podía dejar la casa y los muchachos en sus manos y que inclusive Serafina sentiría el bienestar de su presencia.

Cuando llegó a La Habana, preocupada por Lorenzo, obsesionada por averiguar su paradero y conseguir su libertad, Isabel apenas si observó lo que ocurría a su alrededor, pero no pudo evitar darse cuenta que La Habana había cambiado mucho desde sus tiempos en el pensionado de Madame Durand.

El cambio mayor era, por supuesto, la presencia de automóviles en sustitución de los antiguos coches. Y las guaguas y tranvías, que colmados de pasajeros, contribuían al aire de colmena laboriosa de la ciudad.

Otra cosa que había aumentado en la ciudad era el ruido. A los cláxones de las máquinas, reclamando que los peatones se movieran de las calles estrechas, se unían numerosos pregones, los gritos de mujeres que desde los balcones de los pisos superiores trataban de llamar la atención de los vendedores ambulantes, y, por sobre todo, radios a todo volumen, cuya música hacía coro al bullicio callejero.

Isabel se abría paso entre la gente. Había preferido caminar desde la casa de huéspedes, regenteada por una camagüeyana, adonde sólo se había detenido para dejar la maleta y pedir orientación para llegar a la dirección escrita en la tarjeta del Gran Maestro.

De cuando en cuando, por el hábito observador de toda una vida, levantaba la vista y se daba cuenta de cómo las fachadas de las casas señoriales daban señales de deterioro. En muchas de ellas colgaban de los balcones letreros con el nombre de establecimientos comerciales que se habían ubicado en los antiguos zaguanes y cocheras. Otros ofrecían colores al sol tropical, pero no porque tuvieran tiestos de flores sino ropas tendidas a secar en tendederos extendidos de extremo a extremo de los balcones.

Por fin, cuando ya empezaba a arrepentirse de la vehemencia que la había llevado a caminar tantas cuadras, entre tanto bullicio, llegó sudorosa y sin aliento a la dirección buscada.

Una criada la hizo pasar. Isabel le mostró la tarjeta y la muchacha le pidió que se sentara en la antesala de lo que parecía un despacho de abogado, aunque no había visto en la fachada placa alguna que anunciara que lo fuera.

Al poco rato apareció, por una puerta que daba a un pasillo lleno de macetas, un hombre de edad difícil de precisar. Tenía el pelo totalmente blanco, pero la tez no tenía arrugas y su paso era ágil y la figura, esbelta y atlética.

—Usted me dirá en qué puedo servirla. —La frase hecha parecía cobrar una vida nueva en su voz agradable y bien modulada.

Isabel le entregó la tarjeta que había conservado en la mano y que había adquirido para ella un sentido de talismán. Y como ignoraba el sentido de los símbolos, se quedó en silencio, sin saber cuánto añadir.

—El hermano que le dio esta tarjeta me pide que me ponga a su disposición —aclaró él. Y añadió—: Ya lo estoy, usted me dirá en qué puedo servirla.

Mientras se disponía a escucharla acercó el mechero encendido a la tarjeta y la depositó en el cenicero.

Isabel miró arder la tarjeta, que tan bien parecía haber cumplido su misión, suspiró e inició el relato. Explicó que su marido era un intelectual y poeta español, profesor y periodista. Que era un gran defensor de la libertad. Que por haber creído siempre en los principios republicanos, desde España, no le había sido difícil adoptar a Cuba como su segunda patria.

—Hasta hemos llamado Patria a una de nuestras hijas —añadió como si esa aclaración lo explicara todo.

—Y, ¿qué necesita su esposo? —preguntó él, cautelosamente, al ver que ella no añadía nada más.

—Es que no sé dónde está... Lo detuvieron una noche a la salida del periódico. Me han dicho que lo golpearon...

—¿El ejército o la policía? —interrumpió él, abandonando la postura cómoda e incorporándose en el asiento.

—La guardia civil...

—¡Ah, sí! El ejército... Y esto ocurrió ¿en qué día?

Isabel le dio la fecha.

—Hace diez días... —murmuró, cavilando, como

—Creo que algo he dicho, pero también tengo la impresión de que la dueña de la pensión es una mujer discreta. Y le pediré que guarde silencio sobre lo poco que le he comunicado.

—Bien, así se hace... Y ahora voy a darle un consejo. Busque una razón plausible para su presencia aquí. Me ha dicho que tienen ustedes un colegio. Diga que ha venido a buscar útiles, libros, uniformes. Que ha venido a visitar otros colegios, para ver si desea adoptar algunos de sus métodos. Y para que sus palabras resulten reales, dedíquese a esas actividades.

Como Isabel lo miraba sin acabar de entender, añadió:

—No necesita comprar nada. Pero visite establecimientos, pregunte precios y, sobre todo, anótelos. Búsquese un cuaderno y mientras más información anote meticulosamente en él, mejor.

Si tiene algunos familiares y amistades, visítelos. Le va a ser difícil responder cuando le pregunten cómo está su marido, pero dígales que está bien y que espera que se le reúna cualquiera de estos días. Es necesario que lleve bien ensayada la respuesta, para que no titubee. Piense en algunas anécdotas simpáticas sobre sus hijos que pueda contar y esté preparada para desviar la conversación hacia allí. Vamos a crear un frente de normalidad para su propia protección y para facilitar nuestros planes. No vale la pena que vuelva por aquí.

Y al ver el rostro apenado de ella, aclaró:

—Eso no quiere decir que no estaremos en

contacto. Ya le dejaré saber cualquier noticia que tengamos y dónde volveremos a encontrarnos. Una sola cosa le ruego, cuando reciba una nota mía indicándole un lugar y hora, acuda, pero destruya completamente la nota al recibirla.

—Sí, sí, lo que usted diga —se apresuró a responder ella—, pero por lo que más quiera, ayude a mi marido.

༄ **XXXVII** ༄

Oculto en mi pecho bravo
la pena que me lo hiere:
el hijo de un pueblo esclavo
vive por él, calla, y muere.

José Martí. *Versos sencillos*, I

Isabel siguió las instrucciones de Sebastián Alcázar. Visitó comerciantes en la calle Muralla, indagando por el precio de sargas y algodones para uniformes, y anotó meticulosamente los precios. Cuando agotó las telas de uniformes se dedicó a ver botones, cintas, hebillas, todo lo que podía ser parte del avío de un grupo de internos.

Luego miró telas para sábanas y manteles e incluso indagó precio de vajillas, cubiertos y orinales.

Salía en la mañana por un par de horas. Regresaba a almorzar, procurando llegar después que todos estaban a la mesa, buscaba el sitio más apartado y si había alguna mesa vacía se sentaba sola, para no entrar demasiado en conversación.

En la casa de huéspedes vivía un par de ancianas sordas. Y mientras los demás evitaban sentarse con ellas, Isabel las buscaba. Y así pasaba las horas de las comidas en silencio, sonriendo de cuando en cuando, mientras las viejitas charlaban incesantemente sin oírse, pero por la necesidad de no quedar del todo incomunicadas.

Así oyó cuentos de la guerra, que ambas ancianas habían pasado en la capital. Y las oyó describir con detalles las infames concentraciones de campesinos hechas por Weyler hacia el fin de la guerra, de las cuales ella había oído rumores en el internado, y de los cuatro años de intervención norteamericana y del júbilo con que se había izado por fin la bandera de la estrella solitaria en el Morro, que ella no había visto por estar ya para entonces en Nuevitas.

Isabel trató de imaginarse aquella escena. La multitud en las calles, congregada sobre todo en el Malecón, vestida con sus mejores galas, con escarapelas tricolores, los cañonazos de la antigua fortaleza y allí, en la altura que dominaba la bahía, por primera vez la enseña soberana, no amenazada, libre de ondear proclamando el derecho de sus hijos a esta tierra tan ambicionada y disputada por otros.

Pero la imagen le resultaba ensombrecida por fantasmas. Una de las sombras venía del Norte, porque si bien en aquel acto los Estados Unidos reconocían la independencia de Cuba soberana, ¿no quedaba todavía el apéndice de la Enmienda Platt limitando el fuero de la Constitución?, ¿y no quedaban las tierras compradas por compañías norteamericanas, los ingenios en manos yanquis? Pero lo peor es que a aquella sombra amenazante se unía otra que no venía de afuera sino de la tierra misma. La sombra de la ambición, del deseo de acumulación de riqueza y poder, insensible a las necesidades de otros, capaz de oponer hermano contra hermano, como estaba ocurriendo con la dictadura cruenta que atenazaba al país.

Lo que estaba lejos de imaginar Isabel era que en aquel mismo castillo del Morro, Lorenzo se debatía de desesperación y dolor en una celda cavada en los gruesos muros de roca. Abierta a la intemperie por el frente de oxidados barrotes, las brisas del mar lo salpicaban de salitre. El traje de dril con que lo habían arrestado, atropellado más bien, había perdido su color blanco y estaba manchado de barro, de orín, de sangre y del agua salitrosa que rezumaba de los muros, y estaba también desgarrado en más de un sitio, por los golpes de los soldados primero, por el roce contra las piedras ásperas después, causado cada vez que Lorenzo trataba de encontrar mejor acomodo para su cuerpo en esta celda donde apenas podía estar de pie o agachado.

Había tratado de hacer uso de todas sus reservas mentales y espirituales para resistir el cautiverio: había tratado de perdonar a sus opresores, de remontar el espíritu, de identificarse con la naturaleza representada por el mar, cuyo oleaje oía golpear insistentemente las rocas del peñasco en el cual se alzaba la fortaleza, de recitar mentalmente a sus poetas favoritos: San Juan de la Cruz, Fray Luis de León, Jorge Manrique.

Pero era tal el dolor de sus miembros ateridos, el ardor de la piel cuarteada por el sol e irritada por el salitre, que su ánimo se hacía presa de la desesperación y los únicos versos con los que podía identificarse realmente era el clamor de Santa Teresa, aquel "que muero porque no muero", que en él no eran ansias místicas sino angustia corporal.

Entre tanto, Isabel había recibido una escueta misiva de Sebastián Alcázar, con una dirección, una fecha y una hora.

La dirección era un banco al final del Paseo del Prado, cerca de la calle de San Lázaro, frente al busto del patriota Juan Clemente Zenea. La lectura de los versos, en el zócalo del busto, la hizo estremecerse:

> *No busques volando inquieta*
> *Mi tumba oscura y secreta,*
> *Golondrina, ¿no lo ves?*
> *En la tumba del poeta*
> *No hay un sauce ni un ciprés*

Sabía que el poeta había escrito los versos en la celda de los condenados a muerte, poco antes de ser ejecutado.

Y su poeta, el poeta que la llamaba "sultana y diosa", ¿estaría también en una celda?, ¿sería posible que yaciera en una tumba secreta e ignorada? El solo pensamiento horrorizador hizo que tuviera que hacer acopio de todas sus fuerzas para no desfallecer. Demudada y temblorosa se sentó en el banco y abrió un libro, para pretender que leía, porque en realidad sus ojos llenos de lágrimas no alcanzaban a distinguir letra alguna.

No llevaba en el banco mucho rato cuando sintió

que alguien se le unía.

Isabel apenas se atrevió a mirar a la persona que se acababa de sentar a su lado, una mujer joven, extremadamente bien vestida, con el pelo recogido en un peinado alto. Isabel, que esperaba a Sebastián, se llenó de pánico. ¿Qué debía hacer? ¿Levantarse a ver si la otra también lo hacía? ¿Quedarse sentada?

La joven abrió su bolso y mientras buscaba algo dentro, dijo sin mirarla:

—Isabel...

Al oír la voz, Isabel se sobresaltó y miró por primera vez directamente a la joven:

—¡Caridad! ¡Ay, Caridad!

—No digas nada más —respondió ella—. No me puedo quedar mucho rato. Mañana por la tarde busca una máquina de alquiler y vete a la dirección que voy a darte. Lleva tu maleta y un maletín con ropa para Lorenzo. Necesitará de todo, ropa interior, calcetines, zapatos, un traje. Se embarcarán pasado mañana para Camagüey. Pero no te preocupes, ya tenemos los pasajes y las literas reservadas.

Isabel no podía creer ni a ojos ni a oídos. Lorenzo libre y Caridad encontrada al fin.

—Pero tú, dime, ¿cómo estás? Todavía no puedo creerlo, ¿podré verte?

—Mañana... me verás mañana —contestó Caridad y cerrando la cartera se levantó. Al irse, le dejó caer a Isabel en las piernas un sobre cerrado.

Isabel tardó un momento en recobrar la calma. Pero al fin abrió el sobre. Dentro había varios billetes y un papel con una dirección. Colocó el sobre y el libro dentro de su bolso y se levantó.

Necesitaba comprar ropa para Lorenzo y no estaba muy segura de cómo debía hacerlo. Le pareció que lo más prudente sería comprar cada cosa en un lugar distinto.

Esa tarde compró una camisa en una tienda. En otra, dos pares de calzoncillos y una camiseta. En una quincalla cercana a la casa de huéspedes compró dos pares de calcetines y dos pañuelos.

A la mañana siguiente, compró un par de pantalones y una guayabera. Lorenzo nunca en su vida había usado guayabera. Pero no era fácil comprarle un traje sin probarlo. Por último compró un maletín.

Ya había regresado a la casa de huéspedes después de la última compra, cuando se dio cuenta que se había olvidado de comprar un sombrero. Salir a la calle sin sombrero sería tan insólito como hacerlo sin camisa, así que se dirigió a buscarlo. Para explicar su presencia en una tienda a la que sólo entraban hombres, inventó que buscaba un sombrero para su hermano, añadiendo que su sobrinito se había sentado en el sombrero de su padre mientras éste dormía la siesta y que quería librarlo de una reprimenda. El dependiente se sonrió. Evidentemente no había creído el cuento, pero la ayudó a comprar un sombrero de pajilla con cinta negra y ella decidió que no le importaba qué conclusiones sacara, pues en última instancia no pondrían en peligro más que su honra.

Cuando llegó esa tarde, con maleta y maletín, en

una máquina de alquiler a la dirección indicada, le abrió la puerta Caridad.

—¿Y Lorenzo? —fueron las primeras palabras ansiosas de Isabel.

—Está dormido. Sedado. Pero no te alarmes, el médico que lo ha atendido los dos últimos días se quedará aquí esta noche.

—¿Los dos últimos días? ¿Quieres decir que...?

—Ven, si quieres verlo. Pero, por favor, no trates de despertarlo. El sueño es lo que más necesita...

Una vez que Isabel se hubo convencido de que Lorenzo, a pesar de lo demacrado que se veía, estaba vivo, para lo cual exigió que el médico la dejara inclinarse sobre él y comprobar que su corazón latía, Caridad se la llevó a otra habitación, diciéndole:

—Más vale que descanses tú también, todavía te esperan días difíciles.

—Pero, Caridad, cuéntame de ti. ¿Dónde has estado? ¿Qué has hecho? ¿Cómo es que estás aquí? ¿No quieres saber de tu hijo...?

—Sí, más que nada quisiera saber de mi hijo... y de Patria y de Lorencito. ¿Cómo están todos?

—Están bien, crecidísimos. Ya María Victoria tiene prometido. Y María Cristina y María Fernanda me ayudan dando las clases. Patria tan cariñosa como siempre. Es la preferida de mamá. Perdimos a Genoveva, no sé si te has enterado. Y tu Juan Francisco ha crecido... No es tan alto como Lorencito, pero Lorencito es un gigante.

Juan Francisco es muy ágil y muy bien dispuesto, servicial y alegre... todo lo que pudieras querer.

—¿Se acuerda de mí?

—Sí. Pregunta mucho por ti.

—¿Qué le has dicho?

—Que habías tenido que irte. Que estabas estudiando y preparándote para él. Y que él debe prepararse y estudiar para que algún día tú puedas estar orgullosa de él... No ha sido fácil.

Y en voz más baja añadió: —Todos te hemos extrañado.

Se abrazaron largamente en silencio. Hasta que Isabel, mirándola con fijeza preguntó:

—Y tú, Caridad, ¿qué has estado haciendo?

—Tratando de ayudar a que algún día haya en esta tierra una verdadera república, una democracia que pueda llamarse tal, un mundo sin barreras entre blancos y negros, sin pobres ni ricos, el mismo sueño de Martí y Juan Gualberto, el sueño del que tú siempre hablabas... Pero espero que pronto volveré a verlos a todos. Esto no puede durar mucho más.

Isabel la abrazó llorando.

—Ten cuidado, Caridad, por favor, cuídate mucho.

—Ahora lo importante es que logres llevar a Lorenzo a casa. Y que, por los próximos meses, no se meta en nada. Mejor que no vuelva al periódico, que se haga ver lo menos posible...

Isabel asintió, sin saber ni qué prometía, en medio de lo que todavía le parecía una pesadilla...

⤳ **XXXVIII** ⤳

Yo visitaré anhelante
los rincones donde a solas
estuvimos yo y mi amante
retozando con las olas.

José Martí. *Versos sencillos*, IV

L a pesadilla continuó por un largo tiempo hasta que Isabel ya no pudo dudar de su realidad. Lorenzo no volvió a recobrar la salud. Aunque se repuso lo suficiente para dictar algunas clases y escribir algo, su cuerpo había quedado resentido y a los cincuenta y tantos años parecía un anciano.

La mayor parte del tiempo lo pasaba encerrado en la biblioteca leyendo libros de historia, queriendo descubrir si alguna vez en el pasado de la humanidad los hombres se habían portado como hermanos, si había habido gobernantes eficaces que no fueran tiranos.

Había abandonado por completo el ajedrez. Lorencito, que había aprendido a jugarlo deseoso de ganarse así la atención de un padre que en realidad le había resultado siempre bastante distante, se sintió profundamente defraudado. Pero luego se acostumbró a unírsele en la biblioteca, cada noche, después que todos dormían.

No se hablaban. Cada uno enfrascado en un libro distinto. Lorenzo en sus tratados de historia. Lorencito en relatos de viajeros y exploradores o incluso en alguna revista que detallara las últimas hazañas automovilísticas. Tenía una pasión incontrolable por los automóviles, las máquinas, como todos las llamaban, y por los aviones.

Para Isabel, el cambio sufrido por Lorenzo era casi intolerable. En aquellos días horribles de su captura todo lo que deseaba era que, por algún milagro, conservara la vida. Y pensaba que, si alguna vez regresaba a la casa, su dicha y su gratitud no tendrían límites. Pero el Lorenzo encerrado en la biblioteca era otra persona, no quien ella conociera.

Estaba acostumbrada a solucionar todos los aspectos prácticos de la supervivencia, pero igualmente acostumbrada a recurrir a él para una mejor interpretación de los hechos que ocurrían a su alrededor, incluso para una mejor interpretación de sí misma.

Ahora, Lorenzo parecía ajeno a todo lo que pasaba en su entorno. Se negaba a leer los periódicos y a oír la radio. Y en las pocas ocasiones en que Isabel se animó a consultarle su opinión sobre algo, la había mirado con mirada tan distante y vacía que ella había quedado totalmente desconsolada.

Isabel no esperaba —al menos no de inmediato— una restauración de las fantasías nocturnas. Pero sí quería poder encontrar refugio a tantas angustias en los brazos de su marido. Pero Lorenzo se quedaba levantado casi toda la noche, leyendo en la biblioteca y sólo venía a la cama al amanecer. Mientras que ella, en cambio, tenía que seguir madrugando, pues sus obligaciones no habían disminuido.

Había terminado con el internado. El encarcelamiento de Lorenzo había ocurrido en época de vacaciones e Isabel había aprovechado la coyuntura de que todos los internos estaban en sus casas para enviar una carta, poco después de su regreso de La Habana, informando a los padres que el colegio seguiría funcionando, pero sólo como colegio diurno, sin internado.

En la escuela nocturna, en cambio, la matrícula había continuado aumentando. Pero como las clases eran gratuitas, Isabel tenía que sacar de otra parte para cubrir los gastos.

La finca le daba poco. Algunas verduras, un poco de leche. Lo más sustantivo era el inmenso gallinero que la proveía de huevos en abundancia y de pollos con cierta regularidad.

Las familias de los que trabajaban la tierra se habían multiplicado. Aunque el acuerdo era que irían "al partido", es decir, que los campesinos le darían a ella la mitad de la cosecha, Isabel se sentía en la obligación de dejarles alimentar bien a sus familias antes de repartir lo poco que quedaba.

Había acostumbrado a sus hijas a disfrutar de la misma sencillez con que ella y sus hermanas habían crecido.

—Nadie pensaría que son nietas de Salvatierra— había oído comentar más de una vez a la gente con quien se cruzaba por las calles o en las tiendas.

Y de hecho, las otras Salvatierra, las hijas de Ernesto y de Antonio y de Arsenio, eran damitas delicadas —o al menos así lo decían las crónicas sociales—, encanto de sus padres, todas pudor y buen vestir.

"¡Qué distintas las semillas que sembraste, padre!" se había dicho Isabel, reflexionando sobre las distancias que había entre Caridad, dedicada a sus afanes revolucionarios, y aquellos Salvatierra que nunca hubieran estado dispuestos a reconocerla como hermana, no sólo por las ideas, sino sobre todo por el color; entre las pobres Gloria y Esperanza, cuyas vidas habían transcurrido tan humildemente, en la pobreza, y Elena, que le había proporcionado los medios para hacerse rico a su marido, pero que vivía en la peor pobreza de falta de cariño y de respeto. Y sonreía al fin pensando en Sara, contenta en su finca, trajinando descalza entre sus calderos de dulce de guayaba. Sara, que había sido la pesadilla de Ana y lo sería de cualquiera de aquellas sobrinas, nietas de Ana, si fuera a aparecer sorpresivamente en una de sus fiestas de quince años en el Liceo o en el recién inaugurado Camagüey Tennis Club.

Pero, por supuesto, no había el menor riesgo de encuentro semejante. Las Salvatierras nueviteras, como alguien había bautizado eufemísticamente a la progenie de Serafina, para distinguirla de la que ellos querían entender como legítimos Salvatierra —sólo que, claro, lo tenían todo al revés— no sentían el menor interés en el lujo y el boato, "el parecer" acostumbraba a llamarlo Genoveva, que tan importante era para la segunda rama de los Salvatierra, quizá, quería pensar Isabel, por influencia de los Cortés y los De la Era.

Las hijas de Isabel, en cambio, se satisfacían con baños en el río, con carreras alocadas a caballo a través de la finca y sus alrededores, con paseos en bicicleta, algo terriblemente mal visto como poco femenino, e incluso, patinando por el novedoso asfalto de la carretera.

Pero, mientras Isabel podía mantener la casa a flote, orientar a los hijos, cuya sencillez de vida lo facilitaba, y continuar sus clases diurnas y nocturnas, necesitaba el diálogo que antes le brindaba Lorenzo, su acertada capacidad para acicatear su intelecto...

Y el vacío se le hizo aun mayor cuando, una noche que consiguió atraer a Lorenzo a la cama un poco más temprano que de costumbre, cuando intentó reestablecer con él uno de sus antiguos diálogos, el marido se le deshizo en llanto, refugiándose en el hombro de ella, manchándole con lágrimas el camisón bordado con que había querido halagarlo. "No sólo he perdido al hermano mayor —pensó entonces— sino que ahora tengo una criatura más." Y lo atrajo hacia sí con la misma ternura con que había acunado a sus hijos cada vez que habían sido presa de una pesadilla.

parte del polvo de la tierra, de las aguas del río, pero, luego, sabiéndose incapaz de trepar como antes a las ramas invitadoras del algarrobo, sentía nacer dentro de sí la protesta del cambio impuesto sobre el cuerpo por el pasar de los días.

Pero, es que acaso, frente a todo cuanto sentía que quería aprender todavía, había dejado de empezar a nacer. ¿Cuándo se empieza a estar más cerca de la muerte que del comienzo de la vida? ¿Es esto algo que marcan los años o la disposición de dejar de aprender, de dejar de crear?

A veces el rumor del aire entre los pinos le recordaba el corretear de pasos menudos, y no sabía qué infancia añoraba más, si la suya y la de sus hermanas, o la de sus propios hijos.

Al fin una tarde, regresando de su descanso bajo los pinos, se dijo: "Pero me queda la risa revoloteando en el alma." Y supo que no había dejado de nacer.

∞ **XL** ∞

Yo quiero salir del mundo
por la puerta natural:
en un carro de hojas verdes
a morir me han de llevar.

JOSÉ MARTÍ. *Versos sencillos*, XXIII

U nos meses más tarde, Lorenzo inició también un renacimiento mientras seguía día a día a través de la prensa y la radio las noticias sobre la República Española.

—Quizá después de todo hay un lugar donde los ideales de libertad y democracia van a cumplirse — comentó una tarde. Y volvió a aparecer por el comedor a las horas de las comidas. Y nuevamente hubo largas conversaciones de sobremesa. Isabel y María Fernanda tenían muchas veces que levantarse de la mesa antes que él, para ir a dictar las clases nocturnas, pero lo dejaban rodeado de la admiración de su hija menor, de Lorencito y de Juan Francisco

Su mujer se sentía jubilosa de haberlo recuperado, después de creerlo perdido para siempre. Porque el Lorenzo que ahora discutía los ensayos de Unamuno y las novelas de Baroja era el Lorenzo de antes, si bien no en el cuerpo quebrantado, delicado, que se doblaba por la tos, sí en el espíritu. Era un Lorenzo en quien había renacido la fe en que la democracia podía existir como camino a una vida más digna, en que el hombre puede ser hermano del hombre, en que la justicia puede prevalecer.

Las amenazas a la República, las complejidades que iban tomando lugar, que llegaban a Cuba limitadas a los partes telegráficos transcritos en los periódicos, no atentaban contra su brío. Un brío que sorprendía aún más en su cuerpo emaciado.

Cuando las dificultades empezaron a tomar carácter de conflicto, Isabel temió que se dejara ganar de nuevo por la depresión. Pero, por el contrario, él se llenó de una euforia febril. Colocó un enorme mapa de España en la sala, volvió a recuperar horas de vida más o menos normales, para poder leer los periódicos apenas salían a la calle por las mañanas. Pasaba por alto las noticias locales para concentrarse en cada palabra que aparecía sobre España.

—En España se define en estos momentos el destino de la humanidad —afirmaba.

Desde su regreso de la prisión no había vuelto a ir a la ciudad, pero le pedía a Lorencito, feliz al fin de poderle ser útil, de ser parte de las inquietudes paternas, que fuera a diario a las librerías a ver si había llegado algún nuevo esperpento valleinclaniano, algún nuevo ensayo de Azorín, un nuevo poemario de Machado, pero sobre todo cualquier cosa escrita por Unamuno.

—Me había equivocado —les insistía a sus hijos en la mesa—. Creía yo que Europa estaba agotada, que las esperanzas de un nuevo orden se desarrollarían en América, pero, en cambio, ya ven, es lo contrario. También se llega a las ideas democráticas a través de la madurez.

—Y una España republicana será un modelo para toda Hispanoamérica —continuaba—. Quizá el sueño de una Patria Grande tan querido por vuestra madre deba incluir a España, un mundo de lengua castellana que sirva para mostrar al orbe que los ideales del Quijote no han muerto, que es posible resucitar la Edad Dorada...

María Fernanda muchas veces no asistía a estos discursos de sobremesa. Había ido tomando más y más responsabilidad junto a Isabel. María Cristina, que andaba enamorada de un joven músico, tenía más interés en imaginar el modo de conseguir que su madre accediera al fin al matrimonio. No le parecía justo que su madre tuviera tantas reticencias sólo porque a María Victoria no le hubiera ido demasiado bien en su elección y que de Ciego de Ávila, a donde se había ido a vivir después de casada, sólo llegaran quejas. Más aún, ocupaba a María Cristina encontrar argumentos para convencer a Isabel que le cediera un ala de la casona para vivir después de casada, ya que los ingresos del novio no eran suficientes para poder casarse si es que tenían que pagar alquiler.

Pero Patria y Lorencito, libres de obligaciones pedagógicas y de amoríos, bebían cada palabra del padre. Y Juan Francisco escuchaba a Lorenzo como a un oráculo.

Mientras más crecían las dificultades de la República, mayor era el celo de Lorenzo, más ardientes sus palabras en defensa de la democracia. Y cuando se supo que Franco se había sublevado y que la Guerra Civil era inminente, rompió el silencio público que había guardado desde su arresto y empezó a enviar artículos a periódicos no sólo de Camagüey sino de La Habana y de toda la isla.

María Cristina, la única de la familia que era buena mecanógrafa, se dedicó a copiar los manuscritos porque la letra angulosa ahora llevada por la pasión y el dolor era casi indescifrable. Lo hacía con tanta dedicación que Isabel se conmovió y la autorizó a hacer planes para la boda, aunque estaba convencida que el tal músico era un buen tarambana. Además reorganizó la casa y la escuela para crearles un ala en la que pudieran vivir, con la esperanza de que teniéndolos cerca quizá podría ayudar a prevenir cualquier desatino.

Patria y Lorencito, en cambio, se mantenían en animación constante. Iban y venían juntos a la ciudad, en busca de información para el padre. Frecuentemente los acompañaba Juan Francisco.

—Me tienen inquieta —le dijo un día Isabel a Serafina, en una de sus raras confidencias a su madre.

Aunque pasaba todos los días un rato con ella, sin importar cuán complejo fuera su horario o cuántas obligaciones tuviera, generalmente se limitaban a hablar de las plantas del jardín, de algún nuevo dulce que hubiera enviado Sara, o a rememorar los días de Nuevitas, y muy rara vez le había confiado Isabel alguna de sus inquietudes, que prefería contarle al espíritu de Genoveva entre las hierbas del patio, o mientras alimentaba a las gallinas.

La mayor parte del tiempo que Isabel pasaba con su madre, quedaban en silencio. Serafina reteniendo entre las suyas las manos de Isabel, disfrutando ambas de la especial compañía que siempre habían sabido brindarse sin palabras. Pero en esta ocasión la ansiedad de Isabel venció su usual reticencia de no preocupar a Serafina.

—Debiera estar inquieta por Lorenzo y, sin embargo, por paradójico que todo esto sea, este conflicto le ha devuelto la vida, el interés por la realidad. En cambio, no sé, te aseguro que me preocupan mucho Patria y Lorencito. Parecen conspiradores...

Pero Serafina estaba, por una vez, demasiado absorta en sus propias cavilaciones como para servirle de mucho apoyo. Y todo lo que dijo fue:

—Ayer, por primera vez oí al mismo tiempo el trinar de un sinsonte y el ulular de un búho...

Y con tan extraña premonición se fue Isabel a ocuparse de la comida.

A medianoche tocaron sorpresivamente a la puerta. Isabel no dejó que Lorenzo se asomara a la puerta y, en cambio, se negó a abrir hasta que él se vistió y consintió en ir a esconderse en la alacena empotrada en la cocina. Ella no estaba dispuesta a que se lo llevaran otra vez.

Cuando por fin quitó la tranca de la puerta

claveteada, se encontró a un Tomás lívido que venía a buscarla porque Serafina decía que quería despedirse de ella.

Corrió los pocos metros que la separaban de la casita de Serafina, pero cuando llegó, su madre ya no respiraba. Tenía una sonrisa plácida y el rostro sereno de una niña.

—Me pidió que le dijera —explicó Marta secándose las lágrimas— que no podía esperar más. Que tenía que irse mientras siguieran trinando los sinsontes y antes que empezaran a ulular los búhos...

Isabel se arrodilló callada a besar las manos que con tanta ternura habían sostenido las suyas esa misma tarde.

Isabel les explicó dónde encontrarían a Lorenzo, pero les pidió que lo convencieran de volver a la cama y que procuraran que no se despertara nadie más.

—A estas horas no va a poderse hacer nada.

En cambio, se empeñó en que quería ser ella misma quien lavara y vistiera a la madre por última vez. Quería tener un rato con su madre. Marta le trajo una palangana con agua, y varias toallas de distintos tamaños.

Isabel cerró la puerta de la pequeña habitación sin ventanas donde Serafina había pasado largas horas de sus últimos años. Y se dedicó con dulzura a la tarea de bañar y vestir a su madre, cuyo cuerpo encogido le recordaba al de sus propias hijas cuando eran pequeñas.

—Dicen, mamá, que al morir, a veces, se le

aparece al moribundo toda la historia de su vida en un momento. ¿Qué has visto tú, madre mía? —dijo como en un susurro, una vez que había terminado de vestirla, sentándose en la silla de pajilla, al lado del cuerpo de Serafina.

En la oscuridad, aspiraba los olores que habían acompañado siempre a su madre. El olor del ilang-ilang que se escondía en los dobleces de las sábanas aun desde el bohío de la manigua, y de la albahaca, que siempre había tenido por toda la casa. Sembradas en tiestos de barro, en latas vacías, en lo que pudiera haber a la mano, las hojas menudas y apretadas impregnaron siempre el ambiente en el que se movía Serafina. Olores a bondad y a consuelo, estos olores de Serafina ahora empezaban a ser invadidos por el olor de rosas y azucenas, que Isabel intuía Tomás había salido a cortar en medio de la noche y que estaría colocando por toda la casa. "Son todos olores de amor", pensaba Isabel, acariciando el rostro apergaminado de su madre.

Y veía a Serafina de pie bajo el enorme tamarindo cercano al bohío, contemplando el cielo entre sus ramas; sentía las caricias de sus manos, siempre suaves a pesar de tanto lavar y fregar, mientras la peinaba. Y la veía reír, sin que nadie pudiera imaginar la causa, sólo de ver pasar a un pájaro. La imaginaba luego, en los años que pasó en el internado, silenciosa y herida, cosiendo kilómetros de puntadas para las damas nueviteras, tejiendo interminables colchas para cada una de sus hijas, como si quisiera asegurarse de que les dejaba el amor hecho arropo donde continuar sintiendo los brazos de su madre.

Quería intuir cómo había sido la Serafina niña, creciendo huérfana, al cuidado de la tía y de Genoveva, apenas un año mayor, en el lento devenir de los días de Nuevitas antes de la guerra. ¿Cuándo habría conocido por primera vez el mar? ¿Era posible que no se lo hubiera preguntado nunca?

En los años de Nuevitas, viviendo tan cerca del mar, Serafina siempre se negaba a ir al puerto. Un día interrogando a Genoveva sobre por qué su madre no quería ir a disfrutar del fresco de la playa, su tía le había dicho, con sencillez escueta, que sorprendió a Isabel, porque Genoveva jamás mencionaba a su padre: "Es que allí conoció a Fernando", le dijo.

Y, ¿cómo habría sido aquel encuentro entre la niña de doce años y largas trenzas y el joven que había decidido luchar por la independencia? Sabía tan poco, es decir casi nada, de la niñez y juventud de Fernando. Alguna vez Ana había mencionado que Fernando a mitad de la carrera había tenido que abandonar los estudios en La Habana por la muerte del padre. Pero, ¿sería verdad? O una excusa más de las que parecían plagar todo lo relacionado con su padre. Todos daban por sentado que era de Oriente, pero él jamás había relatado historias de infancia o juventud, e Isabel ni siquiera sabía a ciencia cierta si era de Santiago o de algún otro pueblo oriental.

"¡Entre cuántos silencios he crecido!", pensó enjugándose las lágrimas.

—Cuánto más hubiera querido saber de ti... —

musitaba junto al cuerpo de Serafina—. ¿Qué soñabas junto al mar? ¿Pensabas en las tierras más allá del horizonte? ¿Hubieras querido conocerlas?

Asediada por los recuerdos, dejó de pensar, abriéndose a aquel kaleidoscopio de despedidas y llegadas, lentos silencios de un vivir callado y perdurable, de una seguridad en el ser inmutable de una Serafina siempre presente, acalladora de dolores con su cuidado, ahuyentadora de fiebres con sus tisanas, vencedora del hambre con sus ajiacos y sopones, conjuros capaces de convertir en manjares residuos y alimentos dispares.

—Ay, madre, cuánto me he afanado por hacer en el mundo, cuando sólo tendría que haber aprendido a ser... como tú, que siempre has sido.

Y se abandonó al llanto.

Cuando Marta le tocó levemente la puerta para indicarle que ya era de día, Isabel se despertó sobresaltada. Llevaba un par de horas dormida, recostada sobre el pecho inerte de su madre.

Antes de abrir la puerta se despidió de Serafina con voz trémula, diciéndole:

—Me alegro que trinaran los sinsontes antes de tu viaje, espero que te aguarden guardarrayas de palmas y muchos cundiamores...

Inmediatamente se dedicó a dar órdenes sobre quién debía ir a avisarle a Esperanza y a Diego, y a La Vigía a buscar a Julio y qué telegramas había que enviar a Fernandito, a Sara y a Elena.

Tomás y Marta se habían puesto a sus órdenes, así como María Fernanda. Lorenzo vino por unos minutos, pero luego se marchó con María Cristina a terminar unos artículos urgentes y a componer la esquela.

Isabel sabía que Serafina se hubiera alegrado de verlo ocupado, con este brío reencontrado. Un par de veces echó de menos a Lorencito, pero pensó que habría ido a la estación o a telégrafos. Y varias veces pensó en Patria, que era la favorita de Serafina. La echaba de menos, y a la vez no quería verla llorar por la abuela.

Cuando por fin aparecieron los dos, le dio un vuelco el corazón al verlos tan serios. Patria se sentó por un largo rato junto a Serafina. Le corrían enormes lagrimones por las mejillas. Luego, le pidió a su madre que la dejara peinar a su abuela.

Serafina había conservado la frondosa mata de cabellos, totalmente blancos, pero abundantes. Y con frecuencia se soltaba la cabellera para que Patria se la peinara, haciéndole una corona de trenzas.

Isabel, comprendiendo la importancia del ritual para Patria, y respetando el dolor de su hija y la intimidad que había logrado con su abuela, le entregó el cepillo y el peine y salió del cuarto.

Y ésa fue la última vez que vio a su Patria.

‿ XLI ‿

Con los pobres de la tierra
quiero yo mi suerte echar:
El arroyo de la sierra
me complace más que el mar.

JOSÉ MARTÍ. *Versos sencillos*, III

En la confusión del velorio y el entierro, nadie se dio cuenta de cuándo se marcharon Patria y Lorencito. No llevaban maleta alguna. Las pocas cosas que habían decidido llevar consigo las habían ido sacando de la casa cuando su madre intuía que tenían aire de conspiradores.

Al regreso del cementerio, Isabel encontró a Caridad esperándola.

No la había vuelto a ver desde que Caridad había colaborado para conseguir que pusieran a Lorenzo en libertad. Había escrito algunas cartas, siempre a direcciones distintas que Caridad indicaba cada vez y en las que le había dado algunos hitos de la historia de esos años en que no se habían visto. Caridad había trabajado en una fábrica, donde se unió a un grupo obrero, había estudiado de noche... El aire de seguridad y el porte elegante eran en ella características innatas, pero a Isabel le hubiera gustado saber todos los elementos que habían contribuido a la fuerza que ahora emanaba de Caridad.

Isabel había regresado del entierro como si fuera sonámbula. Dejar a su madre en el bosque de mármol blanco que era el cementerio, tan frío y sin color, tan distinto a los campos de la manigua o al jardín de Tomás, le había dejado el alma paralizada. No se creía capaz de nuevas emociones. Y sin embargo aquí estaba Caridad. Abrió los brazos para recibirla, pero algo en el porte de Caridad le hizo comprender que estaba allí por alguna razón más que la muerte de Serafina.

—Vine a explicarte que tus hijos Patria y Lorenzo han ido a unirse a la Brigada Internacional, a pelear por la República.

—¿Lorencito? ¿Patria? ¿A la guerra de España? Pero, ¿por qué?, ¿qué saben ellos de pelear?

—Lo mismo que muchos de los que se lanzaron a la manigua...

—Y mira lo que consiguieron... —dijo Isabel con una ironía que trataba de enmascarar el dolor lacerante de la certidumbre de que no regresarían vivos... —¿Cómo puedes decirme tranquilamente que mis hijos se han ido a la guerra?

—Juan Francisco también se fue con ellos.

—¿Y lo dices así, con tanta calma?

—Por la justicia hay que seguir luchando siempre —respondió Caridad suavemente, atrayéndola hacia sí, y añadió—: Siempre, hermana.

A lo lejos, más allá de los framboyanes, entre los marañones y los caimitos, junto a la barranca del río, se oía el trinar de un sinsonte.

Isla Mujeres (México), Lago Wanaka (Nueva Zelanda), Maui, Kaua'i (Hawai'i), Iguazú (Argentina), La Hort del Pi (Rafaelguaraz, Valencia), La Albufereta (Alicante), Padre Island (Texas) [1986-2002]

Nota final

Esta novela no tiene carácter biográfico. Ninguno de los personajes representa a persona real, aun cuando toda ella ha sido inspirada por la realidad. Si bien el relato está ubicado en espacio y tiempo reales, no se intenta reflejar a ninguna familia ni individuo que existe o haya existido en ese tiempo y lugar.

∽ A pesar del amor ∾
∽ Glosario ∾

Aunque algunas de estas palabras son del español general, la mayoría son regionalismos cubanos. Para definirlas se han consultado el *Diccionario de Hispanoamericanismos* de Renaud Richard, los diccionarios de la Real Academia, Vox y Gabino Ramos y los diccionarios etimológicos de Corominas y Gómez de Silva. Ante la insuficiencia de los diccionarios muchas definiciones de los regionalismos han sido escritos por la autora, basándolas en la experiencia de uso de los términos en Cuba.

ajiaco: plato en que se cuecen juntos distintos tipos de carne (de cerdo, res y pollo) así como numerosas viandas: papa, boniato, yuca, ñame, malanga, calabaza y maíz, que pueden variar según lo que haya disponible. Se sazona con cebolla, ajo, orégano y laurel. Aunque el diccionario de la Academia da "ají" como la etimología, en Cuba el plato no es picante.

anoncillo: árbol alto y coposo, que da un fruto pequeño, redondo, de cáscara verde aun cuando maduro, con una semilla casi del tamaño del fruto cubierta de una capa delgada de pulpa agridulce. En algunas áreas de Cuba se le llama "mamomcillo", en Puerto Rico, "quenepa".

batea: recipiente de amplia base redonda con cierta profundidad, usualmente de hojalata, usado para lavar la ropa y bañar a los niños. Palangana o jofaina grande. La palabra es posiblemente de origen árabe.

batey: palabra de origen caribe. Originalmente área circular, de uso común, entre los bohíos de una aldea taína. Más adelante, área similar entre las casas y demás instalaciones de un ingenio azucarero.

biajaca: pez cubano de río

bibijagua: especie de hormiga oriunda de Cuba (Atta insularis). Se alimenta de un hongo que cultivan en su hormiguero. Cortan hojas que llevan a descomponerse para que sirvan de abono al hongo. Para crear una nueva colonia, la joven reina madre lleva el hongo en unas bolsas especiales. En un primer momento lo abona arrancándose las propias alas.

bijirita: pajarito cubano de tamaño diminuto

bocabajo: castigo de azotes que se daba a los esclavos, forzándolos a tenderse boca abajo. Palabra usada en Cuba y Puerto Rico.

bohío: palabra arahuaca para denominar las casas taínas y siboneyes, hechas de madera de palma y techadas con pencas de guano*

bongó: tambor usado en el Caribe. Consiste en un tubo de madera cubierto en la parte superior con un cuero de chivo bien tensado y abierto en la parte inferior.

búcaro: florero. Palabra de origen latino de uso en el español general.

caimito: árbol frondoso oriundo del Caribe y de la América Central de la familia de las sapotáceas, de corteza rojiza y madera blanda, con hojas alternas y ovales, con el haz verde muy liso y el envés color café muy rugoso. Su fruto es redondo, como del tamaño de una naranja, de corteza lisa y brillante de color verde o morado. La pulpa es blanca, lechosa, dulce y refrescante. Palabra de origen arahuaco.

caobo: árbol originario del Caribe, de la familia de las meliáceas, que alcanza unos 20 metros de altura, con tronco recto y grueso de excelente madera muy apreciada para muebles. La palabra es de origen caribe.

carolina: árbol alto y copioso. Una vez al año pierde las hojas y se llena de capullos. Los capullos tienen la forma de un puro o tabaco, y son de un color verde grisáceo. Al abrirse los sépalos de los capullos quedan al descubierto las flores, sin pétalos, formadas por macizos de pistilos, blancos o rojos, dispuestos como coronas.

casabe: alimento de los primitivos habitantes de las Antillas, torta hecha de harina de yuca, que tostaban sobre un fogón de piedra. Es usual comerlo seco y tostado untado con mantequilla, o humedecido en mojo de ajo. Voz oriunda del Caribe.

ceiba: árbol bombáceo, de talla gigantesca, con tronco espinoso y flores rosadas, propio del Caribe, muy ligado a la mitología afro-cubana.

chirimoya: fruto del Anona Cherimolia, planta procedente de la América Central y el Caribe. Tiene la piel rugosa, la pulpa blanca y dulce y numerosas semillas de un negro lustroso. La voz es oriunda de América.

colmado: tienda de comestibles. Voz del español general.

conga: baile afrocubano con música de tambores. En las fiestas de San Juan, así como en otros carnavales, grupos de músicos "arrollaban", es decir, tocaban y bailaban congas por las calles

conuco: originalmente, porción de tierra que los indios taínos dedicaban al cultivo; más tarde, parcela de tierra pequeña cultivada por un campesino pobre. Voz originaria del Caribe.

copetúa: también llamada "flor de muerto". Planta con una flor amarillo brillante o anaranjada, de múltiples pétalos apretados. En Cuba se siembra en las tumbas de los cementerios campesinos. Está muy ligada a la celebración del "Día de los Muertos" o "Día de los Fieles Difuntos." En México, cempasúchil.

coralillo: enredadera silvestre, muy abundante en los campos de Cuba, de hojas grandes y ásperas. Da abundantes racimos de florecillas rosadas o blancas, así como zarcillos con los que se sujeta al trepar. Aunque es planta silvestre, es apreciada en los jardines.

cundiamor: enredadera silvestre muy abundante en Cuba de la familia de las cucurbitáceas. Da flores blancas, pequeñas y aisladas. El fruto es del tamaño de una almendra, aunque blando, de color anaranjado brillante por fuera. Al madurar se abre, dejando ver el interior rojo encendido y las semillas que son muy buscadas por los pájaros.

dril: tela fresca y resistente de hilo o de algodón crudo. La palabra proviene del inglés, que probablemente la tomó del alemán. Tiene uso generalizado en español desde el siglo XIX. En Cuba los trajes de dril blanco eran signos de distinción.

fotuto: originalmente caracol, usado por los taínos como trompeta. Pasó a significar la bocina del automóvil. Aunque la etimología sea incierta, en Cuba se la considera voz caribe.

fuete mayoral: látigo del mayoral, con el que se azotaba a los esclavos o, más tarde, a los cortadores de caña, haitianos y jamaiquinos, que eran tratados poco menos que como esclavos.

funambulero: volatinero, maromero y, por extensión, gente del circo. Es palabra de origen latino del español general.

guagua: ómnibus. También se usa con esa acepción en las Islas Canarias. Posiblemente del inglés "wagon".

guajira: canto popular de los campos de Cuba.

guajiro: Esta palabra de origen arahuaco significaba originalmente señor o persona de mayor dignidad social. En Cuba pasó a significar campesino. Como adjetivo se aplica a todo lo que es propio del campo.

guanábana: fruta del guanábano, árbol originario de las Antillas, de la familia de las anonáceas, de seis a ocho metros de altura, con copa hermosa, tronco liso de color gris oscuro, hojas lanceoladas, lustrosas, de color verde intenso por el haz y blanquecinas por el envés y flores grandes de color blanco amarillento. La fruta es acorazonada, grande, de corteza verdosa con púas débiles y deliciosa pulpa blanca, muy apreciada para hacer refrescos y batidos. El nombre es taíno.

guano: palma cana. Palma pequeña, abundante en Cuba, principalmente en los terrenos áridos. Sus pencas se usan para techar los bohíos.

guayaba: fragante y deliciosa fruta del árbol 'Psidium Guayava' propio de la América tropical. Hay muchas variantes que difieren en el tamaño y el color de la piel de la fruta, verde o amarilla, y de la pulpa, blanca, amarilla, rosada o roja. Es muy apreciada como fruta, pero también se hacen con ella numerosos dulces: jalea, membrillo, mermelada y cascos en almíbar. El nombre es de origen indígena, pero hay duda de si proviene del arahuaco, el quechua o el quiché.

guayabal: sembrío de matas de guayaba.

guayabera: prenda de vestir típica de Cuba, chaquetilla de tela ligera, que se usa con las faldas sobre el pantalón. Usualmente tiene dos pares de bolsillos al frente y está adornada con botones y alforzas. Los cubanos sentían gran orgullo en usar guayabera de hilo, con múltiples alforzas, muy bien almidonada y planchada. Llegó a considerarse símbolo de cubanidad.

guedeja: mechón largo de cabellos, tirabuzón. Palabra de origen godo.

güín: pendón o vástago que echan algunas cañas, de consistencia fofa muy ligero. Se usa para la armadura de las cometas o papalotes y para hacer jaulas de pájaros.

hórreo: en Galicia y Asturias, construcción de madera de base rectangular en Galicia y cuadrada en Asturias, sostenida en el aire por pilares de piedra, llamados pegollos. En los hórreos se guardan y preservan de la humedad y los ratones granos y otros productos agrícolas.

jaboncillo: árbol silvestre en el Caribe, cuyos frutos redondos sueltan una sustancia jabonosa.

jáquima: árbol de madera preciada para la construcción por su dureza y resistencia.

jején: mosquito tropical, pequeñísimo, cuya picadura produce gran escozor. Se mueve usualmente en hordas. El nombre es probablemente arahuaco.

jícara: vasija hecha con la corteza seca de una güira, fruto redondo de un árbol tropical con el que se fabrican las maracas. La palabra proviene del azteca xicálli.

jutía: mamífero roedor, oriundo de las Antillas, de pelaje espeso, suave, leonado, más oscuro por el lomo que por el vientre. Trepa a los árboles y se alimenta de frutas. Es comestible. El nombre es arahuaco.

majá: culebra oriunda de Cuba, de color amarillento, con manchas y pintas de color pardo rojizo, simétricamente dispuestas. No es venenosa sino que mata a sus presas constriñéndolas. Crece hasta cuatro metros de longitud y llega a tener veinticinco centímetros de diámetro. El nombre es de origen antillano.

majagua: árbol antillano de la familia de las malváceas, de madera dura y resistente. Crece hasta doce metros de altura. Voz taína.

malanga: planta arácea de Cuba. Sus tubérculos comestibles son blancos y esponjosos. Es especialmente apreciada para puré para los niños pequeños y los enfermos.

mambí: insurrecto contra el gobierno español en las luchas de independencia de Cuba y Santo Domingo. Por eso se habla de la lucha o la causa mambisa.

manigua: voz taína. Espesura del bosque tropical. Durante las guerras independentistas de Cuba, en la cual los insurrectos tenían sus campamentos en los bosques, significaba la insurrección. "Echarse a la manigua" era unirse a la lucha armada por la independencia.

marañón: Palabra aborigen del caribe para designar a un árbol tropical y su fruto. El fruto de forma de pequeña pera, rojo o amarillo, es agridulce y muy fragante. La semilla tiene la peculiaridad de crecer fuera del fruto. Es de forma arriñonada y muy apreciada. Se la come tostada.

melado: jarabe que se obtiene por evaporación del jugo purificado de la caña, antes de la cristalización. Este jarabe se deja solidificar en forma de barras o de conos, los "piloncillos de melao".

melao: forma común de "melado".

melcocha: dulce que se logra cociendo la miel. La pasta resultante puede estirarse mientras todavía está caliente, con las manos untadas en manteca o aceite. Mientras más se la estira, más claro se vuelve su color y más blanda quedará al enfriarse.

nereida: cualquiera de las ninfas que según la mitología griega residían en el mar y eran jóvenes hermosas de medio cuerpo arriba y peces en lo restante.

ninfa: cualquiera de las fabulosas deidades de las aguas, los ríos y los bosques, según la mitología clásica

níspero: aunque hay varios árboles con este nombre, aquí se refiere a un árbol frondoso de fruto delicado. El fruto de suave aroma tiene corteza áspera, de color pardo. La pulpa es deliciosa, de color rosado pardusco, con semillas de un negro lustroso.

ñame: planta con tubérculo comestible llevada a Hispanoamérica desde África. El nombre es de origen africano.

pencas de guano: hojas de la palma cana.

piloncillos de melao: ver *melao*.

quincalla: en Cuba, pequeña tiendecita de barrio, en que se venden productos de mercería, papelería, productos de tocador y todo tipo de objetos y productos de necesidad diaria. La palabra proviene del francés antiguo, en uso en español desde principios del siglo XIX.

quitrín: carruaje de caballos, abierto, de dos ruedas, con una sola fila de asientos, típico de Cuba.

rana escupidera: durante la época colonial en Cuba muchas escupideras tenían forma de rana con la boca abierta.

ría: penetración que forma el mar en la costa, debida a la sumersión de una parte litoral de una cuenca fluvial de laderas más o menos abruptas. Son abundantes y muy hermosas en Galicia.

serón: especie de espuerta, más larga que ancha, que sirve regularmente para carga de una caballería. Palabra del español general.

tamarindo: árbol oriundo de Asia, de la familia de las papilonáceas, con tronco grueso y elevado de corteza parda, copa extensa, hojas compuestas de hojuelas elípticas, gruesas y pecioladas, flores amarillentas en espiga, y fruto en vainillas pulposas de una sola semilla. Su sabor agridulce lo hace muy preciado en refresco y en dulce. También es agradable comerlo al natural. El nombre es de origen árabe.

taracea, taraceado: labor de origen árabe de incrustación en madera de chapas de distintas maderas de varios colores. Puede incluir nácar y conchas. La palabra es también de origen árabe.

tasajo: carne seca y salada. Vocablo peninsular de origen incierto, en uso desde el siglo XVI.

tibor: vaso grande de barro o porcelana, en Cuba, por extensión, orinal. El origen de la palabra es incierto.

tinajón: enorme vasija de barro cocido mucho más ancha por el medio que por la boca o el fondo. En Camagüey, donde el año se caracteriza por una temporada de lluvias y una "de seca", los tinajones servían de acueducto particular de las casas coloniales, almacenando el agua recogida de los tejados en la época de lluvias para ser utilizada el resto del año. El barro cocido le da una especial frescura y un sabor característico al agua almacenada. En Camagüey se dice que quien bebe agua de tinajón regresa a volver a beberla. Los tinajones son el símbolo de la provincia.

tomeguín: pájaro pequeño, oriundo de Cuba, de pico corto, cónico, plumaje de color verdoso por encima, ceniciento por el pecho y las patas, con una gola amarilla.

volanta: coche de caballos de las Antillas

yagruma: árbol cubano de la familia de las moráceas, con hojas grandes, palmeadas, verdes por el haz y plateadas por el envés, flores en racimo, rosadas con visos amarillos.

yagua: tejido fibroso que rodea la parte superior y más tierna del tronco de la palma real, del cual se desprende naturalmente todas las lunaciones. Se usa para envolver el tabaco en rama. También se puede utilizar como receptáculo. Voz taína.

❧ Cronología de la historia de Cuba ☙
❧ 1492 – 1936 ☙

1492
* Arribo de la expedición capitaneada por Cristóbal Colón el 27 de octubre.

1512
* Fundación de la villa de Nuestra Señora de la Asunción de Baracoa por Diego Velázquez.
* Fundación de Bayamo, Santiago de Cuba, Santa María del Puerto del Príncipe (que luego será Camagüey), Sancti Spíritus, Trinidad, San Juan de los Remedios y San Cristóbal de La Habana.
* Martirio y ejecución de Hatuey, cacique procedente de la isla La Española que dirigió la lucha contra la invasión española.

1516
* El sacerdote dominico Fray Bartolomé de las Casas es nombrado Protector Universal de los Indios.

1531
* Se prohíbe esclavizar a los indios.

1538
* Inicio de la fase de ataques de piratas franceses que continúa hasta 1550.

1542
* Se dan a conocer las Nuevas Leyes que suprimen las encomiendas y reconocen la libertad e igualdad de derechos de indios y españoles. Estas leyes, sin embargo, no se cumplen y no protegen a los indios de la expropiación de sus tierras por colonizadores insaciables.

1543

* Hernando de Castro instala el primer trapiche para moler caña de azúcar.

1550

* Inicio de la fase de ataques de piratas ingleses (John Hawkinsy Francis Drake) que continúa hasta 1599.

1555

* De los 60,000 indios que habitaban la isla al comienzo de la conquista quedan apenas 5,000 víctimas de la lucha al inicio de la conquista, el mal trato y las enfermedades traídas involuntariamente por los españoles.

1600

* Inicio de la fase de ataques de piratas holandeses que se prolonga hasta 1648.

1648

* Fase de ataques de piratas ingleses (Henry Morgan) y franceses (Francisco Nau, "el Olonés) que se extiende hasta 1700.

1702

* Guerra de Sucesión en Europa. Al morir Carlos II, el último rey de la Casa de Austria, sin dejar hijos, España y Francia luchan como aliadas contra Inglaterra y el resto de Europa, para defender el derecho al trono de España de Felipe de Borbón, nieto de Luis XIV de Francia.

1713

* Termina la Guerra de Sucesión con la Paz de Utrecht. Este acuerdo le da a Inglaterra el derecho a la trata de esclavos africanos que va a tener gran impacto sobre Cuba.

1762

* Guerra entre España e Inglaterra. Toma de La Habana por los ingleses.

1825

* Se organiza en México la Junta Promotora de la Libertad Cubana, que prepara una expedición al mando de Santa Anna con apoyo de Venezuela, pero que es frustrada por Washinton que sigue los postulados de la Doctrina del Presidente James Monroe, de 1823, que promulga la no intervención en las colonias del Caribe.

1826

* Son ejecutados en la horca los patriotas camagüeyanos Francisco de Agüero y Andrés Manuel Sánchez.

1837

* El general Miguel Tacón y Rosique asume el cargo de gobernador y consigue que las Cortes españolas rechacen a los diputados cubanos con lo cual Cuba pasa de ser una provincia española a ser una colonia.

* Tacón destierra al gran patriota y pensador José Antonio Saco, que había sido elegido varias veces diputado a las Cortes Españolas. En 1875, Saco publicará su monumental Historia de la esclavitud.

1839

* Durante el gobierno de Ezpeleta se prohibe que los cubanos ocupen ningún cargo público.

1841

* Comienzan a producirse alzamientos de esclavos.

* El poeta mestizo, Gabriel de la Concepción Valdés, conocido como Plácido, es fusilado.

1848

* Se inician varios movimientos anexionistas que aunque con diferencias ideológicas con respecto a la esclavitud, buscan la separación

de Cuba de España a través de la anexión con los Estados Unidos.

1849

* Un grupo de patriotas cubanos, que incluye al poeta Miguel Teurbe Tolón y al novelista Cirilo Villaverde, crea la bandera cubana en una casa de huéspedes de la calle Warren en Nueva York. Se iza la bandera en las oficinas de los hermanos Beach, dueños del periódico The Sun, en las calles Fulton y Nassau.

1851

* Es ajusticiado en garrote vil, en La Habana, el patriota Narciso López, de origen venezolano. Antes de morir declara: "Mi muerte no cambiará los destinos de Cuba." Y añade, de cara al público: "Cuba, por ti muero."

* El 12 de agosto son fusilados en Puerto Príncipe los patriotas camagüeyanos Joaquín de Agüero, Fernando Zayas, Miguel Benavides y José Tomás Betancourt. Se dice que Ignacio Agramonte, un niño de 12 años, recogió en su pañuelo sangre del cadáver de Joaquín de Agüero. Para perpetuar la memoria de los cuatro mártires, los camagüeyanos sembraron cuatro palmas en la plaza mayor de la ciudad.

* El 10 de octubre, en el ingenio La Demajagua, Carlos Manuel de Céspedes, lanza el Grito de Yara, declaración de la libertad de los esclavos y de guerra por la independencia.

* El 20 de octubre Céspedes toma el pueblo de Bayamo, donde por primera vez se canta el himno nacional compuesto por Perucho Figueredo.

* Los camagüeyanos Ignacio Agramonte y Loynaz y Salvador Cisneros Betancourt se unen a la

lucha, pero reclaman una república más radical que la imaginada por Céspedes y consiguen que se convoque una asamblea constituyente. Se producen numerosos alzamientos en distintas partes de la isla y se afianza la guerra que durará hasta 1978 y será conocida como la Guerra de los Diez Años.

* En la Asamblea Constituyente de Guáimaro, Camagüey, se redacta la primera constitución y se crea la Cámara de Representantes. Es elegido presidente de la Cámara Salvador Cisneros Betancourt y secretarios Agramonte y Zambrana, que habían redactado la mayor parte de la constitución. Se elige a Céspedes presidente de la república en armas y jefe del ejército al general Manuel de Quesada, camagüeyano que había peleado en México, bajo las órdenes de Benito Juárez en contra de la invasión francesa.

1853

* Nace en La Habana, el 28 de enero, José Martí, que llegará a ser la más importante figura de la historia de Cuba. Hijo de padres españoles de origen humilde inició sus luchas, a través del pensamiento y la palabra, muy joven. A los 16 años es enviado al presidio político y luego desterrado.

1871

* El 27 de noviembre son fusilados 8 estudiantes de medicina acusados falsamente de haber rayado la lápida del sepulcro de un español. Es uno de los peores crímenes de la dominación española.

* Ese mismo año es fusilado, después de 8 meses de prisión, el poeta Juan Clemente Zenea, uno de

los más grandes poetas cubanos, que fue
apresado a punto de partir para los Estados
Unidos a unirse con la Junta Revolucionaria
en Nueva York.

1873

* Agramonte muere por una bala española a los 30
años. Había realizado hazañas extraordinarias
entre ellas el rescate del General Julio
Sanguily a quien llevaba preso una fuerte
columna española que superaba en mucho las
fuerzas de Agramonte. Su muerte es una
pérdida irreparable para la Insurrección.

1874

* Carlos Manuel de Céspedes que había sido
destituido de su cargo de presidente y se había
retirado de la lucha es muerto por los
españoles en su retiro junto al pico Turquino.
La muerte de Céspedes y Agramonte hace que
la lucha languidezca, reducida a Camagüey y
Oriente.

1878

* El gobernador español Martínez Campo consigue
que se firme en el Zanjón (Camagüey) un
acuerdo para terminar la guerra, la llamada
Paz del Zanjón.

Como los orientales no estaban de
acuerdo en   terminar la campaña, Antonio
Maceo se rebela contra el acuerdo de paz, en
Los Mangos de Maraguá. Esta acción se la
conoce como la Protesta de Baraguá. Pero en
vista de los pocos recursos para continuar la
lucha acuerdan abandonar Cuba y esperar la
ocasión propicia para iniciar una nueva
contienda.

1879

* Tres generales de la revolución, José Maceo, Calixto García y Guillermo Moncada, inician una nueva rebelión que por su corta duración es conocida como La Guerra Chiquita.

1880

* Como resultado de la lucha política de cubanos revolucionarios y reformistas se crea el Partido Liberal Autonomista que aspira a conseguir reformas parecidas a las gozadas por el Canadá. Su mayor logro es la abolición de la esclavitud. En un primer momento los libertos quedan sometidos provisionalmente a sus antiguos amos, pero esta forma de patronato es finalmente eliminada en 1886.

1895

* José Martí, después de trabajar infatigablemente, y de arengar a los cubanos de Tampa, Cayo Hueso, Nueva York y Filadelfia consigue poder solventar un nuevo alzamiento.

  Ha conseguido además el apoyo de los líderes de la Guerra de los Diez Años. En marzo viaja a Santo Domingo y firma con el General Máximo Gómez el Manifiesto de Montecristi declarando la guerra. Desembarcan en Playitas, Oriente.

* El 19 de mayo muere Martí en campaña, pero sus palabras siguen viven en el alma del pueblo.

* El 13 de septiembre se reúne en Jimaguayú una nueva asamblea constituyente.

* Al mando del Generalísimo Máximo Gómez, secundado por Antonio Maceo, se inicia la Invasión del Ejército Libertador de Oriente a Occidente.

1896

* Sucede a Martínez Campos en el gobierno de Cuba, el general español Valeriano Weyler que persigue con ferocidad a los cubanos.

　Weyler ordena reconcentrar en los centros urbanos a los campesinos, para evitar que provean alimentos a los insurrectos. Las consecuencias de esta reconcentración son espantosas.

　Para tratar de impedir el avance de las tropas insurgentes de Oriente a Occidente, Weyler crea "trochas", cadenas de fortines y barreras de Norte a Sur en varios puntos de la isla.

* El 7 de diciembre muere Antonio Maceo, el Titán de Bronce, después de lograr vencer la trocha de Mariel a Majana. Aunque es una pérdida altamente dolorosa no es el fin de la guerra como Weyler esperaba.

1897

* España otorga a Cuba autonomía y derecho a un gobierno parlamentario. Pero estas reformas no pueden ya satisfacer a un pueblo que ha luchado por tanto tiempo tan duramente.

1898

* El 15 de febrero estalla en la bahía de La Habana el acorazado Maine de la marina de los Estados Unidos.

* El 25 el de abril el Congreso de Estados Unidos declaró la guerra a España.

* El 24 de junio fuerzas norteamericanas se unen al ejército revolucionario cubano en la batalla del Caney, cerca de Santiago de Cuba.

　Al mismo tiempo, los Estados Unidos atacan a las fuerzas españolas en la Bahía de Manila, en las Filipinas, y en Puerto Rico.

* El 10 de diciembre se firma el Tratado de París, entre España y los Estados Unidos, dejando a los cubanos fuera de las negociaciones.

1899

* Cuba es ocupada por los Estados Unidos bajo el general Leonard Wood.

1901

* Una nueva asamblea, presidida por Domingo Méndez Capote, redacta y aprueba la constitución, que a semejanza de la de los Estados Unidos divide al poder en tres ramas, ejecutivo, legislativo y judicial.

* El gobierno de Estados Unidos exige que se incluya un apéndice a la constitución cubana dándole poder a los Estados Unidos para intervenir en la isla. Este apéndice además le impedía a Cuba hacer empréstitos sin la autorización de Washington y le cedía el derecho a establecer bases navales en la isla. Porque este apéndice fue presentado al congreso de Estados Unidos por el senador Orville H. Platt de Connecticut, se le conoce como la Enmienda Platt y ha sido causa de descontento permanente en el pueblo cubano.

1902

* Se celebran las primeras elecciones y es elegido presidente don Tomás Estrada Palma. El 20 de mayo recibe el poder de manos del general Wood y por se iza la bandera nacional en el antiguo palacio de los capitanes generales.

1906

* Estrada Palma aspira a la reelección. Un grupo del Partido Liberal se alza en armas en su contra. El gobierno de Estados Unidos interviene. Charles E. Magoon pasa a ocupar la jefatura del gobierno en lo que será una nefasta intervención que deja al país endeudado.

1909

* José Miguel Gómez, del Partido Liberal es electo presidente. Héroe de la guerra independentista es un presidente democrático, respetuoso de las leyes. Durante su gobierno se crean el Ejército y la Marina permanentes y el organiza el sistema diplomático y se construye el alcantarillado de La Habana. Sus contribuciones más valiosas son la creación del Museo Nacional y las Academias de Artes, Letras e Historia, así como la popularización de la enseñanza universitaria.

  Su gestión financiera no fue muy eficaz, pero tuvo la honradez de no aspirar a la reelección, a pesar de la insistencia de sus colaboradores.

1913

* Es electo Mario García Menocal, del Partido Conservador, que durante la guerra de independencia había sido lugarteniente de Calixto García. Su primer período es de estabilidad y desarrollo económico, bajo el lema "Honradez, Paz y Trabajo." Se crea la moneda nacional, a la par del dólar estadounidense.

  Se da impulso a la educación y se crean siete escuelas normales.

  Menocal aspira a la reelección y declara que "no aceptará unsólo voto que no le pertenezca." José Miguel Gómez inicia una rebelión que Washington sofoca.

  Menocal inicia un segundo período apoyado por el gobierno de Woodrow Wilson.

Gobierna dictatorialmente, pero el país vive un auge económico, "la danza de los millones", gracias al alto precio alcanzado por el azúcar durante la Primera Guerra Mundial. Al caer el precio del azúcar al finalizar la guerra se produce una terrible crisis económica.

1921

* Elección de Alfredo Zayas, héroe de la Revolución del 95. Aunque ha recibido el país en terrible ruina se esfuerza por gobernar con gran respeto por las libertades públicas. Adopta una firme posición contra el general Enoch H. Crowder, enviado del presidente Harding, que había tratado de imponer su propio gabinete de ministros y consigue que se respete la autonomía cubana. Durante su gobierno se ratifica en el congreso de Estados Unidos que Isla de Pinos queda para siempre bajo la jurisdicción cubana.

1924

* Gana las elecciones el general Gerardo Machado. En el primer momento su gobierno realiza obras de importancia para el país como la construcción de la Carretera Central a lo largo de toda la isla y el Capitolio Nacional. También fomenta el desarrollo de la industria. Pero el gobierno se vuelve autoritario y deviene en una horrible dictadura de tonos fascistas que impide cualquier diferencia de opinión y reprime toda crítica con violencia. Machado fuerza que se enmiende la constitución para permitir al presidente reelegirse por seis años.

1927

* El Directorio Estudiantil Universitario protesta por las condiciones represivas del gobierno y sus

miembros son expulsados de la Universidad. El líder universitario Julio Antonio Mella es encarcelado y luego enviado al exilio. Muere asesinado en México donde se había exiliado.

1930

* El Directorio Estudiantil organiza una manifestación de protesta. En ella muere el joven Rafael Trejo. La policía caza a los jóvenes estudiantes a tiros por las calles.

Las universidades, institutos y escuelas son clausuradas.

Hay distintos tipos de rebelión.

Se forma el grupo ABC cuyo lema era "hombres nuevos, ideas nuevas y procedimientos nuevos". Lo dirigen jóvenes que llegarán a ser importantes intelectuales cubanos como Jorge Mañach, Emeterio Santovenia y Francisco Ichaso.

El sabio Carlos de la Torre dirige en Nueva York una Junta Revolucionaria.

1933

* Por presión del embajador Welles, y en respuesta al descontento nacional, Machado abandona la presidencia. Le sucede brevemente Carlos Manuel de Céspedes, hijo del "Padre de la Patria" que es derrocado por una combinación de estudiantes universitarios, encabezados por Carlos Prío Socarrás y de sargentos del ejército, entre los que se encuentra Fulgencio Batista.

Esta coalición nombra presidente al Dr. Ramón Grau San Martín, que declara no reconocer la Enmienda Platt y por lo tanto no es reconocido por Washington. Grau sólo consigue permanecer cuatro meses en el poder. Hay oposición desde muchos sectores, todos los cuales tienen sus propios intereses.

Los militares, con Batista y Pedraza, que se han ascendido a sí mismos a coroneles, acuerdan con el embajador Welles sustituir a Grau por el coronel Mendieta, que es de inmediato reconocido por Washington.

La represión continúa. El ABC organiza una manifestación pacífica con hombres, mujeres y niños. Son atacados y hay numerosos muertos.

1934

* El gobierno decide terminar con la huelga revolucionaria y suspende las garantías constitucionales. Se declara estado de sitio y toque de queda. Hay numerosos muertos y asesinatos dentro de las propias cárceles a manos de la policía.

Antonio Guiteras, el líder estudiantil e ídolo de la juventud, muere asesinado cuando trataba de salir del país.

Cosme de la Torriente y Manuel Márquez Sterling logran negociar la abolición de la Enmienda Platt.

Mendieta convoca elecciones generales. Es elegido presidente Miguel Mariano Gómez.

Gómez se enfrenta con Batista y Batista consigue que el congreso deponga al presidente electo. Asciende a la presidencia el vicepresidente Federico Laredo Bru apoyado por Batista, que, de sargento ha pasado a controlar el país. En 1940 conseguirá ser elegido presidente y gobernará por cuatro años. En 1952 aspirará de nuevo a las elecciones pero al comprender que no tenía suficiente apoyo popular, da un golpe de estado e inicia una dictadura que pronto adquiere un carácter sangriento y da lugar a la Revolución Cubana.

❦ **Sobre la autora** ❧

 Alma Flor Ada nació en Camagüey, Cuba, el 3 de enero de 1938, en una familia de educadores. Sus bisabuelos, Lorenzo Lafuente Garoña y Virginia Rubio Sierra crearon una escuela privada en Madrid. Sus abuelos Medardo Lafuente Rubio y Dolores Salvador Méndez tuvieron una escuela innovadora y progresista en Camagüey. Dolores creó la primera escuela nocturna para mujeres en la provincia. Medardo fue catedrático del Instituto de Segunda Enseñanza, como también lo fue su padre, Modesto Ada Rey. Su madre, Alma, y sus tías Virginia, Mireya y Lolita Lafuente Salvador, fueron todas educadoras, como lo fue también su tío Mario Ada.

Alma Flor comenzó su propia carrera docente en Lima, Perú, en el Colegio Bilingüe Abraham Lincoln, y el Colegio Trilingüe Alexander von Humboldt. Desde 1970 reside en los Estados Unidos. Ha sido profesora en Emory University, Mercy College of Detroit y la Universidad de San Francisco. Un gran número de sus alumnos de doctorado continúan difundiendo su visión de una educación en pro de la equidad y la justicia social como único camino a la paz.

Publicó sus primeros libros en el Perú, en la década de los años 60. Desde entonces ha publicado más de 200 títulos: libros pedagógicos, materiales educativos y literatura infantil en varios géneros.

Sus libros infantiles han recibido destacados premios nacionales e internacionales y han sido acogidos con gran entusiasmo por los lectores como demuestran sus repetidas ediciones. Entre muchos otros: *Encaje de piedra* [Medalla de Oro Marta Salotti], *Bajo las palmas reales* [Premio Pura Belpré], *La moneda de oro* [Christopher Award], *Gathering the Sun* [Once Upon a World Award], *Dear Peter Rabbit* [Parent's Choice Honor], *Mediopollito* [Aesops' Accolade]. Ha publicado recientemente dos libros *Nacer bailando* y *Con cariño, Amalia,* escritos en co-autoría con su hijo Gabriel Zubizarreta [International Latino Book Award].

Durante los últimos veinte años ha colaborado intensamente con F. Isabel Campoy que ha sido su co-autora de muchos títulos entre ellos las colecciones *Puertas al sol* y *Cuentos para celebrar* y los libros *Cuentos que contaban nuestras abuelas,* *¡Sí, somos latinos!* y *Authors in the Classroom: A Transformative Education Process.*

Entre los numerosos premios recibidos por Alma Flor están Virginia Hamilton Literary Award; California Association for Bilingual Education Life Long Award, y el prestigioso Reconocimiento OHTLI del Gobierno de México.

Made in the USA
Columbia, SC
22 December 2019